Franz Winter

Die Verblendeten

Roman

Franz Winter

Die Verblendeten

Roman

braumüller

Bibliografische Information der Deutschen Nationalbibliothek
Die Deutsche Nationalbibliothek verzeichnet diese Publikation in der Deutschen Nationalbibliografie; detaillierte bibliografische Daten sind im Internet über http://dnb.d-nb.de abrufbar.

1. Auflage 2019

Servitengasse 5, A-1090 Wien
www.braumueller.at

Coverbild: ÖNB
Umschlag: Klackl&Winter
Vorsatz: Anschluss 1938 | ÖNB
Nachsatz: Staatsvertrag 1955 | ÖNB

Druck: Druckerei Theiss GmbH, A-9431 St. Stefan im Lavanttal
ISBN 978-3-99200-228-3

Lisa gewidmet

PROLOG

Er hatte sich versteckt. Er, Hans Karl Bühl hatte sich in einem leeren Brunnen mit dem Namen „Die Macht zu Lande" versteckt, weil er so etwas wie Angst verspürte, Angst vor diesen abgemagerten, hungernden, frierenden Menschen, die da mit dampfendem Atem an ihm vorbeizogen. Eine Angst, die ihm auf den Schlachtfeldern im Angesicht schwerbewaffneter, zum Töten abgerichteter Soldaten unbekannt geblieben war.

Völker hört die Signale!
Auf zum letzten Gefecht!
Die Internationale
erkämpft das Menschenrecht!

Plötzlich waren vom Heldenplatz her Heil!-Rufe zu hören: „Heil! Heil! Heil Deutsch-Österreich!" Sie kamen näher, schwollen an, wuchsen unter der Michaelerkuppel zu einem hallenden Gegröl, das den Marschgesang in sich aufsog und vertilgte. Menschen stürzten in panischer Angst durch die Herrengasse, verfolgt, gejagt von den bewaffneten Horden der Heil schreienden Heimwehr, Schüsse krachten in die Nacht, Haustore wurden blindwütig eingetreten, Scheiben splitterten. „Heil! Heil! Heil Deutsch-Österreich!"

Hans Karl verließ sein Versteck, als sich das Toben gegen die Schottengasse hin in der klirrenden Nacht verlor. Er stand allein auf dem kreisrunden Michaelerplatz vor der schwarzen Hofburg und kam sich unsagbar lächerlich vor in seinen Lackpumps, seinem Frack, seinem nerzgefütterten Mantel, dem weißen Seidenschal ums Gesicht und dem Zylinder auf dem Kopf. Ein vermummter, trauriger Zirkusclown, um Atem japsend, um seinen Lebensatem ringend.

Bei der Pestsäule nahm er galoppierende Pferde wahr, die sich dem Graben näherten. Zwei Lipizzaner, vor ein Kohlenfuhrwerk gespannt, stürmten unter Peitschenhieben an ihm vorbei gegen die Tuchlauben.

Mit vorsichtig gesetzten Schritten tastete er sich durch die Dunkelheit via Bräunerstraße in die Stallburggasse. Schlaf wollte er dort finden. Morgen, nein heute, am frühen Nachmittag, würde er Leopold von Altenwyl seine Aufwartung machen, um der Form Genüge zu tun und ihn um die Hand seiner Tochter Helene zu bitten.

AUGUST

„Denn wir sind in der Enge und im Dunkeln, in anderer Weise als der mittelalterliche Mensch, aber nicht in minderem Grade; wir überschauen vieles, durchblicken manches, und doch ist die eigentliche Seelenkraft des Blickens schwach in uns; vieles ist uns zu Gebote, aber wir sind keine Gebieter; was wir besitzen sollten, das besitzt uns, und was das Mittel aller Mittel ist, das Geld, wird uns in dämonischer Verkehrtheit zum Zweck der Zwecke“, hatte der im mittäglichen Gegenlicht wie ein Schemen zwischen geflügelten Seepferden gegen den gleißenden See hin auszumachende Dichter mit nur unter äußerster Anspannung aller Sinne wahrnehmbarer Stimme von einem sonnendurchschienenen Blatt langsam, fast stockend, abgelesen, umrahmt vom wellenartig sich aufwerfenden Zug jenes Sagengebirges, das in den Atlanten Salzburgs, Österreichs und Europas seit Urzeiten mit dem Namen „Der Untersberg“ verzeichnet war.

Helene Bühl musste an diese Worte Hofmannsthals vom vormittäglichen Empfang auf

„Leopoldskron", dem Schloss Max Reinhardts, denken, als sich die weißen Finger des Todes fast zärtlich auf Jedermanns Brust legten, worauf ein riesiger Schatten langsam über den Domplatz sank, so unerbittlich, dass sie trotz der Schwüle des Augustnachmittags ihren Seidenschal um die Schultern ziehen und nach der Hand ihres Mannes greifen musste, die dieser ein wenig nur emporhob, um sie, sich niederbeugend, zu küssen. Dabei hatte sie den rechten Arm schützend um ihren Leib gelegt.

„Es ist nach allem und allem, was wir blindwütig zerstört haben, was uns blindwütig zerstört hat und was zerstört darniederliegt, unsere heilige Pflicht und unsere einmal für alle Male unwiderrufliche Gnade, dass wir uns in einem neuen Europa, einem Europa des immerwährenden Friedens, wiederfinden dürfen, im Geist unserer uns alle so leid- wie liebevoll umfangenden Vergangenheit, die uns mahnen möge, so wie Kassandra einst nach der barbarischen Zerstörung Trojas gemahnt hat. – Von jetzt an sei uns alles Zeichen, Menetekel und Warnung! Beten wir, dass uns das unermessliche Leid des vergangenen Krieges befähigen möge, uns noch ein und ein letztes Mal im Allegorischen zu bewähren, denn nur einmal noch, dieses eine letzte Mal noch, überlassen die Parzen den neu zu flechtenden Lorbeer unseren Händen."

SEPTEMBER

„Karl Adam Ferdinand Josef Franz Amadeus Gustav“, Hans Karl reihte fast buchstabierend die Namen aneinander und fächelte sich dann Luft mit der handgeschriebenen Einladungskarte zu, obwohl das Wetter an diesem verregneten Wiener Septembertag durchaus nicht als heiß oder auch nur als übermäßig warm zu bezeichnen war.

„Sag bitte, wär dir das jetzt noch commod, in die schon kühle Piaristenkirchn auf eine Tauf zu gehn?“

„Ja, zu der von dem Buben von der Toinette und dem Ado schon.“

„Du weißt?“

„Aber ja doch, die Crescence hat mir schon vorige Wochn von dem großen Ereignis berichtet, und der Stani is auch eingladn.“

„Ja, der Stani is auch eingladn, natürlich … Ein Bub is es …“

„Ja, wie sich unschwer aus den Namen schließen lasst“, erwiderte Helene lächelnd, stellte sich neben ihren Mann in die Fensterspalierung und sah auf den in einem plötzlichen Lichtband aufglänzenden, fast menschenleeren Platz Am Hof.

„Und dass mich der Ado als Taufpaten für den Buben haben will, weißt du auch?"

„Ja, das hab ich mir so gedacht, nach euern Erlebnissen im Krieg und was der Ado da alles für dich getan hat. Ihm und seinen Pionieren verdanken wir immerhin dein Leben!"

Er drehte sich zu ihr, legte seine rechte Hand behutsam auf ihren Nacken und küsste zart, fast ohne sie mit seinen Lippen zu berühren, ihre Stirn.

„Aber das muss er dir doch schon früher angetragen haben", flüsterte Helene fast tonlos, „das Kind ist ja schon seit dem Juli auf der Welt – so steht's jedenfalls auf dem Billet."

„Ja, im Club, oder dem, was davon noch übrig ist."

„Und du hast hoffentlich angenommen, trotz deiner Menschenscheu."

„Was hätt ich sonst tun sollen?"

„Was hättst du sonst tun dürfen!"

„Und noch dazu ein Bub …"

Helene löste sich. Jetzt schauten beide auf die über dem pfeildurchbohrten Drachen zu ihren

Füßen himmelwärts tanzende, sterngekrönte schwarze Madonna über dem Platz.

„Und das unsrige? – Was glaubst du?"

„Wird ein hoffentlich gesundes Kind, an dem ich vielleicht nicht sterben muss, wie meine Mutter damals vor sechsundzwanzig Jahren in Prag, was ich mir sehr erbitt von –, worum ich halt manchmal, ganz im Geheimen, alle guten Mächte und Kräfte bitt. Und was es wird, Kari, Bub oder Mädel, das gilt mir völlig gleich. – Ein Mäderl wär mir fast lieber, weil ich ja auch als ein solches auf die Welt gekommen bin, und einem solchen Mädel dann vielleicht zeigen könnt, wie sich das anfühlt, wenn man eine Mutter hat."

„Wie du das sagst …"

„Ja, und wenn's anders gwesen wär, wärn wir doch auch jetzt nicht beieinander."

*

„Karl Adam, widersagst du dem Satan?"

„Ich widersage."

„Und all seinen Werken?“

„Ich widersage.“

„Und all seiner Hoffahrt?“

„Ich widersage.“

Es war wie in einem Traum, den Buben von Ado Hechingen in seinem weißen Taufkleid auf dem alten, dünnen, spitzenbesetzten Kissen im Arm, dieses unendlich zarte Menschenkind, in dessen Gesicht schon jetzt die Schönheit seiner Mutter zu erkennen war, die Schönheit von Toinette, seiner einstigen Geliebten, die nur noch vollkommener geworden war seit damals in der Grünleiten vor vier Jahren, neunzehnhundertsechzehn war das, mitten im Krieg, als sie voneinander Abschied nehmen mussten, weil er einen Stellungsbefehl für die Isonzohölle hatte. Und über ihm löste sich die Himmelfahrtsmadonna von Maulbertsch in nichts als von göttlichem Licht durchschienene Farben auf. Blau, Blau, Himmelsblau, zergehende Morgenröte, und die leuchtende Glorie um ihren Kopf.

„Karl Adam, glaubst du an Gott, den allmächtigen Vater, den Schöpfer des Himmels und der Erde?“

„Ich glaube.“

Aus der Tiefe des Bewusstseins tauchte seine Erstkommunion in der Michaelerkirche an den Spiegel seiner Erinnerung, damals hatten sie das Taufgelöbnis im Chor erneuern müssen, ehe ihnen der Leib Christi als kreisrunde Oblate auf die Zunge gedrückt wurde, er zählte neun Jahre, das war im Mai achtzehnhundertneunundachtzig, vor – zweiunddreißig Jahren! Und jetzt sprach er dieses Gelübde für den Sohn seines besten Freundes, dem er sein Leben verdankte, und dessen Frau, seiner Geliebten, mit der er ihn betrogen hatte, und wusste nicht, was er da im Namen dieses neuen Menschen versprach.

„Karl Adam, glaubst du an Jesus Christus, seinen eingeborenen Sohn, geboren aus Maria der Jungfrau, der für uns gelitten hat, gestorben ist, und am dritten Tage wieder auferstanden ist?“

„Ich glaube.“

Glaubte er das alles? Er, Hans Karl Bühl, der dreimalige Kriegsverwundete, der kriegsversehrte Jesuitenzögling, der Aristokrat, dessen Titel vor einem Jahr durch geltendes republikanisches Recht und Gesetz aberkannt worden waren, wie die der Familie seiner Frau, wie die der Familien des Säuglings, den er im Arm hielt, wie die seiner ganzen Klasse, die sich so leichtfertig, so zynisch, so menschenverachtend ihrer Verantwortung entzogen hatte.

„Karl Adam, glaubst du an den Heiligen Geist, die heilige katholische Kirche, die Gemeinschaft der Heiligen, den Nachlass der Sünden, die Auferstehung des Fleisches und das ewige Leben?“

„Ich glaube.“

Die Auferstehung des Fleisches und das ewige Leben … Seine geliebte Mutter war neunzehnhundertvierzehn, als der Krieg begann, auf der Fahrt von Fiume nach Liverpool „in einer Sternennacht verschwunden“, wie ihm William Brod-Spencer, ihr Lebensgefährte, geschrieben hatte, als das Schiff durch kaiserlich-deutsche Torpedos dem Untergang anheimgegeben war. Das ewige Leben! Jetzt, jetzt möchte er leben, dieses Leben leben, mit seiner Frau Helene, mit seinem Kind, mit dem sie bald und hoffentlich gesund, unbeschadet, niederkommen würde. Was gelobte er da wem als Stellvertreter für ein Kind, ein neugeborenes Kind?

Ihm ruhen noch im Zeitenschoße
Die schwarzen und die heitern Lose,

fiel ihm Schillers Glocke ein, die sie alle in Feldkirch auswendig lernen mussten. Gelobte er dem weiß gewandeten Priester, der ihn jetzt am Arm berührte, damit er das kleine Menschenwesen über die Taufschüssel senkte?

„Karl Adam Ferdinand Josef Franz Amadeus Gustav, ich taufe dich im Namen des Vaters", er übergoss den Kopf des Kleinen mit Wasser aus einem goldenen Henkelkrug, „und des Sohnes", er goss wieder, worauf das Kind die Lider öffnete und Hans Karl aus großen blauen Augen staunend ansah, „und des Heiligen Geistes."

Der Priester tupfte mit einer kreuzbestickten Leinenserviette das Wasser von der Stirn des kleinen Karl Adam, Hans Karl glaubte die Zeremonie beendet und hob ihn ein wenig, damit der Körper des nunmehr Getauften zumindest in die Waagerechte gelange, was ihm das kleine Wesen mit einem Wimpernaufschlag zu danken schien, während der Priester dessen Stirn und winzige Hände mit gestocktem Öl bekreuzigte.

„Karl Adam Ferdinand Josef Franz Amadeus Gustav, der allmächtige Gott, der Vater unseres Herrn Jesus Christus, hat dich von der Schuld Adams befreit …", Schuld Adams, zuckte es durch den Kopf Hans Karls, was hat der Ado für eine Schuld, wo ich doch selbst als ein Schuldiger dasteh, „– und dir aus dem Wasser und dem Heiligen Geist neues Leben geschenkt. Aufgenommen in das Volk Gottes wirst du nun mit dem heiligen Chrisam gesalbt, auf dass du für immer ein Glied Christi bleibst, der Priester, König und Prophet ist in alle Ewigkeit." Der Bub, immer im Blick mit seinem Paten, nahm es ohne einen Laut und fast mit einem Lächeln hin.

Plötzlich schwebten Knabenstimmen durch den sonnendurchstrahlten Raum,

Du gabst, oh Herr, mir Sein und Leben,
und deiner Lehre himmlisch' Licht.

Die Piaristenbuben! Das Offertorium aus der Schubertmesse! Wie oft hatten sie es in der Stella gesungen! Und vor neun Jahren, neunzehnhundertelf, bei der Trauung des österreichischen Thronfolgers hatte er es auch gehört, als er mit seinem Schulfreund Xavier, dem Bruder der zukünftigen und letzten Kaiserin, im Schlosshof von Schwarzau Champagner trank – und an der Front, bei den Feldmessen in den Karpaten und am Isonzo, da hatten sie es auch gesungen, oft und oft, und gern, und alle miteinander, die

Mannschaften, die Offiziere, die Corps, als ob ihnen ein Stückl Heimat von Franz Schubert und seiner Musik zurückgeschenkt werden würde.

Was kann dafür, ich Staub, Dir geben?
Nur danken kann ich, mehr doch nicht,
nur danken kann ich, mehr doch nicht …

Toinette hatte das veranlasst, da war er sich ganz sicher. Dem Ado, so lieb er war, wär das nicht eingefallen. Das war sie, und Tränen liefen über sein Gesicht, als er den kleinen Karl Adam in ihre Arme legte, die Arme seiner Mutter. Und wie durch einen Schleier leuchtete das Gesicht seiner Frau herüber.

„Es wird sich doch trotz der allgemeinen Versorgungslage vielleicht noch irgendein Restl von einem Earl Grey finden lassen in der Stallburggasse, meint Er nicht, Graf Kari?“, hatte Toinette leichthin gefragt und sich neben ihn auf einen der ins Wasserblau verschossenen Josefinischen Sessel gesetzt, um dem Schrammelquartett zuzuhören, das da auf der Terrasse des Josefstädter Gartenpalais’ zu Ehren des vor wenigen Stunden getauften Hechingen’schen Stammhalters behutsam den Nußdorfer Walzer intonierte, während

Karl Adam schlief, selig, wie es schien, in seinem mitten unter die Gäste geschobenen Stubenwagen, die diesen immer wieder leise umkreisten, umstanden, damit sie das schöne, seiner Mutter ungemein ähnliche, wie sie fanden, Gesichtchen des Kleinen gebührend bewundern konnten. So blieben sie ungewöhnlich lange, auch weil sie diesen zweiten Sommer des Friedens mit seinem stillen Fest bei Wiener Vorstadtmusik und noch immer an den Balustraden emporrankenden Rosen nicht verabschieden wollten.

„Es wird sich finden lassen, Toinette."

„Und wann, wenn Er die Frag erlaubt?"

„Morgen am Nachmittag, wenn Ihr das konveniert."

„Und um welche Zeit wär Ihm das, wenn man das so sagen möcht, angenehm?"

„Zur Teestund, Toinette, wenn Ihr das recht ist?"

„Aber ja, Graf Kari", sie erhob sich, „es ist mir recht, wenn der Patenonkel von unserm Buben auf ein paar Worte Zeit für dessen Mutter findet."

„Toinette ..."

Er hatte ihre Hand geküsst, worauf sie sich jenen Gästen, älteren zumeist, zuwandte, die sich wegen des kühler werdenden Abends verabschieden mussten.

*

Es war noch Earl Grey in der Wohnung, Vorkriegstee, also mindestens sechs Jahre alt, aber die getrockneten Blätter rochen noch gut, als sie Hans Karl auf den Boden der gläsernen Brühkanne rieseln ließ, die er dann mit kochendem Wasser füllte. Eine Packung Hafergebäck hatte er bei Julius Meinl am Graben für viel zu viel Geld, Inflationsgeld, gekauft, legte einige der Bisquits auf einen japanblauen Teller, stellte diesen neben den mit zwei niederen Kerzen bestückten, aus Eisendraht geflochtenen Rechaudkorb auf das niedere Louis-seize Tischchen seines mit felsgrauer Moireseide bespannten Arbeitssalons, seihte in der schmalen Kitchinette den Tee in eine kugelförmige Eisenkanne und verließ die Wohnung, um Toinette die Haustüre zu öffnen, weil die Klingeln, ebenso wie der Lift des Bräunerhofes, nicht, oder noch immer nicht, funktionierten.

„Zweiter Kuss." Toinette berührte die floral eingefasste Aufzugskabine, bevor sie nach oben stieg. „Dann hab ich aufgehört, zu zählen."

„Es ist ein Earl Grey", stellte sie fest, als sie die hauchdünne Schale samt Untertasse zurückstellte, „vermutlich sogar aus derselben Büchse wie vor sechs Jahren?"

„Vermutlich … Toinette, ich …"

„Schscht! Bitte, Kari, jetzt einmal nix sagen, gar nix."

Von irgendwoher schlug eine Kirchturmuhr sechs Mal. Vielleicht von der Evangelischen in der Dorotheergassn, aber die läuten ja nicht, dann muss es doch die von der Michaelerkirchn gwesen sein, so nah.

„Toinette, es is so viel vorgefallen, seit wir einander das letzte Mal begegnet sind, in der Grünleiten …"

„Pardon, aber das letzte Mal sind wir einander nicht in der Grünleitn begegnet, Kari Bühl! Das letzte Mal, dass wir einander begegnet sind, das war auf einer Soiree von der Helen, Seiner jetzigen Frau, das war im Altenwyl'schen Palais in der Herrengassn vor einem bissl mehr als vor anderthalb Jahren, wo Er sich davonstehlen wollt wie ein Dieb in der Nacht, und mir dafür meinen Mann, den Ado, seinen besten Freund, so angelegentlich wieder anempfohlen hat, und sich den Tag danach mit der Helen verlobt hat, und das war nach der Grünleitn, drei Jahre danach, wenn Er's wissen möcht, ich hab nämlich noch ein ganz gutes Gedächtnis. – Aber ja, man kann das so sagen, wenn man das so sagen will; es ist viel ‚vor-gefallen'."

„Toinette, weiß Sie, was ich am liebsten auf der Welt jetzt tun möcht, auch wenn ich das nicht und nimmer darf?"

Sie sah ihn sehr aufmerksam an.

„Umarmen möcht ich Sie und küssen und da hinübergehn mit Ihr, dorthin, wo wir einander gfunden haben, als der Krieg angefangen hat."

Er stand auf, zog sie zu sich empor, umarmte sie und suchte ihre Lippen, was sie durch eine Drehung abzuwehren wusste, indem sie seine Handgelenke umfasste, um ihn sanft auf die Chaiselongue zurückzusetzen.

„Mein lieber Kari, das geht jetzt nicht, das wär nicht gut jetzt, noch nicht. Und selbst wenn ich wollt, ging's nicht, weil eine Frau in dem Zustand, in dem ich jetzt bin, das gar nicht kann. – Das hat irgendwer oder irgendwas so gemacht, weiß nicht, wer oder was. – Weil erst wieder alles so werden soll, wie's vorher war, und dazu hilft es, wenn man das Kindl selber stillt, hat mir der Primar Bernheim gsagt, und weil ich ihm glaub, tu ich es auch, ich hab die Amme nur zum Aufpassen da. – Und das andere wird dann schon wiederkommen, hat er gsagt, das Frau-Sein, und da muss man halt eine Geduld aufbringen."

Hans Karls Hände zitterten, als er sich bemühte, Tee nachzuschenken. Toinette setzte sich ihm gegenüber, legte ihre Rechte auf die seine und führte sie von der einen dünnwandigen Schale zu der anderen.

„Weißt du, Kari, ich hab einfach nur wissen wollen, wie's um Ihn steht, und ob ich mich nicht doch geirrt hab in dem Unsrigen; und ich glaub schon, dass ich mich nicht geirrt hab. Aber es ist halt viel vor-gefallen seit dem, wie Er sagt. Das ist zwar nicht sehr schön für mich, aber es ist gut, dass ich's weiß."

Sie stand auf und streckte ihm ihre Hand hin.

„Für jetzt leb einmal wohl, Kari, mein lieber Kari – wenn ich Ihn so nennen darf … und ein bissl, mein ich, darf ich's schon. – Und dank dir unendlich, dass du die Patenschaft von meinem Kari übernommen hast. Bin mir ziemlich sicher, dass er dich noch sehr, lass mich das sagen, wie ich's mein, dass er dich noch sehr, wirklich sehr, brauchen wird in all dem Leben, das da vor ihm liegt."

NOVEMBER

Helene hatte vorgesorgt. Sie wollte keine Hausgeburt wie die, an der ihre Mutter sterben musste, ihretwegen. Ihr geliebter Vater tat zwar alles, um diesen obsessiven Gedanken, diese Idée fixe, wie er es nannte, in ihr aufzulösen, aber Helene wurde dieses Schuldgefühl nicht los, also lebte sie mit ihm wie mit einem Schatten, der nun einmal über ihrem sechsundzwanzigjährigen Leben lag.

Sie war jede zweite Woche vom Hof oder von der Herrengasse aus ins Sanatorium Loew zu Dr. Löwenstein, dem Leiter der gynäkologisch-geburtshilflichen Abteilung, gegangen, um ihre Schwangerschaft beobachten zu lassen, eines der dreißig Einzelzimmer war seit Ende Oktober für ihre im November zu erwartende Niederkunft reserviert und bereits bis zum fünfzehnten bezahlt. Jetzt chauffierte sie Lukas, der Jakub ins Spital vorausgeschickt hatte, um alles Notwendige für die plötzlich sich ankündigende Geburt vorbereiten zu lassen, mit dem gehorteten Benzin, das noch immer knapp und kaum zu erwerben war, vom Palais Am Hof langsam unter einer roten Fahnenflut zwischen grauen, sich teilenden Menschenzügen, die allesamt dem Parlament auf der Ringstraße zustrebten, in Richtung Mariannengasse, weil die Wehen eingesetzt hatten und Hans Karl wegen dringender Landvermessungen und Neukatastrierungen von Hohenbühl unabkömmlich war.

Sanatorium Loew, ihr geliebter Gustav Mahler war dort gestorben, neun lange Jahre war das jetzt her, einen ganzen furchtbaren, alles zerstörenden Weltkrieg lang, und sie erinnerte genau eines seiner letzten Dirigate als Hofoperndirektor, „Figaros Hochzeit" hatte er auf seinen Abschiedsspielplan gesetzt, kurz bevor er Wien verließ, um nach Amerika zu gehen. Danach hatten sie soupiert, bei Anna Sacher, sie und die Bühls, die ihr Vater im Schlussapplaus der unvergesslich dirigierten Mozartoper entdeckt und dazu gebeten hatte, den Kari, seine durch die Selbsttötung ihres Mannes so jung verwitwete Schwester Crescence und deren unvorstellbar schöne und, wie ihr schien, aus tiefster Seele leuchtende Mutter, Leonore. Dreizehn war sie damals, und hatte sich sofort in ihr Gegenüber verliebt, in den um vierzehn Jahre älteren jungen Herrn, in jenen Kari, mit dem sie jetzt seit fast zwei Jahren verheiratet war. Und Austern hatte sie gekostet, zum ersten und zum letzten Mal, damals, vor dreiundzwanzig Jahren, im Restaurant von Anna Sacher.

Lukas musste sie stützen, damit sie das Krankenhaus betreten konnte, unendlich behutsam geleitete er sie zum Lift. Sie folgten einem der marineblau uniformierten Portiers, der sie auf die Geburtenstation brachte, wo sie schon von einer Schwester erwartet wurden, die Helene zum Kreißsaal führte.

„Wenn erlauben, Gräfin Helene, erwarte ich hier ein bissl mit Beten die gute Nachricht, um dem Herrn Grafen Altenwyl, dero verehrtem Herrn Vater, persönlich die frohe Botschaft übermitteln zu können und sie dann sogleich nach Hohenbühl zu telefonieren."

„Danke, Lukas, danke! Ich werd Ihnen das nie vergessen!"

Nach acht Stunden, um zwei Uhr am Morgen des nunmehr bereits siebten November, stieß Professor Löwenstein eine cremeweiße Doppeltüre auf und teilte Lukas Eybner, dem Kammerdiener

Hans Karl Bühls, mit, dass dessen Frau soeben eines gesunden Mädchens entbunden worden sei. Diese Mitteilung erfolge auf den ausdrücklichen Wunsch der Frau Gräfin –, der Frau Helene Bühl, die weiters wünsche, dass er das Neugeborene noch kurz in Augenschein nehme.

Er öffnete einen Türflügel, ließ die Schwester mit einem weißen Bündel vor Lukas hintreten, der aufstand, seinen Rosenkranz in der Pattentasche seines schwarzen Anzugs verschwinden ließ und zitternd Tränen mit dem Ärmel aus seinem Gesicht wischte, um das winzige Antlitz des kleinen Wesens da vor ihm nicht zu beflecken, wie er hoffte.

„Es heißt Leonore Helene Leopoldine Crescence, soll ich Ihnen noch ausrichten, Herr – Eybner, ist das korrekt?"

„Lukas Eybner, das ist korrekt, Herr Professor, danke. Und bitte meinen Dank und die herzlichsten Glück- und Segenswünsche der Frau Gräfin zu übermitteln. Danke, danke! Danke!"

Er salutierte und begann zu laufen, durch den langen, grauweißen Gang zum kaum beleuchteten Treppenhaus, die sechs Stiegen hinunter, hinaus in die Nebelnacht. Er startete den Vorkriegs-Gräf, der sofort ansprang, lenkte ihn über die wie ausgestorbene Alser Straße in die Schotten-, die Herrengasse, wo er vor dem Altenwyl'schen Palais anhielt, den Motor abstellte und minutenlang klopfen und läuten musste, bis ihm von der über dem Nachthemd in eine dicke Filzjacke gehüllten Beschließerin geöffnet wurde.

„Gott sei Dank, Frau Pozarek! Frau Pozarek, den Herrn Grafen muss man wecken, schnell, die Frau Gräfin hat ein Mädel bekommen!"

„Die Frau Gräfin hat ein Mädel bekommen", wiederholte die greise Frau, ohne sich von der Stelle zu bewegen, „Jeschuschmaria, die Frau Gräfin hat ein Mädel bekommen, wie damals in Prag! Hat die Frau Gräfin auch ein Mädel bekommen ..."

Im hinteren Teil des Innenhofes wurde eine hohe nachtschwarze Gestalt sichtbar.

„Wenzel, die Frau Gräfin hat ein Mädel bekommen, wie damals in Prag hat die Frau Gräfin ein Mädel bekommen!"

„Können Sie mich bitte schnell hinaufführen, Herr Kratochwil, den Herrn Grafen wecken und mich anmelden, damit ich die glückliche Nachricht überbringen kann? Und danach bitt ich Sie, mir eine Telefonverbindung nach Hohenbühl zu unserm Herrn Grafen herzustellen."

Der alte Kammerdiener winkte Lukas heran, verschwand im Hausinneren und begann, sich am geschmiedeten Handlauf festhaltend, mühsam Stufe für Stufe ins obere Stockwerk hinaufzuarbeiten.

Leopold Altenwyl liefen Tränen in dünnen Rinnsalen über das hagere Gesicht, sie sammelten sich in seinen weißen Bartstoppeln, ehe sie ein verblichen blau gestreiftes Flanellnachthemd grau tropften. Er musste nach dem Arm seines Kammerdieners greifen, der, angetan mit weißen Zwirnhandschuhen, mit beiden Händen eine Sessellehne umklammerte, damit nicht beide niederfielen, als Lukas meldete, dass die Tochter des Herrn Grafen, Frau Gräfin Helene, glücklich eines gesunden Mädchens entbunden worden sei. Gleichzeitig bitte er darum, nach Hohenbühl telefonieren zu dürfen, um den Vater des Kindes, seinen Herrn Grafen, ehestmöglich von dem großen Ereignis in Kenntnis setzen zu können.

Ob es unangemessen sei, Lukas zu bitten, ihn vielleicht ins Sanatorium Loew zu seiner Tochter zu chauffieren, wenn er angekleidet sei, weil das

Automobil schon vor der Tür stehe, worauf dieser mit einer tiefen Verbeugung zu verstehen gab, dass es eine große Ehre für ihn wäre, diesem Wunsch entsprechen zu dürfen.

„Telefon bitte dritte Tire auf linke Gang in Antischamber von Arbeitszimmer von Herrn Grafen, dann vielleicht warten in Vestibil, bis der Herr Graf erscheinen wird, adjustiert fir Besuch von Komtesse Helen in Spital", verabschiedete der Altenwyl'sche Kammerdiener den Bühl'schen und verschwand mit seinem Herrn hinter dem Flügel einer hohen Barocktüre aus Eichenholz, deren gefasste Füllungslisenen in abgeblättertem, fast orangerotem Gold schimmerten.

Eine junge Schwester, Anna von den „Töchtern des göttlichen Heilands", wie sie sich vorgestellt hatte, öffnete lautlos eine hell gestrichene Zimmertür mit der Nummer neunzehn und ließ Leopold Altenwyl eintreten.

Da lag seine Tochter, im Rücken ein wenig angehoben, mit geschlossenen Augen, in ihrem weißen Bett und hielt ihr schlafendes Kind in den Armen, das sie aus einem gleich hohen kleinen Bettwagen neben sich herausgehoben haben musste, wie Altenwyl durch den Schleier seiner Tränen dem milden Kopfschütteln der Schwester entnahm, die ihm einen Holzsessel hinschob, eine Windel reichte und geräuschlos das Zimmer verließ.

Bilder schoben sich ineinander, übereinander. Damals in Prag hielt Helene, seine Frau, ihre kleine Tochter ebenso im Arm, als sie am Kindbettfieber sterben musste. Das war am sechsten Tag nach der Geburt ebenjener Helene, die jetzt ihr Kind ebenso in den Armen hielt und leben darf. Leben darf mit ihrer Tochter, denn mit „Finalement ist dann alles doch gut verlaufen“ hatte ihn ja Professor Löwenstein vor wenigen Minuten begrüßt. Für die Mutter sei's vielleicht ein bissl mühsam gewesen, ein bissl kompliziert, so, wie sie halt nun einmal wären, die Altenwyls. „Unglaublich tapfer, Ihre Tochter, Graf Altenwyl, die Gräfin Bühl!“

Helenes Augenlider öffneten sich langsam, weil sich das Neugeborene in ihrem Arm bewegt hatte, kaum wahrnehmbar, ein Mal nur. Sie sah ihren Vater aus ihren tiefen blauen Augen an, lächelte und hob ihm das Kind entgegen.

Leopold Altenwyl übernahm es, hielt es für wenige Augenblicke mit beiden Händen wie einen unendlich kostbaren, zerbrechlichen Gegenstand vor sich, dann umschloss er es vorsichtig mit dem rechten Arm, um es in die Beuge seines linken zu betten, hob es an sein Herz und musste sich, jetzt wieder im Blick mit seiner Tochter, niedersetzen.

„Da ist sie jetzt endlich, Papá, die kleine Leonore."

„Und was für ein Zauber von ihr ausgeht, Helen … Was für ein Geschenk du mir machst auf meine alten Tag! – Ich glaub, dass ich so glücklich bin wie damals, als du auf die Welt gekommen bist. Dank dir, Helen, mehr als ich es jemals werd sagen können."

Sie schwiegen. Sie schwiegen lange miteinander, verbunden in ihrem Glück, bis die kleine Leonore sich bewegte, weil eine Krähe vor dem Fenster diesen Novembermorgen ankündigte.

Leopold Altenwyl hatte Lukas heimgeschickt, der war aber sofort hinaus nach Hohenbühl gefahren, weil er seinen Herrn so schnell als nur irgend möglich nach Wien zu seiner Frau und zu seinem Kind holen wollte.

Altenwyl wählte seinen Weg über die Alser und die Universitätsstraße, um in die Herrengasse zu gelangen. Auf der Freyung zog es ihn in die Schottenkirche, die Kirche seiner Schulzeit, die er bald sechzig Jahre nicht mehr betreten hatte. Zu seiner Verwunderung war sie schon geöffnet an diesem frühen Morgen, er folgte dem Weihrauchgeruch und kniete vor der roten Ampel des Allerheiligsten nieder, dem Leben unendlich dankbar, ohne irgendetwas zu denken.

*

Ein kurzes dreimaliges Klopfzeichen ließ Helene die Augen öffnen und zur Tür schauen. Sie wunderte sich, weil Schwester Anna nur zweimal klopfte, um ihr Eintreten anzuzeigen. Erneut drei kurze Schläge. Würde Kari anklopfen? Sicher, aber er konnte unmöglich schon um sieben, von Hohenbühl kommend, in Wien sein. Erneutes dreimaliges Klopfen, nun ungeduldiger, dem Helene ein fragendes „Bitte einzutreten“ nachschickte.

Einzutreten schien ein riesiger Kamelienstrauß, hinter dem sich die Türe wie durch Zauberhand schloss.

„Bitt um Pardon, aber stören wollt ich keinesfalls!“

„Du störst nicht, Stani, es ist lieb, dass du kommst, als der Erste nach dem Papá."

„Du kennst so gut meine Stimm?" Er senkte den Strauß bis unter seine blauen Augen.

„Wie sollt ich nicht? – Wunder-, wunderschön sind sie, Seine Blumen! Wo Er die wohl hergezaubert hat, jetzt, fast mitten im November?"

„Aus dem Glashaus der Starhembergs, Tant Helen, wenn ich Sie jetzt so nennen darf, obwohl das vielleicht gar nicht so galant ist … – Sie haben es ohne Schaden über den Krieg retten können, mitten in ihrem Garten in der Stadt! – Famose Leistung das, findet Sie nicht, Tant Helen?"

„Es ist schön, dass einigen wenigen so etwas gelungen ist; sonst wär halt ich jetzt auch nicht zu der Ehre gekommen."

„Bin sehr gut mit dem Ernstl, musst du wissen, wir haben uns nämlich richtig miteinander angefreundet. – Ich schau nach einer Vasn, wenn du erlaubst, bevor ich mir dein Töchterl vielleicht anschaun darf … Klingel gibt's hier keine?"

„Gibt's keine, weil die Elektrik noch nicht ganz so funktioniert, wie sie sollt, aber die Schwester Anna wird gleich da sein."

„Dann darf ich mir also erlauben …"

Er wechselte das Bouquet auf den Rücken und näherte sich dem Kinderbett, über dem er sich tief zu verbeugen schien.

„Gratulier dir, Helen! Was für ein schönes Mädl das ist! Aber wie könnt es auch anders sein! Dir aus dem Gsicht gschnittn, wie man so sagt, und dem Onkel Kari natürlich auch! Bin sicher, dass ich deine himmelblauen Augen seh, wenn es die seinen aufmacht …“

„Sie hat blaue Augen, Stani. Aber bittschön, red Er nicht zu laut auf sie ein, weil ich ganz froh darüber bin, dass sie so ruhig schlaft nach der Strapaz, die sie hat durchmachen müssen.“

„Pardon, Tant Helen! Bitt mir zu verzeihen, dass mir die Usancen, wie man mit Neugeborenen umgeht, nicht, oder noch nicht, vertraut sind. Ich darf doch, wenn du erlaubst?“, fragte er fast übertrieben flüsternd, knöpfte seinen graphitgrauen Kaschmirmantel auf und nahm umständlich jenen Platz neben Helenes Bett ein, auf dem zuvor ihr Vater gesessen hatte, immer das Kamelienbouquet vor sich haltend. „Obwohl man nicht früh genug damit anfangen kann …“

„Womit kann man nicht früh genug anfangen, Stani?“

„Na, sich mit den Usancen vertraut zu machen, wie man mit Neugeborenen umzugehen hat."

„Aber darüber muss Er sich doch jetzt noch keine Gedanken machen, grad jetzt, wo er mit dem Studiern anfangt, Stani."

„In Innsbruck, ja, zusammen mit dem Ernstl Starhemberg. – Aber es hätt ja bald einmal so kommen können, Tant Helen, weiß Sie das nicht?"

„Nein …"

Helene suchte fragend seinen Blick.

„Das war so eine Idee von der Mamu – du kennst ja die Ideen von der Mamu … Aber gfallen hätt mir die Idee schon sehr, Tant Helen, wenn du erlaubst. Dein Einverständnis wär natürlich immer vorausgesetzt gewesen, weil ich der Ansicht bin, dass die Ehe ganz einfach eine Frage des richtigen Entschlusses ist, vor allem andern."

Stani Freudenberg hatte nicht bemerkt, dass Schwester Anna lautlos die Türe geöffnet hatte und hinter ihm stand, als sich Helene ihr zuwandte und mit „Wären Sie bitte so lieb, Schwester?" auf die Kamelien wies, was Stani veranlasste, sich aufspringend umzuwenden, um der erstaunten Stationsschwester mit beiden Händen den Strauß entgegenzustrecken, die diesen übernahm, eilig das Zimmer verließ, ohne es zu schließen, was Stani fast beflissen besorgte, worauf er seine schwarz gegerbten Straußenlederhandschuhe Finger für Finger von den Händen zog, sich Helenes Bett näherte, ihre Rechte emporhob und, diese an seine Lippen führend, sich wieder niederließ.

Draußen, tief unten, näherte sich knatternd ein Automobil. Helene wünschte, es wäre Lukas mit ihrem Mann, aber es fuhr vorüber, entfernte sich in die Stille, aus der es gekommen war.

„Weiß Sie das wirklich nicht, Helen?"

„Was?"

„Na, die Idee von der Mamu, dass Sie und ich, dass wir hätten ein Paar werden können –, dass wir hätten heiraten können … Weiß Sie das wirklich nicht, Helen?"

„Nein, Stani, nein, kein Wort davon weiß ich …"

„Das ist vielleicht auch gar nicht notwendig, weil jetzt, wo mit dem Mädel da die Ehe zwischen Ihr und dem Onkel Kari seine folgerichtige Bestätigung erfahren hat, erst jetzt trau ich mich,

Ihr das einmal gesagt zu haben, damit nichts zwischen uns steht, Tant Helen …"

„Aber was sollt denn zwischen uns stehn, Stani?"

„Na, die Idee von der Mamu! Aber die hat sich ja jetzt in Wohlgefallen aufgelöst, wic man so sagt."

„Mein lieber Stani, wo ich doch auch noch um so viel älter bin als Er …"

„Na, diese paar Jahr, sind's fünf?, die wären an mir ebenso vorbeigegangen, wie sie an Ihr vorbeigegangen sind – spurlos. Spur-los, Helen …"

„Bitte! Ja, bitte!", beantwortete Helene fast rufend das behutsame zweimalige Klopfen, das jetzt, endlich, in die Stille getropft war.

„Kari, Kari! Mein Gott, ist das gut, dass du endlich da bist!"

Hans Karl Bühl ließ seinen Mantel fallen, den Stani sofort aufhob, kniete vor dem Bett nieder, umarmte seine Frau und blieb in der Umarmung, lange, um seiner Tränen Herr zu werden, so lange, bis Helene „Kari, Kari! Schaut doch, wer da ist" flüsterte.

Er stand auf und reichte seinem Neffen die Hand.

„Schön, Stani, dass du so schnell hast da sein können, dank dir, hab ich dich doch fest in Innsbruck geglaubt."

„Natürlich, Onkel Kari, da bin ich noch immer und werd auch bis auf Weiteres dort bleiben, nur hat mich der Ernstl Starhemberg über die Allerheiligen mit zu seiner Familie nach Wien genommen, und da hab ich von der Mamu von dem unmittelbar ins Haus stehenden großen Ereignis erfahren, und weil du in Hohenbühl hast sein müssen, bin halt ich geblieben, bis es so weit war; aber schon heut fahr ich wieder zurück."

„Ja, dank dir jedenfalls noch einmal –"

„Kann mir auch gar keinen Tag länger erlauben, nicht in Innsbruck zu sein, weil wir am Wochenende bei der Rhaetia eine Mensur fechten und wir uns überhaupt und tunlichst mit der Tiroler Heimwehr um unser Österreich oder um das, was davon noch übrig ist, zu kümmern haben, damit es nicht noch den Sozialisten mit ihrem Schutzbund in die Hände fallt. – Tant Helen, Onkel Kari, erlaube mir, nochmals zu gratulieren."

Er warf den Mantel seines Onkels über den Holzsessel, schlug die Absätze zusammen, salutierte und verließ das Zimmer, worauf das kleine Wesen neben Helene die Augen öffnete, sich zu bewegen begann, seine Ärmchen in die Luft streckte und von seiner Mutter sofort aus seinem kleinen Bettwagen genommen, umarmt, ein paarmal gewiegt und seinem Vater entgegengehalten wurde, der es empfing, hielt, unendlich zart auf die Stirne küsste und in die Arme seiner Frau zurücklegte. Die Türe öffnete sich. Schwester Anna stellte den Kamelienstrauß auf ein Tischchen neben den Garderobenhaken, begrüßte Hans Karl, gratulierte gerührt und wünschte Glück.

„Keine Sorge, Frau Gräfin, mit der Vormilch hat es erst einmal genug. Wollen Sie, dass wir es trotzdem einer Amme geben?"

Helene verneinte. Sie hielt ihr Kind stumm umschlossen, bis die Schwester den Raum verlassen hatte.

FEBRUAR

„Verzeih bitte, Kari, dass ich hab bitten lassen, dich herzubemühn, aber schau, ich werd dies Jahr siebenundsiebzig und bin nicht mehr so gut zu Fuß, nicht einmal mehr auf dem kurzen Weg zu euch hinüber, so gern ich ihn auch hab, den Weg und den Platz. Und bei der Kältn, die uns jetzt schon drei Monat in den Klauen hält, fallt's noch schwerer. Und ein bissl eine Angst vor den Gestalten, die sich da noch immer herumtreiben, ist halt auch dabei. Du verzeihst vielleicht …"

„Bitt dich, Schwiegerpapá! Es ist mir doch eine Freude, dich so oft wie möglich sehn zu dürfen."

Hans Karl legte seine Hände auf die Oberarme seines Schwiegervaters, was dieser erwiderte, dann schienen sie einander zu küssen, indem sie, zu beiden Seiten Kopf an Kopf, Wange an Wange legten.

Leopold Altenwyl geleitete Hans Karl durch den goldenen Lanzini-Flur, vorbei an Europa, die sich soeben anschickte, von Genien gehoben, im keuschen Damensitz auf dem Rücken des zahm zu ihren Füßen lagernden, blumengeschmückten

Stieres Platz zu nehmen, in den kleineren elfenbeinweiß-goldenen Ecksalon, dessen zwei Fenster, wie die drei anderen der Palaisfront, zur Herrengasse hin ausgerichtet waren. Es war Tee zubereitet worden an diesem Vormittag, schon in den ausladenden Porzellanschalen dampfender Tee, neben denen in einer Kristallkaraffe bernsteinfarbener Rum leuchtete. Wenzel verließ das Zimmer, nachdem sich die Herren, umgeben von dicht um sie angeordneten Jagdszenen-Paravents, mit den Rücken vor dem goldverzierten, in schlankem Weiß in die Höhe strebenden maria-theresianischen Kachelofen auf niederen, in ein Lärchengelb verschossenen Barocksesseln niedergelassen hatten. Trotz dieses schützenden Arrangements war es kalt in dem in seiner schönbrunner Eleganz erstarrten Raum, was Hans Karl schon auf der Prunkstiege veranlasst hatte, seinen Mantel anzubehalten.

Leopold Altenwyl hob die Prager Kriegel-Tasse mit beiden Händen wie einen Kelch in die Höhe, er prostete seinem Schwiegersohn zu, der die seine aufhob und mit ihm anstieß.

„Weißt du, mein lieber Kari, es geht um Folgendes: Wie dir ja bekannt ist, ist uns im vorletzten Jahr im Zuge der ‚großen Landreform' dieser neuen Republik, die sich jetzt die tschechoslowakische nennt, unser ganzer Grundbesitz aberkannt worden, was schlicht und einfach bedeutet, dass diese Tschechoslowakische Republik unseren gesamten böhmischen Grund und Boden enteignet und konfisziert hat; einen Boden, der uns seit sechzehnhundertzwanzig, seit der Schlacht am Weißen Berg, gehört hat. Geblieben is uns grad noch das Palais in Prag, das, in dem die Helen auf die Welt gekommen ist. Du erinnerst vielleicht ihre Sponsion damals im Vierzehnerjahr, kurz vor dem Krieg, wo mir schien, dass ihr euch, soweit mich mein altes Gedächtnis nicht trügt, zum ersten Mal ein bissl näher gekommen seid. – Erinnerst du das auch so, wie ich's jetzt sag? – Widersprich mir bitte gleich, wenn's nicht so war!"

„Wie du es sagst, genau so erinner ich es auch, genau so ist es in mir, unverlierbar und auf immer. Und ich weiß noch den Walzer von Dvořák, ihren Lieblingswalzer, den sie immerzu hat hören und tanzen wollen, und den ich mit ihr hab tanzen dürfen, zwei Mal, oben, auf dem Altan eurer Loggia, unterm Hradschin. Und danach hat sie mir Prag gezeigt, ihr Prag, und das Prag ihrer Mutter, das sie so sehr geliebt hat; sogar auf dem Jüdischen Friedhof waren wir an diesem Abend, wo sie mich zum Grab ihrer Großeltern geführt hat, und dort hat sie mich gelehrt, dass man seine Wünsche und Gedanken für die Verstorbenen durch Steine an deren Grabstelle zurücklässt."

„Ah, das war der Grund, warum sie damals plötzlich verschwunden war! – Verzeih bitte, aber es ist angenehm für mich auf meine alten Tag, dass mich meine Wahrnehmung damals nicht getäuscht hat, und dass ich sie auch so in der Erinnerung behalten hab dürfen. – Ja, und dieses Haus also in Prag, das hab ich auf dich übertragen wollen, mein lieber Kari …"

„Bitt dich, Poldo, lieber Schwiegerpapá, aber das würd ich nie und nimmer annehmen können und auch nicht wollen, aber die Helen …"

„… nimmt's auch nicht, das weiß ich, weil ich die längste Zeit mit ihr darüber debattiert hab, da seid's ihr beide gleich! Also hab ich es auf eure Tochter übertragen lassen, ich hab ja niemand sonst als euch …"

„Papá, wenn du erlaubst – "

„Nein, mein lieber Kari, jetzt erlaub ich einmal gar nix! Meiner Enkelin Leoni, eurer Tochter, ghört jetzt einfach das Altenwyl'sche Palais in Prag, das eh nicht mehr viel wert ist, außer vielleicht, dass es in Prag steht. Punktum. Und dabei ist gar nicht so sicher, dass sie es ihr lassen werden. Es ist alles unter Dach und Fach, und mir ist sehr, sehr wohl dabei. – Das ist, was ich dir sagen wollt, Kari, und darum hab ich mir erlaubt, dich herzubitten."

„Papá, ich …"

„Weiß schon, was du alles am Hals hast, mein lieber Kari, das Haus hier in Wien, und Hohenbühl mit der ganzen Landwirtschaft und mit der Forstwirtschaft … Aber das hab ich schon bedacht, und so hab ich die nicht unbedeutende Landau'sche Mitgift meiner Frau, der Helen ihrer Eltern, die ich nie angetastet hab, noch ganz kurz vor dem Beginn des Kriegs, als hätt ich ihn geahnt, es konnt ja nicht so weitergehn, in einen inflations- und mündelsicheren Fonds in Gold verwandelt, der erhält jetzt das Haus in Prag und das Personal, das sich dort um alles kümmert, nämlich die ganze große Familie von unserm braven, ehemaligen, muss man jetzt ja sagen,

Wald- und Forstmeister, dem Dobroslav Cermak, der auch über die Mittel verfügt, Leut einzustellen, wenn's das Haus, oder wenn er sie, oder wenn wir sie noch einmal brauchen sollten. Man kann ja nie wissen, was diese Republik da mit uns noch so alles vorhat. Und dieser Fonds, lass mich das noch sagen, den ich geteilt und grad noch transferieren hab können, der erhält auch das Haus hier in der Herrengassen, und unser treues Personal, und auch mich, solang's mich halt noch gibt, wenn du erlaubst und nicht anderweitig darüber verfügen willst."

„Poldo …"

„Und ja, dass ich nicht drauf vergess, hier im Haus haben wir ein kleines Vermögen an Goldreserven versteckt, draußen, in der Lanzini-Loggia, der Wenzel weiß darüber Bescheid."

„Poldo –, Schwiegerpapá –", stammelte Hans Karl, „das –, das ist unendlich lieb und gscheit und fürsorglich und großmütig und ich weiß nicht, was sonst noch alles von dir, aber ich hab nichts zum Erlauben und nichts zu verfügen, und möcht's auch nie, nie! Das Haus ghört der Helen, seit du es auf sie übertragen hast, und das wird sich auch nie ändern!"

„Verzeih bitte, aber sie hat es nicht auf euch –?“

„Verzeih, sie wollt, zu unserer Hochzeit, aber ich hab’s nicht angenommen, hätt’s auch gar nicht annehmen können! Das ist ihres, seit sie auf der Welt ist, und wird auch immer das ihrige bleiben! – Du hast uns weiß Gott schon genug geholfen mit dieser großzügigen Mitgift, die du, weil du so gscheit und vorausschauend warst, in Gold angelegt hast, eine Idee, auf die ich nie und nimmer gekommen wär. Und deshalb, und nur deshalb, können wir immer wieder darauf zurückgreifen, wenn’s in Wien eng wird, oder in Hohenbühl, oder mit dem Lohn für unsere guten Leut, hier wie draußen …“

„Das ist typisch für die Helen, und das ist typisch für dich, und ich will mich da auch gar nicht einmischen, das ist allein die Sache von euch so geliebten, kostbaren, aber ziemlich, wenn ich mir erlauben darf, das so auszudrücken, ziemlich schwierigen Menschen. Aber ein bissl freut’s mich doch, dass meine Arrangements vielleicht gar nicht so blöd waren, wie man sie in meinem Alter auch hätt befürchten können.“

Hans Karls Augen füllten sich mit Tränen.

„Jetzt komm, Kari, das is nix, nichts! Schau, was hätt ich auch anderes tun sollen, wenn ich noch ganz bei Verstand bin! – Und für die zweite Schale genehmigen wir uns jetzt einen Schuss Rum, Vorkriegsrum aus Jamaika!“

„Das ist viel, sehr viel Papá, mehr als ich sagen kann, und – verzeih bitte die Tränen – das sind die Nerven, die sich seit dem Verschüttetwerden in den Karpaten zu den unmöglichsten Augenblicken zeigen, völlig ohne jede Ankündigung, so, dass ich nichts, gar nix, dagegen tun kann, was mir, glaub mir bitte, mehr als peinlich ist.“

Es war schon früher Nachmittag, als Hans Karl, durch den Haarhof kommend, vor dem Palais eine große, dunkle Menschengruppe versammelt sah, eine größere als die, die sich gewöhnlich an jedem Mittag zu der warmen Ausspeisung vor dem Haus einfand. „Ausspeisung“, er hatte schon im letzten Kriegswinter Anweisung gegeben, dass den Menschen, die sich Tag für Tag auf dem Platz einfanden, zumindest eine warme Suppe aus Gemüse, Erdäpfeln, manchmal auch mit einem Stück Speck, alles, aufgrund der Benzinknappheit genau eingeteilt, aus Hohenbühl herbeigeschafft, ausgegeben wurde. Dieser Brauch wurde beibehalten, seit nunmehr drei Jahren, um das unsagbare Elend jener, die zum Hof kamen, vielleicht um ein weniges nur zu lindern. Es waren Mütter mit ihren rachitischen Kindern, zu Skeletten abgemagerte ehemalige Soldaten, die meisten Kriegsverwundete, Amputierte, Krüppel, grauenvoll Verstümmelte, von Giftgas und Geschützdetonationen Versehrte, am ganzen Leib zitternde Obdachlose, die nicht weniger wurden, eher mehr mit den Jahren. So musste beibehalten werden, was einmal eingeführt worden war, auch in den wärmeren Monaten, in denen die Suppe gegen Brot und Käse aus der Hohenbühl'schen Meierei getauscht wurde. Aber mit jedem Herbst, mit jedem der unsagbar kalten, endlosen Winter, schienen sich die Hilfesuchenden, die Bedürftigen, die Ausgestoßenen, die Bettelnden zu vervielfachen, sodass sich Hans Karl veranlasst sah, die Remisen mit gusseisernen Kanonenöfen zu versehen, um diese in notdürftige Wärmeräume zu verwandeln, und in den frei gewordenen Boxen der Stallungen drängten, schmiegten sich Frauen und Kinder aneinander, um auf herbeigeschafften Teppichen unter Pferdedecken und abgenommenen Samtvorhängen vor dem Erfrieren gerettet zu werden.

Er sah Maria, die Köchin, deren Mann schon neunzehnhundertfünfzehn in der ersten Karpatenschlacht gefallen war, vor der Toreinfahrt aus einem dampfenden Kessel das Etwas an Suppe, das sie zusammengebracht hatte, in Blechtassen, Keramikschalen, kleine Armeetöpfe schöpfen, Jakub, der Chauffeur, und die Kammerzofe Fina taten das Gleiche aus einem zweiten, die Beschließerin Berta, deren Mann aus der vierten Isonzoschlacht nicht mehr heimgekommen war, aus einem dritten, während der alte Stallmeister Severin und Pavel, zuständig für Innenhof, Parterrebereich und die Keller, darauf achteten, dass alles gerecht verteilt wurde.

„Herr Hauptmann!" Kaum dass sich diese eine dünne Stimme aus dem dumpfen Gemurmel zu lösen vermochte. „Herr Hauptmann!" Hans Karl aber hörte sie, erkannte sie. „Hauptmann Bühl!" Sie schien von unter dem Verbindungstrakt zur Jesuitenkirche herüberzuwehen.

Hans Karl schob sich durch die Wartenden in die Durchfahrt zum Schulhof, wo eine am ganzen Leib zitternde, an der Hauswand Halt suchende

Gestalt zu salutieren versuchte, nachdem sie eine ihrer Krücken von sich geschleudert hatte.

„Hauptmann – Bühl –, Zugführer – Hütter – meldet sich – zur Stelle."

„Franz!" Hans Karl lief zu ihm, umarmte ihn. Nur mit äußerster Mühe vermochte er den emporgerissenen rechten Arm an den schlotternden Körper zurückzudrücken. „Franz! Franz Hütter!"

Dann versuchte er, den wild Zuckenden festzuhalten, zu beruhigen, was ihm kaum gelang. So hüpften sie unter der zugigen Galerie wie zwei Kinder, die, aneinandergepresst, tanzend den Klauen des Todes entfliehen wollten, „Hüt-ter – Franz! Hüt-ter – Franz! Es – ist – gut! – Es – ist – gut! – Es ist gut –, dass ich Ihn – endlich – wiederseh!" mit unterdrückter Stimme hervorstoßend.

„Nix–is–gut, Herr – Hauptmann, melde – ge-horsamst, dass sie – mich – nach – kuriertem – Bauchschuss – zurück-geschickt – haben, – Dolo-miten, – Monte-Grappa-Schlacht, – Giftgas-mit-Berg-sprengungen, – keine Gas-masken mehr – vorhanden."

Hans Karl drückte seinen ehemaligen Zugführer unter äußerster Kraftanstrengung an die Wand, damit er dessen Krücke, die er mit seiner linken Schuhspitze zu sich heranzog, aufheben und ihn, unendlich langsam, zwischen den kaum vor dem Schauspiel zurückweichenden Menschen in den Innenhof führen, von wo aus er ihn mit Jakub in die Sattel- und Pferdegeschirrkammer bringen, dort auf eine Bank niederdrücken und hinter ihn wechseln konnte, um seinen wippenden Oberkörper mit beiden Armen umfangen zu halten, während Jakub nach Suppe und einem Stück Brot lief.

„Es ist gut, Zugführer Hütter, jetzt, jetzt ist es gut! Es ist gut! Er muss mir glauben!"

„Da! – Da! – Da geht – Schwester Lena!", stieß Franz Hütter hervor, „Schwester – Lena!", rief er, schrie „Schwester Lena!", als er Helene im Hof vorbeigehen sah.

Sie blieb stehen, wandte sich um, kam herein, erkannte ihn, nahm eine der kupfernen Getreidekellen von der Wand, füllte sie mit dem Wein, den sie in einer Karaffe aus dem Keller geholt hatte, setzte sich neben ihn, legte ihren Arm behutsam um seinen Rücken und flößte ihm, das Gefäß immer wieder absetzend, in kleinen Schlucken von dem Burgunder aus dem letzten Fass des Bühl'schen Vorrats ein.

„Es freut mich, dass Sie sich noch an mich erinnern, Herr Hütter, an die Zeit, die Sie bei uns im Sacré-Coeur-Lazarett verbringen mussten, aber wir haben Sie ja Gott sei Dank wieder hinkriegen können …“

„Ja, Schwester Lena“, er trank und wurde ruhiger, „wieder hin-kriegen – für die Front – Schwester Lena …“

Das Wippen seines Oberkörpers wurde schwächer, ließ fast nach, sodass Hans Karl auch wagen konnte, sich neben ihn zu setzen. Helene Bühl, Franz Hütter, Hans Karl Bühl.

„Und dann werd ich Ihnen immer dankbar dafür sein, dass Sie mich damals haben wissen lassen, wie es um meinen jetzigen Mann gstanden ist, Ihren Hauptmann Bühl.“

Franz Hütters ungläubiger Blick wechselte mehrmals kopfzitternd von Helene zu Hans Karl, dann wollte er aufschnellen, was diese zu verhindern wussten, indem sie ihn wieder zwischen sich zogen.

„Frau Gräfin, ich hab ja nicht gwusst, dass …“

„Sie haben's ja auch gar nicht wissen können, Herr Hütter, ich hab's ja damals selber noch nicht gwusst.“

Jetzt brachte Jakub einen Blechnapf mit dampfender Suppe, den Franz Hütter mit beiden Händen entgegennahm und wartete, bis ein Brotsterz hineingebrockt war.

„Danke! Danke, Frau Gräfin, danke, Herr Hauptmann –, Herr Graf …"

„Hat Er ein Quartier –, ich mein, wo wohnen Sie denn jetzt, Herr Hütter?", wagte Hans Karl leise die plötzlich entstandene Stille nach dem vorsichtigen Löffeln des Kriegsversehrten zu unterbrechen.

„Hab kein Quartier, Herr Hauptmann, wer gibt denn so einem Krüppel, wie ich einer bin, so einem Zitterer, mit seinen dreißig Jahren, schon ein Quartier? – Einem, der sie nur an den Krieg erinnert, den verlorenen, und daran, was mit so einem angstellt worden ist."

„Waren Sie nicht verlobt, Herr Hütter?"

„War ich, Herr Hauptmann, aber die Leopoldin, meine Braut, hat sich entlobt, als ich noch einmal hinaus hab müssen zum Monte Grappa. Und jetzt hat sie schon ein Kind, einen Buben, von einem Volksschullehrer aus dem zehnten Bezirk, einem Sozialisten aus Favoriten, und der hat sie dann auch, Gott sei Dank, möcht man sagen, gheirat …"

„Der Herr Hütter bleibt bei uns, wenn er mag, wir werden ihm ein Zimmer finden und auch einen Arzt, der ihm vielleicht helfen kann", beendete Helene das Gespräch. Sie stand auf. „Wir wären Ihnen sehr dankbar, Herr Hütter, wenn Sie uns zur Hand gehen könnten, dem Jakub oder dem Severin oder dem Pavel. Es ist nämlich gar nicht zum Ausdenken, was es alles zu tun gibt, hier in Wien, und auch draußen in Hohenbühl."

APRIL

Es war ein ungewöhnlich warmer, viele und lange Jahre nicht mehr erlebter Frühling, der die hochbetagte Anna Sacher dazu veranlasste, ihr Konzertcafé im Prater schon am Ostersonntag wieder in Betrieb zu nehmen, wovon sie ihre zahllosen Stammgäste der alten, wie der neuen sogenannten feinen Wiener Gesellschaft mittels handgeschriebener, persönlich adressierter Billets mit dem Hinweis in Kenntnis setzte, dass es ihr gelungen sei, das Damenorchester *Die Wiener Walzermädln* unter seiner Leiterin Alma Rosé, der Nichte des ehemaligen Hofoperndirektors Gustav Mahler, vor deren großer Europatournee für zwei volle Wochen zur geflissentlichen Unterhaltung ihres hochgeschätzten Publikums zu engagieren; eine Ankündigung, die Helene freudig aufnahm, indem sie ihren Mann bat, sich für den Weißen Sonntag, dem Tag der Erstkommunion ihrer Tochter Leoni und seines Patenkindes Kari, um eine Familienreservierung im Gastgarten zu kümmern, war doch ohnehin ein Ausflug zum Riesenrad geplant.

Die Michaelerkirche schien von Wellen durchzogen, Menschenwellen aus Kindern, die sich in strahlendem Weiß von der linken Hälfte zur grau durchsetzten blauen auf der rechten aufwarf, um von dort wieder zurückzuschwappen, wie es das Ritual der Liturgie verlangte, bis ein weißer und ein blauer Strom im Mittelgang zusammenfanden, der auf die Altarbrüstung zuströmte, sich dort senkte, die Hostien empfing, um dann zu beiden Seiten wieder auseinanderzustreben, gelenkt und getragen vom pulsierenden Herzschlag der Orgel, über dem ein Choral in die höchsten Höhen von Mervilles barockem Engelshimmel stieg und sich dort in den Wolken seines Reliefs verflüchtigte.

Jesus bleibet meine Freude,
Meines Herzens Trost und Saft,

Die Worte waren da, ungerufen durchzogen sie – ja, was durchzogen sie? Seinen Kopf, seine Gedanken, sein Herz, seine Seele?

Jesus wehret allem Leide,
Er ist meines Lebens Kraft.

Und er konnte seinen Blick nicht lösen vom Katarakt der Engel, die da, noch weiß, noch nicht in der ewigen Verdammnis angelangt, vom Erzengel Michael in die Tiefe hinter dem Hochaltar gestürzt wurden, vor dem jetzt die Kommunionkinder zusammen mit allen, die in der überfüllten Kirche versammelt waren, das *Großer Gott, wir loben dich* anstimmten.

Dann zogen sie mit ihren flackernden Taufkerzen, gefolgt von ihren Familien, ihren Paten und Patinnen sowie von deren Familien, an der Sakristei vorbei in den hohen, streng gegliederten Innenhof, um von dort in das prunkvolle Refektorium zu gelangen, wohin der Pfarrer von Sankt Michael, Pater Wolfgang, zu einer Agape geladen hatte, die auf Veranlassung der Beteiligten von der ehemaligen k. u. k. Hof- und Zuckerbäckerei Demel vorbereitet worden war.

„Mami, Ma – mi!“, rief der kleine Kari außer sich geratend, als Toinette Hechingen im Nachtblau des Blazers ihres Sohnes erschien, der ihr, sich einen Weg durch die indignierte Festgesellschaft bahnend, entgegenrannte, sie, die in die Hocke niedergegangen war, wodurch ihre vollendet schönen Beine sichtbar wurden, so heftig umarmte, dass sie ihr mit einer Schwanenfeder gespicktes Barett vom Kopf nehmen musste, das die seitlich gescheitelten Wellen ihres kurz geschnittenen, Mahagoni schimmernden Haares bedeckt hatte.

„Mami, Mami! Dank dir so sehr, dass du gekommen bist! Und der Papi wird's gar nicht merken, weil er schon mit der Tante Helen und der Leoni hineingegangen ist."

„Aber das weißt du doch, mein Kari, dass ich immer kommen werd und dass sich nie etwas zwischen uns stellen wird, nie, mein lieber Bub! Und in deinen Sommerferien darfst du mich ja auch besuchen, einen ganzen Monat lang, das sind vier Wochen! Wir sind auf Dornbach wie üblich und gehen in die Grünleiten, wann's uns gfallt, so wie's halt immer war. Vielleicht erscheint ja auch dein geliebter Onkel Kari einmal", beschwichtigte Toinette, ihren Sohn behutsam wiegend, als sie zu Hans Karl aufsah, „und ihr könnts dann zusammen etwas unternehmen, etwas ganz Schönes, vielleicht sogar etwas Großartiges …"

„Versprochen, Kari, mit einem heiligen Ehrenwort versprochen, am Tag von deiner ersten Kommunion. – Und jetzt sollten wir vielleicht doch hineingehn zu den andern, wir zwei, nicht, dass sie noch auf die Idee kommen, uns weißgottwo zu suchen."

Toinette Hechingen küsste ihren Sohn auf die Stirn, ordnete seine kastanienfarbenen Locken in die beabsichtigte Scheitelordnung zurück, reichte Hans Karl ihre Rechte, über der dieser, nachdem sie sich erhoben hatte, einen Handkuss andeutete.

„Danke, Graf Kari, und hab Er bitte immer ein Aug auf ihn, auf meinen Kari“, und als sie Pater Wolfgang in den Hof kommen sah, entzog sie sich in den dunklen Gang des Klosters.

Mit „Schaut's bitte, das ist Wien, euer Wien“ versuchte Hans Karl Bühl die Aufmerksamkeit seines Patenkindes und seiner Tochter auf die unter ihnen unendlich weit, wie es schien, sich ausbreitende Stadt zu lenken, als ihr Waggon, kaum spürbar schaukelnd, hoch über den Praterallleen verhielt.

„Da, in der Mitte, das ist Sankt Stephan, und die Spitze, die ihr da sehts, das ist der Steffl, und da hängt die Pummerin, das Herz von unserem, nach einem furchtbaren Krieg übrig gebliebenen Österreich, und manchmal kann man dieses Herz schlagen hören, zu Weihnachten, zu Ostern, zu Pfingsten oder wenn ein neues Jahr anfangt. Und da hinten, ganz am Rand zum Himmel, wo ihr die Hügel sehts, mit dem kleinen Kircherl, dort auf dem letzten über der Donau, das ist der Wienerwald, und wo das kleine Kircherl steht, das ist der Leopoldsberg, da und auf dem Kahlenberg daneben, da haben sich die großen Heere versammelt, das polnische unter ihrem König Johann Sobieski, das lothringische und das bayerische, von hinten sind sie hinaufgestiegen, damit sie von niemandem gesehen werden, und dann sind sie wie die Erzengel hinuntergebraust, auf die Stadt zu, die von den Türken schon seit vielen Monaten eingekreist und belagert war. Und im letzten Moment, da konnten sie sie vertreiben, im allerletzten Moment. Sonst hätt's dieses Wien nicht mehr gegeben, und auch Österreich nicht, und kein Joseph Haydn wär gwesen, und kein Mozart, und keine Zauberflöte, die ihr so mögts, und kein Beethoven und kein Schubert, dessen Lieder ihr doch sicher schon gesungen habt in der Schule, im Musikunterricht, *Am Brunnen vor dem Tore* und *Ich träumte von bunten Blumen* vielleicht."

„Wie sind sie wie Erzengel hinuntergebraust?" Leoni drehte sich zu ihrem Vater.

„Ja, wie? Wie brausen denn Erzengel?", setzte Kari nach.

„Sie haben sich Flügel gebaut, große Flügel, die sie mit echten Federn bestückt und dann wie

Rucksäcke über ihre eisernen Brustpanzer gezurrt haben, sodass sie über ihnen wie Schwingen von Engeln flatterten, als sie vom Kahlenberg hinuntergestürmt sind."

„Warum, warum haben sie das gemacht?", fragte Kari.

„Ja, warum?", setzte Leoni fort. „Das muss doch furchtbar mühsam sein, solche Flügel zu basteln für so viele, bestimmt für Tausende!"

„Ich glaub, sie wollten ein Zeichen setzen, oder so etwas wie ein Zeugnis ablegen für die Länder, aus denen sie den ganzen langen Weg hergekommen sind, aus Polen, aus Bayern und aus Lothringen, um Wien zu befreien, weil sie das eine gewusst haben, wenn Wien erobert wird, dann wird es nicht lange dauern, bis ihre Länder auch erobert werden, und eigentlich wollten sie die bis zum letzten Blutstropfen verteidigen und erhalten, damit auch das ganze christliche Abendland, so wird unsere Welt, also der europäische Kontinent, genannt, erhalten bleibt. Zu dem haben sie seit eineinhalb Jahrtausenden gehört und das wollten sie nicht preisgeben für einen anderen Glauben, nämlich für den orientalischen, den die Menschen im Morgenland haben, den muslimischen unter dem Halbmond, wo die Frauen weggesperrt werden und verschleiert sein müssen, wenn sie sich außerhalb ihrer Häuser in den Straßen ihrer Städte zeigen.“

„Aber warum sperren die Muselmanen ihre Frauen ein?“, insistierte Leoni weiter.

„Wahrscheinlich, weil sie denken, dass sie ihnen die anderen Männer rauben würden, wenn sie sehen könnten, was für schöne Frauen das sind. Aber so genau weiß ich das auch nicht, so haben wir es halt in der Schule gelernt, als ich so alt war wie ihr …“, replizierte Hans Karl, sichtlich um eine Antwort verlegen.

„Aber die Flügel, die Flügel?“, warf Kari ein. „Warum haben sie sich Engelsflügel gebastelt?“

„Vielleicht, weil sie zeigen wollten, dass sie wie Engel sind, die sich in den letzten Kampf werfen, damit sie das, was ihnen das Heiligste ist, retten, damit es nicht für immer verloren ist. – So, wie der Erzengel Michael überm Hochaltar von der Michaelerkirche, wo euch heut Vormittag der Pater Wolfgang die erste Kommunion gegeben hat, die Feinde des Himmels in die Tiefe stößt, so sind sie heruntergestürmt … – Habts ihr hinaufgschaut?“

Die Kinder sahen einander an und nickten.

„Und was ist das, das Heiligste?" Leoni ließ ihren Vater nicht aus dem Blick.

„Vielleicht ist es das, woran man am meisten glaubt", stammelte Hans Karl, „das, ohne das man nicht leben möchte und was uns alle ausmacht und was in Jahrtausenden so geworden ist, wie's eben jetzt ist: die Musik und die Dichtung und die Bilder und die Städte und die Häuser und die Landschaften, und die Menschen darin, und die Liebe, die zwischen den Menschen sein kann, vielleicht ist das ‚das Heiligste'."

Leoni schaute nickend zu Kari, dann wendeten sie sich wieder wie gebannt dem Horizont des Wienerwalds zu, als sich das Riesenrad mit einem sanften Stoß erneut in Bewegung setzte und ihr großes Abteil höher, immer höher hob, bis es sehr langsam über den Donauauen in Richtung Preßburg und Ungarn zu sinken begann.

„Und du lasst mich im Stich bei so einem Verhör, Lillibeth?"

Hans Karl lehnte sich erleichtert zurück, indem er die Hand der Patentante seiner Tochter küsste.

„Weil ich dir fasziniert zuhör, Kari, es gibt so viele Gschichten, so viele, und du erzählst sie halt so schön! Und sicher gibt's die auch von Prag und von Böhmen und von was weiß ich noch allem, aber die müsst dann meine Cousine Helen erzählen, weil ich mir sicher bin, dass sie die alle kennt, dafür wird schon der Onkel Poldo, dein Schwiegerpapá, gesorgt haben."

„Darf ich um diesen Tanz bitten?"

Hans Karl verbeugte sich vor seiner Frau, die mit einem ungläubigen Lächeln zu ihm aufsah. Er hatte seinen Platz an der Stirnseite der langen, in strahlendem Weiß eingedeckten Tafel, die aus mehreren Restaurationstischen zusammengestellt war, verlassen, als die Wiener Walzermädln voller Schwung die Einleitungsakkorde der Frühlingsstimmen aufklingen ließen, ehe die Lerchen auf den Girlanden ihrer Geigen in den lauen Nachmittag emporstiegen, um sich dem milden Windhauch dieser von allen sehnsüchtig erwarteten Jahreszeit hinzugeben.

„Weiß schon, dass ich kein Tänzer bin, aber in deinen Armen …"

„Schön ist das, einfach nur schön, und es freut mich, mehr als ich sagen kann, dass du mir einmal wieder die Ehre gibst."

„Helen …“, und es schien, als wäre es ihnen vergönnt, vielleicht vom Schicksal vergönnt, ein wenig auf diesen Klängen zu schweben, als sich der traurige Blick Karl Adam Hechingens in ihren Augen verfing. Der „kleine Kari“, wie ihn beide Familien nannten, saß neben seinem Vater, hielt seinen silbernen Nachspeislöffel in der Hand und sah herüber, unverwandt herüber, auf die unter dem zartesten Buchengrün drehenden Paare.

„Kann es sein, dass ich die Toinette heut in der Kirchn gsehn hab, ganz hinten, beim Gitter?“

„Dem ist ganz sicher so, weil sie dann im Hof erschienen ist, um ihren Buben wenigstens einmal in die Arme zu schließen an diesem Tag.“

„Eine Tragödie ist das, dass sie sich haben scheiden lassen, vielleicht nicht einmal so sehr für die zwei, aber für den Buben, diesen zauberhaften Buben. Er ist genau gleich alt wie die Leoni.“

„Ein halbes Jahr älter halt.“

„Du musst dich bitte um ihn kümmern, Kari, er ist dein Patenkind und er adoriert dich; viel mehr, er liebt dich, vielleicht mehr als seinen Vater, dem er unglücklicherweise zugsprochen worden ist.“

„Hab ihm heut versprochen, ihn im Sommer in Kärnten zu besuchen und irgendetwas mit ihm zu unternehmen, weiß noch nicht was, weil mich das alles, du verzeihst, ein bissl überfordert …"

„Weiß schon, Kari, aber es ist halt jetzt einmal so gekommen …"

„Ihr seids ein so schönes Paar, ihr zwei, das reine Vergnügen ist das, euch zuzuschaun!", empfing Crescence ihren Bruder, als sie zur Tafel zurückkamen. „Und es is ewig schad, dass der Stani das alles nicht miterleben kann, die Musik, die Walzermädln, den Prater, wo er doch die Leoni so gern hat."

„Warum ist er denn nicht erschienen, Crescence, dein Stani?"

„Weil er nicht wegkommt von Oberösterreich, wo er dem Ernstl Starhemberg zur Seite steht, der dort Führer der Heimwehr geworden ist. – Man muss das machen, liebste Mamu, sagt er immer, man muss einstehen für sein Vaterland, damit es nicht ganz den Bach hinuntergeht."

„Und Innsbruck, sein Studium der Staatswissenschaften mein ich, wenn ich das fragen darf?", wandte Hans Karl leise ein.

„Hat er unterbrochen, dem Ernstl zulieb, weil der ihn doch so sehr braucht!"

„Wozu, wenn die Frage erlaubt ist, Crescence, braucht ihn denn der Ernstl Starhemberg grad in Oberösterreich so dringend, wo er doch sein Stammschloss hat und scinc größten Besitzungen?" Helene sah ihre Schwägerin an, die sich Zeit ließ, bis sie ihre Antwort vorbereitet hatte.

„Also: Seitdem der sozialistische Mob im letzten Sommer den Justizpalast in Brand gesteckt hat, gibt's für die zwei nur mehr eins: die Heimwehr stärken, überall! In Tirol, in der Steiermark, in Oberösterreich, und vor allem in Wien, damit so eine Anarchie nie mehr stattfinden kann, sagt mir der Stani, sehr überzeugend übrigens."

„Aber vielleicht waren die Schattenbach-Urteile, die Freisprüche eben, wirklich ein bissl ein Unrecht gegen die Sozialisten, was natürlich keine Brandstiftung rechtfertigt", flüsterte Hans Karl.

„Und ich frag jetzt, ob sie unsern Dvořák-Walzer spielen können, du erinnerst ihn vielleicht, den von meiner Sponsionsfeier in Prag, bei der du ihn dreimal mit mir hast tanzen müssen."

Helene war zur Damenkapelle gelaufen, um Alma Rosé zu fragen, ob ihre Wiener Walzermädeln auch den Walzer aus der achten Symphonie von Dvořák spielen könnten, was die Leiterin des Orchesters bejahte und sofort an ihre Musikerinnen weitergab, die nach einem kurzen Wechsel der Notenblätter auf das Zeichen für ihren Auftakt warteten, den das Patenkind von Helenes geliebtem Gustav Mahler, zu ihr herüberlächelnd, mit der zartesten Einfühlung gab, sodass die wehmütige Melodie, aus der hölzernen Konzertmuschel befreit, über dem bereits schattig werdenden Gastgarten des Kaffeehauses der Anna Sacher dahinschweben konnte.

JUNI

Hans Karl hatte seinem Freund angeboten, Kari mit Ferienbeginn zu seiner Mutter nach Kärnten zu bringen, weil er bei dessen Erstkommunion versprochen hatte, ihn im Sommer dort zu besuchen, was Ado Hechingen dankend annahm, weil er auf diese Weise seiner geschiedenen Frau nicht begegnen musste.

„Warum, warum hat sie diese Scheidung wollen, bitte sag mir das, Kari, weil ich es nicht versteh! Es war doch alles so gut, der geliebte Bub ist auf die Welt gekommen, und die Toinette war so lieb mit ihm, vom ersten Tag an. Diese ganzen acht Jahre hat sie ihn mit einer unvorstellbar zärtlichen Liebe ins Leben begleitet, unendlich behutsam hat sie ihn geführt, und dann, plötzlich, wie er in die zweite Klass gekommen ist, wollt sie sich partout scheiden lassen, einfach so, von jetzt auf gleich, und hat nie und nimmer sagen wollen, warum! Um Verzeihung hat sie mich gebeten, dass sie nicht mehr kann, und hat geweint, aber dabei geblieben ist sie. Sogar unseren Namen hat sie ablegen wollen, unbedingt hat sie ihn ablegen wollen, und auf meinen Einwand, dass der Bub dann anders heißen wird wie seine Mutter, versteh mich bitte richtig, Kari, ich werd bestimmt nicht mehr heiraten, da hat sie nur gesagt, dass der Name nicht entscheidend ist für das, was eine Mutter ist, und dass sie halt keine Hechingen mehr sein will, weil sie keine Hechingen mehr ist, und dass außerdem die Ladinsas eh mit ihr aussterben, also tragt sie ihn halt noch ein bissl, diesen Namen, auch im Andenken an ihren Vater, der sie so lieb gehabt hat. Und sie würde sich wieder frei fühlen mit ihrem Namen, hat sie gesagt. ‚Frei fühlen', hat sie gesagt. – Ich versteh das nicht, Kari! Vielleicht hast du eine Idee, weil du von so vielem so viel mehr verstehst als ich, vielleicht auch in diesem Fall, weil du sie ja kennst, die Toinette, und ein Einfühlungsvermögen hast in sie. Sie hat immer gsagt, dass sie froh darüber ist, dich zum Freund zu haben."

Adam Hechingen liefen Tränen übers Gesicht, die er mit seinem weißen Batiststecktuch wegzuwischen versuchte, was ihm kaum gelang.

Hans Karl schwieg, er sah seinen Freund an. Toinettes Sätze auf der Altenwyl'schen Soiree vor neun Jahren tauchten plötzlich in seine Erinnerung: *Ich lass mir von dir den Ado nicht einreden. Ich mag seine Händ nicht. Sein Gesicht nicht. Seine Ohren nicht. – Deine Hände hab ich lieb.*

Er schwieg so lange, bis auch Ado ihn ansah und „Bitte, Kari, sag was, irgendetwas!“ flehte.

„Ich weiß es wirklich nicht, Ado, und ich kann dich nur bitten, mir zu glauben.“

„Natürlich glaub ich dir! Alles, Kari, wem, wenn nicht dir! Aber vielleicht kannst du ja etwas herausbringen aus ihr, jetzt, wo du so lieb bist und den Kari zu ihr bringst.“

JULI

Der Bahnhof von Spittal an der Drau, in den sie nach einer siebenstündigen Fahrt einfuhren, sah aus wie damals vor elfeinhalb Jahren, das war mitten im Krieg, nur dass jetzt Sommer war, und Frieden, strahlender Sommer, und dass Toinette nicht auf dem Bahnsteig wartete, sondern ihr Stallmeister, der Karl Adam mit Tränen in den Augen und Hans Karl mit einem angedeuteten militärischen Salut begrüßte, das Gepäck aufnahm, sie zu einem Cabriolet führte, auf das Kari mit einem Ausruf der Bewunderung zulief, es darin verstaute, den hinteren Wagenschlag öffnete, um einsteigen zu lassen, was Kari entschieden ablehnte, weil er selbstverständlich vorne neben dem Fahrer sitzen wollte.

„Bitte, Nepomuk, bitte! Ich möcht so gern sehen, wie Sie ihn fahren, den neuen Austro-Daimler, und die Mami erlaubt's auch immer!"

Und als er einstieg, erklärte er Hans Karl fachkundig, dass das der neue *ADM 3 Sport* mit einhundert PS und einer Spitzengeschwindigkeit von einhundertdreißig Kilometern pro Stunde sei und dass seine Mami sehr viel von Automobilen verstehe, eine Passion, die sie beide gemeinsam hätten.

„Die Frau Gräfin erwartet die beiden Herren oben in der Grünleiten, weil's dort ein bissl frischer ist und man ganz leicht zum Gössbach reiten kann, wenn man baden möcht", erklärte Nepomuk Feistritzer, als er am Dornbacher Schloss vorbeifuhr.

„Vollzählig sein mir nimmer, Herr Graf, aber den Kopeinig Wendelin gibt's noch immer da oben und er schaut noch immer auf die Jagd mit seine vierundachtzig Jahr, und seine Frau, die Minna, kocht und tuat auch sonst noch viel herum, wie sie halt kann, und ich bin halt auch noch da, für die Pferd, und für alles, was im Haus anfallt. Hab wieder heimdürfen aus der Welschen Gefangenschaft, das war im Zwanzgerjahr, wie der junge Herr Graf in Wien auf die Welt kommen isch."

Der Bub lächelte hinüber zu dem vertrauten Mann mit seinem gepflegten grauen Oberlippenbart in dem grün-schwarz gestöckelten Steirerjanker, den Nepomuk Feistritzer, seit sich Kari erinnern konnte, über seinen khakifarbenen Breecheshosen mit den braunschwarzen Reitstiefeln zu tragen pflegte.

„Und die Schaschinger Berta kümmert sich jetzt nur mehr um Dornbach, weil ihr Dirndele, die Burgi, zwölf is sie jetzt wordn, ja in d' Schul muss, wie die Dirndelen von die andern Frauen, die was die Frau Gräfin aufgnommen hat, weil ihre Männer nimmer heimkommen sind vom Krieg. Halt die, was auf ihre Höf und ihre Familien nimmer glitten sind, weil's keine Männer nimmer habn und sich alle vor ihnen fürchten. – ‚Weiberburg' schimpfen s' unser Schloss jetzt in der ganzen Gegend, aber Respekt haben s' alle Mal!"

„Die Fahrt war fast gar nicht fad, weil mir der Onkel Kari so viel erzählt hat von die Orte, die wir passiert haben, von Baden, wo der Kaiser Franz einen so schönen Park hat anlegen lassen und wo der berühmte Kom–ponist Ludwig – van – Beethoven zur Kur war, weil er nix mehr hörn hat können, und von Klagenfurt, was einen echten Drachen zum Wahrzeichen hat, einen Lindwurm, und von Villach, was warme Quellen hat, und überhaupt von Kärnten, das Gott sei Dank noch zu Österreich ghört, weil die Kärntner bei Österreich bleiben wollten, und das haben sie genau in dem Jahr entschieden, wo ich auf die Welt gekommen bin."

„Und jetzt bist du schon ein so großer und vor allem ein so lieber Bub, und bald schon ein junger Herr", unterbrach Toinette die Redseligkeit ihres Sohnes, „und ein bissl was von Seinem Ritschert könnt der junge Herr schon noch essen, weil er nämlich eine Kraft zum Reiten braucht. Der Nepomuk freut sich schon auf dich, und die Flora auch, gleich morgen in der Früh soll's losgehn! – Aber für wenigstens zwei Marillenknödln von der Minna sollt halt auch noch ein bissl ein Platz bleiben. Na ja, du wirst das schon machen, weißt ja selbst, was dir am besten tut."

Sie legte den wappengestanzten Silberlöffel zwischen Mittel-, Zeigefinger und Daumen seiner rechten Hand, umschloss sie mit der ihren, fasste damit ein wenig von dem Eintopf aus Gemüse, tags zuvor in Buttermilch geweichten Graupen, Bohnen und einen der geräucherten Rippenwürfel, löste ihre Hand von der seinen, griff nach ihrem Marzemino-gefüllten Glas und prostete beiden zu, worauf auch Hans Karl das seine erhob, während Kari den Löffel zum Mund führte, in den Meißner Suppenteller zurücklegte und sich mit seiner Leinenserviette formvollendet die Lippen abtupfte.

„Und morgen Abend geht's mit dem Schlafwagen von Villach nach Venedig, wo wir um acht Uhr dreißig in der Früh aussteigen werden. Wir danken dir noch einmal, Toinette, dass Sie uns den Ausflug erlaubt hat und drei ganze Tage auf ihren geliebten Kari verzichtet, wir wissen das sehr zu schätzen!"

Sie stießen an, der Klang blieb lange in der Luft.

„Da werd ich halt jetzt auf zwei Karis verzichten müssen. – Jedenfalls bringt euch der Nepomuk mit dem Automobil nach Villach."

„Aber mit dem neuen ADM 3!"

„Ja, mit dem, wenn die Herren das so wünschen ..."

Sie redeten nicht, sie gingen nebeneinander, an der Stallung vorbei, am Parkour mit den niederen gelb-roten Hindernissen, der wie eine Terrasse in den Hang eingelassen war, weiter durch den Ahornboden, dann hintereinander, Toinette voraus, den fast vollmondhellen Waldweg hinauf zu einem sechseckigen Blockholzpavillon, den ihr

Vater, erhöht um ein großquadriges Granitsteinfundament, auf einer gelichteten Hügelkuppe hatte errichten lassen, um sein geliebtes Tal und die umliegenden Wälder überschauen zu können.

„Schau, wie der Bartelmann mit seinem Schnee noch leuchtet, und das Eis von der Tandlspitze, und, ganz hinten, die Höhennockn und die Schmiednockn auch."

„Diese Herrlichkeit hat Sie mir schon einmal gezeigt, Toinette, das war an jenem Dezembermorgen vor zwölf Jahren, als ich der glücklichste Mensch auf der Welt war, einer Welt, die gerade dabei war, in einem der grauenvollsten Kriege unterzugehen, in den aber dieser glückliche Mensch wieder hineinbefohlen worden ist, sinnlos und grausam und alles Menschliche vernichtend."

„Er hätt nicht gehen müssen, Er hätt bleiben können. Hier hätt Er bleiben können", wandte Toinette sanft ein.

Sie standen an einer der fensterlosen Öffnungen. Die Landschaft, durchzogen von einem weißgold aufglänzenden Flussband, leuchtete blausilbern zu ihnen herauf.

„Er hätt nicht bleiben können, dieser glückliche Mensch, Toinette, und das weiß Sie auch, tief in Ihr drinnen weiß Sie das auch, weil er, und mit ihm Hunderttausende, Millionen anderer, auf alles das, was da untergegangen ist, einmal einen Eid geschworen haben, einen Eid auf etwas Heiliges, das er und all die andern da draußen schützen, verteidigen, vor dem Untergang retten wollten, mit ihrem Leib und mit ihrem Leben."

Toinette ging von ihm weg, langsam. Sie setzte sich ihm gegenüber auf die umlaufende Holzbank und sah ihn an.

„Dann hab ich halt Glück ghabt, dass Er noch am Leben ist und dass Ihn dieses Heilige nicht ganz vernichtet hat. Und für dieses Glück bin ich dem Leben, oder dem Zufall, wie Er sich einmal ausgedrückt hat, unendlich dankbar, und will es auch bleiben, darauf schwör ich einen heiligen Eid!"

„Der Kari und die Flora sind schon mit dem Nepomuk draußen. Sie haben ein bissl longiert, Schritt und Haltung und was es halt so braucht nach ein paar Monaten, dass man wieder eins miteinander wird. Jetzt machen sie grad einen Ausritt ins Gößbachtal."

Hans Karl öffnete die Augen, er hatte nicht gemerkt, dass Toinette längst aufgestanden war.

„Mein Gott, ist er glücklich, der Bub, dass er wieder da sein kann und dass sein geliebter Onkel Kari auch da ist und dass er etwas ganz Großes mit ihm unternehmen darf."

Sie stand in derselben Fensterspalierung wie vor zwölf Jahren, in demselben schottisch karierten Dirndl, dessen Mieder sie öffnete bis zur petrolblauen Schürze, die sie abnahm und auf einen der Bauernsessel legte, als sie auf das breite Zirbenbett zuging. Sie streifte das Kleid von ihren Schultern, löste das eingenähte Brustband ihrer Bluse unter ihrem Busen und setzte sich in einem plötzlich frei ihren Körper umfließenden schneeweißen Unterkleid neben ihn.

„Bis zum hinteren Gößbachtal reitet man schon eine Stund, dann noch eine halbe im Schritt hinauf bis zur Gößbachalm, wo man eine Buttermilch und ein Stückl Sterz bekommt, und dann mindestens wieder eine Stund zurück. – Es ist uns also, weiß nicht, von was oder wem, wieder einmal alle Zeit der Welt geschenkt worden, wenn wir das Geschenk annehmen …"

*

Kari Hechingen saß auf der langen Wartebank des Bahnhofs, seinen Schweinslederkoffer neben sich. Seine Blicke folgten den Gleisen, die nach Wien führen mussten, weil ihm sein Onkel Kari aus dem Zug, der in Richtung Wien verschwand, noch lange zugewunken hatte, während der Schlafwagen, mit dem sie aus Venedig gekommen waren, Villach in Richtung Salzburg verließ.

Als er seine Mutter auf den Perron laufen sah, steckte er den letzten Bissen der Thunfisch-Ei-Tramezzini, die sie sich noch am gestrigen Nachmittag im Caffè Florian hatten verpacken lassen, in seinen Mund, spürte noch einmal deren, wie er befunden hatte, mit nichts auf der Welt zu vergleichendem Geschmack nach, wischte sich mit der Papierserviette die Mundwinkel und war erstaunt, dass seine Mutter so aufgeregt neben ihm Platz nahm, ohne ihn umarmt oder geküsst zu haben.

ANKOMMEN FREITAG 8 FRUE VILLACH KUK, las Toinette. „Ankommen Freitag Acht früh Villach!", wiederholte sie. Das Telegramm in ihrer Hand zitterte.

„Da muss sich der Beamte auf der Post hinterm Markusplatz vertan haben, wir waren nämlich schon um sieben Uhr fünfzehn da, und um dreiviertel acht hat der Onkel Kari dann schon nach Wien weitermüssen. – Aber das macht doch überhaupt nix, Mami, ich hab den Zügen zugschaut, wie sie angekommen sind und wieder weggefahren sind, und ich hab mein letztes Tramezzino gegessen, das vom Caffè Florian auf dem Markusplatz ist und so gut schmeckt. – Mami, du glaubst gar nicht, wie gut das schmeckt! Und jetzt muss ich dich um Pardon bitten, dass ich dir nix davon aufghoben hab, was ich unbedingt hätt tun sollen, damit du eine Ahnung davon bekommst, wie gut das schmeckt! Ganz fest vorgnommen hab ich mir's! – Du verzeihst?"

„Ach, Kari, mein lieber, lieber Bub!" Toinette schloss ihren Sohn in die Arme, sie hielt sich lange an ihm fest, weil er nicht sehen sollte, dass ihre Tränen auf seinen Staubmantel tropften, über den sie als winzige Rinnsale über seinen Rücken der Holzbank entgegenliefen.

„Mami … Mami, was hast du denn? – Du weinst ja, scheint mir. Weinst du? Du weinst!"

Kari befreite sich, indem er die Arme seiner Mutter zart von seinen Schultern zog, ihre Handgelenke umfasste und ihren Blick suchte.

„Es ist nichts, Kari, gar nix. Ich hab halt nur gedacht, dass wir ihm noch hätten Adieu und Danke sagen können, wir zwei, miteinander, bevor er wieder nach Wien zurückfahrt."

„Natürlich wär das besser gwesen, aber daran ist niemand anders schuld als dieser blöde Telegrafist in Venedig."

Der Bub nahm ein Taschentuch aus seinem Leinensakko, tupfte seiner Mutter die Tränen vom Gesicht, stand auf, küsste sie auf beide Wangen, nahm seinen Koffer mit der linken Hand, bot ihr seine rechte, auf die sie ihre linke legte, ganz so, als würde sie einer Aufforderung zum Tanz Folge leisten, „Très galant! Merci ma chérie!" flüsternd.

Hand in Hand verließ das ungleiche Paar die Wartehalle, strebte dem offenen, azurblauen Automobil zu, Kari schwang seinen Koffer auf den Rücksitz, öffnete seiner Dame den Wagenschlag, bot die Hand zum Einsteigen, schloss ihn wieder, nahm neben ihr Platz und genoss es sichtlich, von seiner Mutter in einen strahlenden Sommertag chauffiert zu werden.

*

„Es ist lieb von dir, dass du deinem Patenkind, diesem zauberhaften Buben, Venedig gezeigt hast! Zum ersten Mal Venedig, und dann noch mit dir! Wir sollten vielleicht auch wieder einmal hinfahren."

„Das sollten wir wirklich, vielleicht schon im Herbst …"

„Ja, vielleicht schon im Herbst."

„Er hat dir übrigens eine Ansichtskarte geschrieben, das wollt er unbedingt; eine für dich, eine für seine Mami und eine für seinen Papi."

Hans Karl war überrascht, dass seine Frau zu dem wie durch ein Wunder erhalten gebliebenen Südbahnhof gekommen war, und nicht Jakub, den er seinen Sekretär Neugebauer telegrafisch gebeten hatte, von seiner Ankunftszeit zu verständigen.

„Die Leoni ist schon draußen, aber ich hab mir gedacht, dass es für den Papá schön wär, wenn er mit uns hinausfahren könnte, für eine oder zwei Wochen."

„Auch für länger, warum nicht für länger? Warum bleibt er nicht den ganzen Sommer bei uns, Helen?"

„Weil er uns nicht zur Last fallen möcht auf eine so lange Zeit, Kari, du kennst doch den Papá."

„Weiß nicht, wie er uns zur Last fallen könnt! Und die Leoni liebt ihn doch so sehr, und er sie …"

„Man wird sehn, wie lang wir ihn, oder besser, wie lange Leoni ihn in Hohenbühl halten kann."

„Ja, das wird man sehn. – Helen –"

„Ja, Kari?"

„Weiß Sie, was ich jetzt möcht?"

„Nein, du verzeihst …"

„Ich möchte mit Ihr in den Belvederegarten gehn, der ist ja ganz nah, so wie damals, an einem Karfreitag war das, das erinner ich genau, es war noch Krieg, im Jahr –"

„Neunzehnhundertsiebzehn."

„Neunzehnhundertsiebzehn, wie Sie das noch weiß … – aber natürlich nur, wenn Sie das auch möcht …"

„Also gehn wir noch in den Belvederegarten, bevor wir hinausfahrn, das ist eine zauberhafte Idee! Ich war nämlich nie mehr dort, seit damals."

„Ich auch nicht."

Helene hatte das Automobil vor dem langgestreckten Bau des Unteren Belvederes abgestellt, sie schlenderten mehr, als dass sie gingen, durch die Gartenparterres zwischen zimmerhohen Hainbuchenhecken auf den Prunkbau des Prinzen Eugen zu, schweigend, überwältigt von der sorgsam instand gehaltenen Pracht des Parks, dankbar für jeden Wassertropfen, der an diesem heißen Julitag von den Brunnenkaskaden zu ihnen herüberwehte.

„Da oben hat er mich empfangen, der Thronfolger, Erzherzog Franz Ferdinand war das damals, ein Ministeramt hat er mir angeboten, ausgerechnet mir, der ich doch für so was überhaupt keine Eignung hab. Des war im Jahr neunzehnhundertzehn, achtzehn Jahre ist das jetzt her, und die Monarchie –"

„Ist vorbei, Kari, ist unwiderruflich vorbei!"

„Nicht, dass ich das bedauern würd, aber –"

„Da gibt's kein Aber, Kari, und da gibt's auch nix zum Bedauern. Nicht zurückschaun dürfen wir! Nach vorn schaun müssen wir, dürfen wir, Kari, bedenk doch, was hinter uns, vor allem, was hinter dir liegt! Auf unser Leben, das da noch immer vor uns liegt, müssen wir schaun, und auf das Leben unseres Mädls, wie das wird und wie sie's ergreift, und wie überhaupt alles wird in diesen Zeiten, in denen sich alles erst noch finden muss."

„Wie du das sagst, Helen …"

Sie waren vor dem oberen Schloss angelangt und schauten über die Stadt bis zu den Höhen des Wienerwalds, zum Kahlenberg, zum kaisergelb leuchtenden Kirchenwürfel des Leopoldsbergs.

„Von dort oben sind sie hinuntergestürmt, die christlichen Heere, und haben Wien von den Türken befreit, damals, am zwölften September sechzehnhundertdreiundachtzig …"

„Ich weiß, Kari, das weiß ich doch, das haben wir doch alle so gelernt! Aber jetzt, jetzt, für uns und heut, ist das vielleicht gar nicht mehr wichtig, glaubst du nicht?"

Hans Karl sah seine Frau an.

„Wir haben anderes zu tun, als uns ununterbrochen den Entsatz von Wien einzuhämmern, das ist Geschichte! Und wir sind jetzt, jetzt, Kari, meinst du das nicht auch?"

Hans Karl schwieg.

„Gib mir doch nur ein Wort, das mir sagt, dass wir einander verstehn, du, der du mein Mann bist, dem ich mich versprochen hab für alle Zeit und Ewigkeit, wie ich geschworen hab, und ich, die ich noch immer daran glaub, in guten wie in schlechten Tagen, bis dass der Tod uns scheidet."

„Helen, ich … Wie du das sagst … Ja, ja, natürlich ja! Helen, ich bin der glücklichste Mann, der glücklichste – Mensch auf der Welt, durch dich, Helen, durch dich …"

„Es wär schön, wenn du das wärst, Kari, der glücklichste Mensch auf der Welt …"

„Helen, weiß Sie, was ich jetzt möcht? Ich möcht hinüberfahrn mit Ihr, aber nicht zum Hof, sondern in die Stallburggassn, nur Sie und ich, nur ich und du …"

„Wenn Er mir einen Gefallen tun möcht, dann lasst Er mich mit der Stallburggasse in Ruh, die brauchen wir nicht, die ist für anderes, die haben wir schon damals, vor achtzehn Jahren, nicht gebraucht, um zueinanderzufinden. – Wir fahren jetzt nach Haus, packen zusammen, holen den Papá und fahren mit ihm hinaus nach Hohenbühl, und ich könnte mir vorstellen, dass wir einander auch dort nicht verfehlen werden, wenn wir einander suchen."

SEPTEMBER

„Bitt dich, Kari, könntst du nicht irgendwen morgen ganz in der Früh nach Linz schicken, damit er den Stani in Empfang nimmt und heimführt? – Der Ernstl Starhemberg lasst sich sicher auch abholen und nach Haus chauffieren."

„Pardon, Crescence, aber den Ernst Starhemberg müssen seine Leut abholen, weil er sicher in sein Schloss nach Eferding will, damit er sich dort von den Strapazen seiner dreitägigen Haft erholen und ein bissl auf die Jagd gehen kann. Dein Stani kann das gerne in Hohenbühl oder auch hier machen, ganz wie er mag, er soll halt telegrafieren oder telefonieren, wenn sie entlassen sind, was er zu tun gedenkt, und je nachdem schicken wir entweder den Pali nach Krems oder den Jakub zum Westbahnhof; die Zugsverbindungen der Nordwestbahn und der Westbahn funktionieren ja wieder tadellos, wie Sie weiß."

„Wie ich weiß, wie ich weiß!"

Crescence Freudenberg riss einen der Sessel aus dem Directoiremöbelarrangement des Arbeitszimmers und platzierte sich vor dem Schreibtisch ihres Bruders, der sie lächelnd ansah, vielleicht ein wenig verwundert über ihre Exaltation.

„Kann ich Ihr …?“

„Er kann mir nicht! Es geht um dem Stani seine Reputation! Der eine, ein Fürst Starhemberg, lasst sich abholen, der andere, ein Graf Freudenberg, wird eben nicht abgeholt, das ist der ganze Unterschied. Dass er den nicht versteht, Kari!“

„Dem Gesetz nach wird weder ein Fürst noch ein Graf vom Gefängnis abgeholt, sondern zwei ein bissl über dreißigjährige junge Männer, die in einen Putschversuch, also in einen Staatsstreich, verwickelt waren.“

„Ach du immer mit deinen Spitzfindigkeiten! Natürlich sind sie Fürsten und Grafen und werden's auch immer bleiben, das kann ihnen kein Renner und keine Republik, oder wie auch immer das heißen mag, nehmen! Man bleibt, was man ist!“

„Aber immerhin war der Freund von deinem Stani als Führer des Heimatblocks, wie sich die Heimwehr ja jetzt neuerdings nennt, für zwei Monate Innenminister dieser von dir so sehr verachteten Republik. Dann muss er diese Staatsform, du verzeihst mir bitte, doch akzeptiert haben, und der Stani auch, sonst hätten sie doch keinen Staatsstreich unterstützt, meint Sie nicht?"

„Eben, weil sie die Monarchie wiederherstellen wollen, nix anders im Grund! So hat mir's der Stani erklärt, lang und breit, und der Ernstl dazu, wie sie mich in Hohenbühl besucht haben."

„Die Monarchie – wiederherstellen?"

„Die Monarchie wiederherstellen! – Bitt dich, is das so abwegig von an Fürsten und an Grafen? – Aber ich darf dich bitten, mich nicht so anzuschaun, Kari, weil ich das nicht vertrag von meinem kleinen Bruder!"

Er stand auf und nahm ihre Hand, die sie ihm heftig entzog.

„Pardon, meine verehrte und geliebte große Schwester …"

„Ja, es geht um die Monarchie!"

„Was geht um die Monarchie, wenn ich fragen darf?"

Hans Karl lehnte sich an sein Bureau Plat, die Schwester nicht aus dem Blick lassend.

„Ja! – Aber du hast ja recht, wer soll's denn machen? – Der Kaiser ist auf Madeira gestorben, und sein ältester Bub, der Otto, ganze neunzehn

Jahr wird er jetzt … Und wie will der bitte eigentlich wieder Kaiser werden, wo doch sein Vater auf alle Regierungsgeschäfte den Verzicht geleistet hat, bevor er aus Österreich davon ist … Und in Ungarn is ja auch alles schiefgegangen, was nur schiefgehen kann!“

„Wenn man so blauäugig ist und einer Figur wie diesem ehemaligen Admiral Horthy vertraut und darauf setzt, dass der einem ein ganzes Land zurückgibt, einer, der es einem grad erst abgejagt hat! – Du verzeihst bitte, Crescence, aber die beiden Restaurationsversuche in Ungarn waren doch wie aus einer Pawlatschenkomödie in Hernals. Da gelingt's dem dummen August auch nicht, dass er der König wird, auch wenn er sich noch so eine große Mühe gibt.“

„Genau das sagt der Ernstl auch, und der Stani sagt's übrigens auch! Deshalb wollen s' ja alles anders machen, die zwei. – Ach, Kari, du machst dir überhaupt keinen Begriff davon, wie sehr mich das alles agassiert, echauffiern tut's mich, in einer Weise! Echauffieren, Kari, und was weiß ich sonst noch alles!“

„Einen kleinen Begriff davon hab ich jetzt schon, meine liebste Schwester, jedenfalls so, dass man fast ein bissl um Ihre Contenance fürchten muss, um Ihre gesundheitliche, die mir um ein weniges aus der Balance geraten scheint. Darf ich den Lukas ein Glas Wasser mit ein paar Tropfen Baldrian bringen lassen?"

„Ach was, Baldrian! Dann schon lieber einen Gin!"

„Darf ich?" Hans Karl drehte sich nach dem Klingelknopf auf seinem Schreibtisch um.

„Aber nein, bitt dich, danke! Doch nicht schon am Vormittag! Obwohl ich ihn wirklich brauchen könnt. – Vielleicht oben dann …" Sie stand auf. „Und übrigens bin ich nicht deine ‚liebste' Schwester, Kari, wenn ich mir erlauben darf, das festzustellen, weil du nur eine hast, nämlich mich."

„Ich weiß, meine mir unendlich liebe, einzige Schwester, und werde es auch nie vergessen."

Er ergriff ihre Oberarme, zog sie an sich und umarmte sie. Einige Sekunden standen sie so.

„Sie ist ja eine formidable Politikerin geworden in der Zwischenzeit", flüsterte er, „bitt um Pardon, das mir das entgangen zu sein scheint …"

„Ach, Kari! – Weißt du noch, damals in Hohenbühl, du hast am nächsten Tag nach Feldkirch müssen, und wir haben uns das Sommerfest von der Mamá angschaut, vom Park aus, weißt du das noch?“

„Aber natürlich, wo du gemeint hast, dass das immer so weitergeht …“

Crescence löste sich von ihrem Bruder, ging zur Tür und öffnete einen der Flügel.

„So kann man sich eben auch einmal irren!“

„Crescence …“, sie sah ihn an. „Wenn ich mir diese eine Bemerkung noch erlauben darf: Es ist keine Schand, mit der Eisenbahn von Linz nach Krems zu fahren.“

SEPTEMBER

Angenehme, heitere Empfindungen, welche bei der Ankunft auf dem Lande im Menschen erwachen, hatte Leoni in dem vor ihr auf der abgewetzten, bordeauxroten Samtbrüstung liegenden Programmheft gelesen. Jetzt schaute sie gebannt auf das Podium, wo das Orchester diese Worte in Musik verwandelte, in die Musik Ludwig van Beethovens, von dem ihr Großvater so viel erzählt hatte, gestern, auf dem „Heiligen Pilgerweg“ durch die Wildgrube, wie er sich ausdrückte, angetan mit festem Schuhwerk, mit dem er seine Enkelin unbedingt auszustatten bat.

Ob er sich nicht zu viel zumute in seinem großartigen Alter, hatte Helene ihren Vater gefragt, als er die Wanderung für den Samstag vor der sonntäglichen philharmonischen Matinee ankündigte, eine Frage, die Leopold Altenwyl mit der höflichen, aber bestimmten Bitte überging, vielleicht ein paar zusammengelegte Rankerln mit ein wenig Käs und Schinken sowie eine Feldflasche mit Zitronentee in ein Rucksackl zu packen. Frisches Wasser hätte ja der Schreiberbach mehr als genug.

Also fuhren sie an einem strahlend spätsommerlichen Vormittag mit der 38er-Tramway hinaus nach Grinzing, gingen von dort über den Schreiberweg hinauf zum Krapfenwaldl, wechselten hinüber ins Muckental und stiegen durch das Tal der Wildgrube hinauf bis zur Sulzwiese, von der aus, wenn man noch die wenigen Schritte auf die Kuppe machte, der Palast des Augustinerstiftes von Klosterneuburg zu sehen war. Sie aber setzten sich auf das Tweedsakko, das ihr Großvater über einen der liegenden Buchenstämme gebreitet hatte, packten ihren Proviant aus und schauten auf Wien.

Leoni griff nach der Hand ihres „Děda“, als die Musiker einen wahren Taumel des Glücks freisetzten, einen Taumel, der alle zu erfassen schien, denn aus den Gesichtern der Zuhörenden widerleuchtete Glück, reines Glück, und dieses Glück, zusammen mit dem goldschimmernden Saal, in dem sie alle dieses Wunders teilhaftig werden durften, senkte sich wie eine Wolke über sie, eine Wolke aus nichts als Glückseligkeit, und sogar die sphinxisch dreinschauenden Karyatidendamen, die, nackt, nur geschlungene Tücher um die Hüften, mit ihren griechisch frisierten

Köpfen in unbelasteter Leichtigkeit die langen Reihen der Balkone balancierten, schienen Leoni wissend anzulächeln.

Ja, das waren sie, die angenehmen, heiteren Empfindungen, die bei der Ankunft auf dem Lande im Menschen erwachen. Das war das Gefühl, das Leoni schon beim Aussteigen aus der Straßenbahn auf dem kleinen Grinzinger Tramwaybahnhof in seine wärmenden Arme genommen hatte, eine Empfindung von Glück, das sie so noch nie empfunden hatte, eine Empfindung, die bei ihr blieb, auf dem Weg durch die Wildgrube hinauf zur Sulzwiese und während des Picknicks mit ihrem geliebten Großvater und als sie wieder hinunterstiegen. Aber in Musik, da hörte sie dieses Gefühl erst jetzt, und jetzt war da noch ein anderes Glück, das sie in seine Arme nahm, ein größeres, empfand sie, ein alle und alles umfassendes. Es war wie ein weit geöffnetes Tor zur Ewigkeit einer Gottheit, die alles aus Liebe erschaffen zu haben schien.

„Jetzt kommt vielleicht das Schönste, das ich in der Musik kenn, die ‚Szene am Bach', und das ist unser Schreiberbach in der Wildgruben, wo wir doch gestern waren", flüsterte Leopold Altenwyl in der kurzen Pause vor dem zweiten Satz seiner Enkelin zu, wechselte seine Hand auf die ihre, und während sich die Ströme aus dahinfließenden Tönen um Flöten-, Oboen-, Klarinetten- und Fagottinseln der Seligkeit versammelten, konnte sie die Stadt wiedersehen, wie gestern, Wien, ihr Wien, das da unten weit ausgebreitet lag, mit der Himmelslanze von Sankt Stephan, aber wehrlos seit dem Abriss der Mauern und Basteien, die der prächtigen, überallhin offenen Ringstraße weichen mussten, wie ihr Großvater erklärte, durchzogen nur von dem im Mittagslicht platinhell heraufglitzernden Band der Donau. Und nachdem die Stimmen von Nachtigall, Goldammer und Kuckuck den Lauf des Baches verabschiedet hatten, sah sie beim *Lustigen Zusammensein der Landleute* die Dörfer wieder, Nußdorf und Grinzing und Oberdöbling, die jetzt alle schon lang zur Wienerstadt gehörten, und zu denen sie dann am Nachmittag hinunterwanderten, nach Heiligenstadt, wo sie beim Mayer am Pfarrplatz einkehrten.

„Weißt du, Leoni, wenn du das alles morgen hören wirst, Ludwig van Beethovens unbegreifliche sechste Symphonie, die er aber *Erinnerung an das Landleben. Mehr Ausdruck der Empfindung, als*

Malerei genannt hat, dann wirst du das alles auch vor dir sehen, so, wie wir es heut gesehen haben, aber ich glaub, das ist nicht alles. Für ihn ist es nämlich wirklich eine Erinnerung an das, was er früher einmal erlebt und empfunden hat, als er da heraußen war, und er war viel und gern da heraußen; aber als er die ‚Pastorale' geschrieben hat, da war er schon fast taub und hat sich wahrscheinlich mehr an das erinnern wollen, was er empfunden hat, als er da war. Und das muss sehr schön gewesen sein, weil er immer wiedergekommen ist, genau da her. – So, und jetzt bestell ich uns einen Sturm, das ist der ganz junge, noch nicht durchgegorene Wein, von dem du bitte ein kleines Schluckerl kostest, damit du weißt, was das ist, ein Heuriger. Aber deinen Eltern müssen wir das ja nicht unbedingt erzählen, weil der Traubensaft, wenn er stürmt, schon ein bisserl einen Alkohol hat, und mit so etwas sollt ein so junges Fräulein, wie du eines bist, überhaupt noch keine Bekanntschaft machen. – Und wenn der Sturm vorbei ist, dann wird der Saft zum Wein. Und von dem sollt man ja sowieso nie allzu viel trinken, weil man sonst rauschig wird."

„Und was hat er dahier gemacht, der Ludwig van Beethoven?"

„Da, wenn du hinüberschaust, über diese schmale Stiegen da ist er hinaufgegangen in seine Wohnung, die er für den Sommer gemietet hat, und von da ist er dann hinübergegangen zum Quellhaus vom Heiligenstädter Wasser, mit dem damals viele eine Kur gemacht haben, damit sie ihre Leiden lindern oder loswerden."

„Und für was für Leiden war das Wasser gut?"

„Für die Leber vor allem, und für die Gicht, eigentlich für alles, und baden konnte man auch darin."

„Und was hat er dazwischen gemacht, ich mein, zwischen seinen Kuren?"

„Da hat er Wanderungen unternommen, überallhin, zum Beispiel dorthin, wo wir heut waren. Er ist für sein Leben gern gegangen, was sich ja auch versteht, weil er beim Komponieren so viel hat sitzen müssen, aber er hat's auch gebraucht, das Gehen, weil ihm da immer viel eingefallen ist, für seine Musik."

„Und dann hat er sich hingsetzt und es aufgeschrieben …"

„Ja, mein Schatz, zuerst hat er es auf einem Zettel notiert und dann hat er's zusammenkomponiert."

„Und hier, was hat er hier, da oben zum Beispiel, komponiert?“

„Viele Teile seiner neunten, seiner letzten und gewaltigsten Symphonie. Und, Leoni, ich wär dem Leben unendlich dankbar, wenn es mich mit der unverdienten Gnad beschenkte, dass ich sie noch einmal hören dürfte, aber nur zusammen mit dir, meiner zauberhaften Enkeltochter, und wenn's nicht zu viel verlangt ist, dann dort, im goldenen Saal!“

Als der *Hirtengesang*, der letzte Satz mit seiner unendlichen Melodie, begann, las sie im Programm *Wohltätige, mit Dank an die Gottheit verbundene Gefühle nach dem Sturm*, dachte einen Augenblick lang an das gestrige Schluckerl in Heiligenstadt, wusste aber, dass Beethoven mit seinem symphonischen Gewitter die Napoleonischen Kriege gemeint hat und unendlich dankbar dafür war, dass sie nach so langen Jahren endlich vorbei waren, wie sie von ihrem Großvater am gestrigen Nachmittag erfahren hatte.

*

„Pardon, nur um dir guten Abend zu sagen, Onkel Kari, wenn man dich nicht stört."

„Aber gar nicht."

„Aber natürlich chipotiert's dich, wenn man unangemeldet hereinkommt. Darin bist du ganz wie ich. Ich hass es auch, wenn man mir die Tür einrennt."

„Ich bitte, genier' dich nicht, du bist doch zu Hause."

„Oh Pardon, ich bin bei dir …"

Hans Karl war beim Eintritt seines Neffen vom Schreibtisch aufgestanden, hatte zwei Sessel aus der Sitzgruppe gezogen und nahe dem Fenster, das zur Jesuitenkirche schaute, postiert.

„Setz dich doch."

„Oh, danke sehr."

„Bitte sehr! Oder ist dir eine Konversation im Stehen lieber?"

„Nein, durchaus nicht. Und der Blick auf den Platz, der ist ja auch immer wunderschön …"

„Der Platz ist wunderschön, er ist halt schon sehr alt …"

„Ja, wie es halt alle Plätze in Wien inzwischen sind … – Es ist schad, dass du heut nicht dabei warst, da oben auf dem Kahlenberg, wo wir, und gar nicht martialisch, es ist mir nämlich bekannt, dass dir beiläufig alles Martialische eine Horreur ist, eine sehr ergreifende Feier gehabt haben, zuerst die Messe in der Kirche, und dann draußen, wo wir zu den Klängen der Hymne, Bläser vom Ernstl seiner Heimwehr haben gspielt, auf Wien hinuntergschaut haben und uns durch die ergreifende Rede vom Ernstl des Tages ganz bewusst worden sind, der da vor genau zweihundertfünfzig Jahren das Schicksal des Abendlandes, das Schicksal von uns allen, entschieden hat. – Immerhin hat ja sein Urahn, der Ernst Rüdiger Starhemberg, Stadtkommandant von Wien, dieses unser Wien gehalten, bis zum allerletzten Moment, in dem dann ja Gott sei Dank das Entsatzheer von da oben über die Türken gekommen ist wie eine Strafe Gottes. – Aber wem erzähl ich das alles, verzeih bitte. – Selbst die Toinette Hechingen, Pardon, sie heißt ja wieder Ladinsa, war oben, übrigens fabelhaft ausschauend wie immer. Aber sie hat nur herumgschaut, so, als würd sie jemanden suchen. Mir war natürlich sofort klar, wen, nämlich dich, weil sie ihren Buben, dein Patenkind, den Kari, dabeighabt hat, und der hat, genauso wie sie, alle Leut inspiziert. Wird übrigens immer fescher, der Bub."

– „Aber damals, sechzehnhundertdreiundachtzig, du verzeihst diese vielleicht ganz unpassende Anmerkung, hat's meines Wissens diese Hymne vom Joseph Haydn noch gar nicht gegeben …"

„Pardon, Onkel Kari, wenn ich mir die Bemerkung erlauben darf, aber ohne den Entsatz von Wien hätt's auch den Joseph Haydn nicht gegeben, oder glaubst du, dass unter Türkischer Herrschaft, also unter dem Halbmond und nicht unterm Kreuz, so eine Musik wie die seine entstanden wär?"

„Wahrscheinlich nicht, aber irgendetwas wär schon entstanden … Es scheint ja immer etwas zu entstehen, weil sich der Wille zum Leben und zum Überleben dem Menschen auf die Dauer nicht austreiben lasst … – Pardon, Stani, meine Nachlässigkeit, aber man wird langsam vergesslich … Darf ich etwas anbieten, einen Tee vielleicht um diese Stund?"

„Danke vielmals, Onkel Kari, küss die Hand, aber ich bin ja sozusagen schon aufm Sprung ins Casino Zögernitz, wo wir dieses bedeutende Jubiläum bei einem festlichen Diner ausklingen lassen wollen."

„Ah ja, deshalb auch deine Adjustierung."

„Ja, und das ist auch der Grund, warum ich mir erlaubt hab, so unangemeldet bei dir hereinzuplatzen, nämlich, weil ich dich und die Helen herzlich bitten möcht, zu überlegen, ob ihr vielleicht nicht wenigstens dazu erscheinen wollt."

„Verzeih bitte, Stani, aber da siehst du, dass ich langsam alt werd. Ich weiß, ihr habt uns ja freundlicherweise eine Einladung zukommen lassen …"

„Aber das ist doch selbstverständlich, Onkel Kari! Für den Ernstl und für mich wär's die größte Ehre, wenn ihr kämt! – Es wird, glaub ich, sehr schön und vor allem sehr würdig, dort, an einem Ort, wo schon der Johann Strauß aufgspielt hat. – Und getanzt wird dann später natürlich auch … – Du sagst gar nix, Onkel Kari, wenn ich das fragen darf?"

„Natürlich, Stani, du darfst mich alles fragen, und ich werd deine Fragen auch beantworten, wenn ich eine Antwort weiß …"

Er stand auf, wechselte zu seinem Bureau Plat und drückte auf die Messingklingel, um Lukas zu rufen.

„Aber jetzt könnte uns vielleicht ein Sherry ganz guttun, in Vorbereitung auf den Abend."

„Wer könnt zu deinem Sherry schon Nein sagen …"

„Sehr freundlich von dir, Stani. – Aber weißt du, mir sind seit dem Krieg, und der liegt ja nun auch schon wieder fünfzehn Jahre zurück, aber da hat sich, bei mir jedenfalls, nix geändert … – Lukas, wenn Sie so gut wären, uns zwei Sherry zu bringen … – Mir sind seit dem Krieg, und auch schon vorher, all diese Veranstaltungen – Pardon, besser, es ist mir halt nicht, oder noch nicht, möglich, an solchen patriotischen Feiern teilzunehmen, da kann ich gar nichts dagegen tun. – Es ist halt zu viel vorgefallen damals, und auch in der ganzen Zeit danach – so viel, dass ich fast so etwas wie eine Horreur hab vor allem, was sich das Etikett ‚Vaterländisch' auf die Fahnen pickt …"

„Aber ich versteh dich ja nur zu gut, Onkel Kari, mir würd's ja genauso gehn wie dir, wenn ich nicht zutiefst davon überzeugt wär, dass alles anders wird."

„Danke vielmals, Lukas, stellen Sie's bitte aufs Fensterbrett. – Alles anders …"

„Alles! Prosit!"

Sie nippten von ihren Tulpengläsern.

„Schau, Onkel Kari, wenn du erlaubst, es ist nur eine Frage der Zeit, dass der Ernstl wieder

Minister wird, der Dollfuß kann gar nichts anderes machen, als ihn, den Führer der Heimwehr, in sein Kabinett zu nehmen, wenn er diese ganzen Gfraster von den Sozialisten und von den Kommunisten und von den Marxisten und von wem weiß ich noch alles, auch nur halbwegs, im Griff behalten ist vielleicht ein bissl viel gsagt, nennen wir's: halbwegs kontrolliert halten will. – Und dann glaub ich ja, dass noch etwas ganz anderes kommen wird, nämlich der Anschluss an Deutschland, von dem der Adolf Hitler seit dem Jänner Kanzler ist. Wir haben ihn ja im letzten Jahr in München besucht, der Ernstl und ich, da war er noch nur der Parteiführer von der Nationalsozialistischen Partei Deutschlands und mitten in seinem fulminanten Wahlkampf. Überall war er, herumgflogen ist er in Deutschland, wie du es dir kaum vorstellen kannst! Wie gesagt, in München haben wir dann geredet mit ihm, und da ist ganz klar geworden, was er, ein gebürtiger Österreicher, will, nämlich, dass Deutschland und Österreich ein Ganzes werden, wie es ja übrigens in unserer ersten Verfassung auch heißt, ‚Deutsch-Österreich', und was sie uns dann verboten haben in Saint Germain. Aber das wird ihnen heimkommen, diesen sogenannten Siegermächten! Das werden's noch bereun! ‚Heil Deutsch-Österreich' steht unter unserm Gesetz, und wir werden das wieder sagen, kannst dich darauf verlassen, Onkel Kari!"

„Und du bist dir da ganz sicher?"

„Ganz sicher!"

„Aber ein bissl dégoût kommt er einem schon vor, dieser Herr Hitler, findest du nicht? So ein Mensch müsst doch grad dir contre cœur gehen …"

„Du hast ja so recht, Onkel Kari, und der Ernstl ist da ganz deiner Meinung, deshalb ist er ja auch nicht in die Partei eingetreten, und er will auch keinen Anschluss an Deutschland, er will, naturgemäß, möcht ich sagen, die Monarchie wieder instand setzen, das ist sein Ziel. Das möcht ich im Grund natürlicherweise auch, man will ja schließlich bleiben, was man ist, oder, in unserm Fall, wieder werden, was man war, und zwar für alle sichtbar! Der Ernstl will das, auf eine längere Sicht, mit einem jungen Politiker von den Christlichsozialen verwirklichen, einem Kurt Schuschnigg, einem Dr. Kurt von Schuschnigg, um korrekt zu sein. War übrigens Stellaner wie du, Onkel Kari, aber das war lang nach deiner Zeit. Er hat's erstaunlicherweise eh schon zum Minister im Dollfuß-Kabinett gebracht, was mich aber gar nicht so wundert, nachdem ich ghört hab, dass er in der Stella war. Aber für mich ist er eher ein fader Kerl mit so gar keinen Perspektiven. Ich hab ihn beim Ernstl kennengelernt, und da hat er gsagt, dass er ein Monarchist ist, was ich verstehen kann, wenn er mit einem Fürsten und einem Grafen zusammensitzt. Aber glauben tu ich an den nicht, und auch nicht an die Monarchie, in nächster Zeit jedenfalls nicht. Vielleicht, wenn wir den Umweg über Deutschland nehmen, denk ich halt so vor mich hin … – Also, wir haben da ganz verschiedene Standpunkte, der Ernstl und ich, aber wir sind so eng befreundet, dass wir weiter zusammenarbeiten, und das sehr gut, wenn ich das sagen darf …"

„Und du, wenn ich das fragen darf?"

„Aber natürlich, Onkel Kari, alles, was du willst, ich steh zur Verfügung!"

„Ich mein, du willst in diese – national-sozialistische – Partei eintreten?"

„Aber natürlich, bin ich schon. Das ist alles nur eine Frage des richtigen Entschlusses! Bestärkt darin hat mich, und jetzt wirst du dich ein bissl wundern, Onkel Kari, der Theophil Neuhoff, du erinnerst dich vielleicht, kennengelernt hast du ihn bei einer Stabsbesprechung in den Karpathen, wo du dann verschüttet worden bist, und als er dann am End vom Krieg nach Wien gekommen ist, da war er so unglaublich hinter der Helen her, unnennbar peinlich! Wie der Teufel hinter der armen Seele! Aber da wart ihr noch nicht verheiratet … Sans-gêne haben wir ihn empfunden, als er da bei dir aufgetaucht ist und das Terrain sondieren wollt. Ich erinner mich noch genau, weil ich dabei war, da, hier, in deinem Arbeitszimmer war's …"

„Aber ja, ich erinner ihn, da wie dort, und auf einer Soiree, die im Altenwyl'schen Palais stattgefunden hat …"

„Auf der ihr euch doch verlobt habt, die Helen und du …"

„Nimmst du dir bitte noch ein Glasl, Stani?"

„Küss die Hand, Onkel Kari, sehr gern, aber dann muss ich aufpassen, sonst erschein ich ja schon illuminiert auf der Feier!"

„Du wolltest etwas vom Theophil Neuhoff erzählen, der mir übrigens im Nachhinein gar nicht mehr so unsympathisch vorkommt wie damals. Er hat immerhin gewusst, was er wollt, und hat sich auch getraut, es zu sagen, in einer immerhin für ihn schwer verständlichen, untergehenden Welt."

„Ja, und ebendieser Theophil Neuhoff, der, wie übrigens alle in Deutschland, seinen Titel behalten hat und ein hoher Offizier geblieben ist, hat mich bestärkt, in die Nationalsozialistische Deutsche Arbeiterpartei einzutreten, weil das gesamte Militär hinter diesem Reichskanzler Hitler steht, ebenso wie die gesamte deutsche Großindustrie, und ich schon noch sehen würde, hat er sehr überzeugend argumentiert, wie Deutschland wieder auferstehen werde und die Schmach von Versailles abbeuteln wird, wie ein Hund die Flöh."

„Pardon, Stani, aber diese Partei ist doch im Juni bei uns verboten worden, nachdem sie so grausliche Anschläge verübt hat, oder nicht?"

„Pardon, Onkel Kari, aber das goutier auch ich nicht, natürlich nicht! Aber es gibt halt überall solche Rabauken, die man in den Griff bekommen muss, und das werden wir, ich gib dir mein heiliges Ehrenwort darauf, so wahr ich da als Illegaler neben dir sitz und auf den Hof hinausschau!"

„Heilig muss es gar nicht sein, mein lieber Stani, dein Wort genügt mir schon."

„Und das hast du, Onkel Kari! Bitt dich inständig, dich darauf zu verlassen."

Er stand auf und zog die Frackspitzen über seine schneeweiße Piquéweste.

„Jetzt komm, bitte, Onkel Kari, gebt's euch doch einen Ruck! Es wird bestimmt schön, und Straußwalzer magst du doch auch noch immer, und deine Frau tanzt doch so gern …"

„Ich werd's mit der Helen besprechen." Er war auch aufgestanden und hatte sich, das Sherryglas in der Hand, ans Fensterbrett gelehnt. „Und wenn du uns die Möglichkeit einräumen willst, wären wir dir sehr verbunden. Ich lass den Lukas in jedem Fall telefonieren, so zeitig, dass euch keinesfalls ein Gscherr mit der Tischordnung entstehen kann."

JULI

Durch die unendliche Tiefe des Weltraums wandern zahllose Sterne, leuchtende Gedanken Gottes, selige Instrumente, auf denen der Schöpfer spielt. Sie alle sind glücklich, denn Gott will die Welt glücklich. Ein einziger ist unter ihnen, der dieses Los nicht teilt: auf ihm entstanden nur Menschen. – Wie kam das? Hat Gott diesen Stern vergessen? Oder hat er ihm die höchste Glorie verliehen, indem er ihm freistellte, sich aus eigener Kraft zur Seligkeit emporzuringen? Wir wissen es nicht. – Einen winzigen Bruchteil der Geschichte dieses winzigen Sterns wollen wir zu erzählen versuchen.

Es waren diese Einleitungsworte Egon Friedells zu seiner „Kulturgeschichte der Neuzeit", die Leoni veranlassten, ihre Eltern geradezu zu bestürmen, wenigstens die Hälfte der Sommerferien im „Sommerheim Seeblick" bei ihrer Schuldirektorin Genia Schwarzwald am Grundlsee verbringen zu dürfen, als „Haushalts- und Erholungshilfe" für die künstlerischen und kreativen Gäste, wie die „Fraudoktor" dieses Beschäftigungs- und Ferienbildungsvergnügen zu nennen pflegte, auf das sie hauptsächlich die weniger betuchten Mädchen ihrer Reformschule in der Wallnerstraße einlud, um ihnen eine „Sommerfrische“ zu ermöglichen, etwas, das diese sonst nie erlebt hätten. Aber Leoni war ebenfalls herzlich willkommen, die Fraudoktor betonte es ausdrücklich, zum einen wegen ihres flammenden Interesses an den Deutsch- und Geschichtskursen von Egon Friedell, der eben auch am Grundlsee seine Urlaubstage verbringen würde, zum anderen aber vielleicht doch ein wenig deshalb, weil sie auf das Schulgeld und die Spenden derer angewiesen war, die sich diese zu leisten imstande waren, so wie ihre Eltern und ihr Großvater. Denn Eugenie Schwarzwald finanzierte die Ausbildung jener Mädchen, die aufgrund ihrer Herkunft niemals eine sogenannte höhere Schule hätten betreten können, ausschließlich mit dem Geld der Familien, die sich entschlossen hatten, ihren Töchtern dieses Bildungsabenteuer fernab der allgemein noch immer üblichen drakonischen Erziehungsmethoden zu ermöglichen, eben weil die Fraudoktor der unumstößlichen Überzeugung war, dass das, was sie unter Bildung und Kultur verstand, möglichst großflächig und tief in allen Schichten zu verankern sei, um diese im

Geist der gerade jetzt sich auftuenden neuen Zeit miteinander zu verbinden und dadurch die Klassenunterschiede aufzuheben.

„Wenn das gnädige Fräulein da aussteign möchtn, wär's vielleicht günstiger, weil nämlich die eigentliche Haltestelle erst bei der Post is."

Der Fahrer lächelte Leoni an, nachdem er seinen Bus vor einer Holzhütte im See angehalten und sich zu ihr umgedreht hatte.

„Wos S' da vuan sehn, dos is iser Fischkalter, steht schon imma da, jahrhundertlang, do hot a schon der Erzherzog Johann mit seiner Anna tanzt. Grad a so jung is s gwest, dos Dirndl, damals, grod so wie Sie, Fräulein, wenn i ma dos zun Sogn traun deaf."

Er hatte seinen Platz verlassen, die Tür geöffnet, Leonis Reisetasche entgegengenommen und ihr aus dem gelb-schwarzen Gefährt geholfen, von zwei Bäuerinnen mit leeren Tragekörben vor sich und einem älteren Paar, das zusammen mit ihr am Bahnhof von Bad Aussee den Zug verlassen hatte, genau beobachtet.

„Da gehen S' jetzt am See entlang, an der Villa vorbei, Rebenburgvilla heißt sie, dann kimmt a Schiffhittn, dann no a kloanernes Sachl, und dann kommt schon die Wiesn, über die Sie hinaufmiassn zur Villa Seeblick, aber das dagehn Sie leicht, Fräulein, mit Ihnani Schuach! Dat Ihna gean di Toschn aufitrogn, muaß oba weida, weil i in Dienst bi. – Wirkli fesche Schuach hobn S' do, grad recht fir isa Gegnd, wann S' um an See woin, oder auf eine Alm, die Vordernbachoim vielleicht. Grad schen is's do drobm, soittn S' wirkli auffigehn, gibt sogoa a Liadl davon …"

Er hielt ihr den Rucksack so hin, dass sie bequem unter die Träger schlüpfen konnte. Ein wenig irritiert streckte sie ihm ihre Hand entgegen.

„Danke sehr, Herr …"

„Gaiswinkler Joseph, Sepp, aber so hoaßn viele do in isara Gegnd."

Er wischte mit der Rechten über seinen grauen Rock, bevor er die ihm dargebotene Hand ergriff.

„Bitte sehr, Fräulein …"

„Bühl, Leoni Bühl …"

„Fräulein Bühl, es war mir ein Vergnügen! Und i wünsch noch an schen Aufenthalt, do, bei is …"

Leoni sah dem Postbus nach, bis er zwischen einem größeren gelben Gebäude und einem Steg anhielt, an dem gerade ein kleines Dampfschiff festmachte, ehe sie ein paar Schritte dem Uferweg folgte, plötzlich aber stehen blieb und ihre Tasche auf eine Bank stellte, weil der Blick, der sich ihr darbot, sie so sehr überwältigte, dass sie sich niedersetzen musste.

Ein See, wie sie noch nie einen gesehen hatte, ein lapislazulifarbener See schien zwischen Waldbergen in allen nur möglichen Grüntönen von einem felsweißen Gebirge quasi freigegeben worden zu sein, vor Millionen von Jahren vielleicht, wie sie gelernt hatte, wetteifernd mit dem blauesten Himmel, im Licht der strahlendsten Sommersonne. Das Schiff hatte abgelegt und hielt, eine aufleuchtende Bahn in den makellosen Spiegel pflügend, auf die Berge, die knochenweiß sich auftürmenden Berge zu, so, als wollte es einen Schutzwall zur Ewigkeit erreichen. Vor ihr kreuzten zwei Gondeln, die eine holzgolden, die andere seidengrau, mit Heuballen beladen.

Es mussten Gondeln sein, nur dass sie nicht schwarz waren wie die in Venedig, und es zeigten auch keine gezackten silbernen Schwerter ihren Weg an, aber bewegt wurden sie wie diese, von Männern, die am Heck stehen, ihre Ruder, deren Blätter nicht zu sehen waren, im langsamen

Rhythmus ihres Atems durch das auffunkelnde Wasser führten. Und es war still, so still, dass aus einigen wenigen Glocken, die von den steilen Wiesen herüberklangen mit einer unweit von ihr schlagenden späten Amsel eine Musik entstand, die sie in einer Symphonie von Gustav Mahler gehört zu haben glaubte, dort, in dem goldenen Saal an der Seite ihres Großvaters, aber sie konnte in diesem paradiesischen Moment nicht erinnern, welche es war.

Lange saß sie so, und erst als sie den Postbus zurückkommen sah, nahm sie ihre Tasche und stieg den Abhang hinauf zu dem weit ausladenden Haus mit den silbergrau eingefassten Balkonen. „Seeblick“ stand weiß auf dem obersten, den mittleren der drei den lang gestreckten Bau mit mehrstöckigen Holzvorbauten gliedernden Villa. Die Fraudoktor schien sie schon zu erwarten, weil sie ihr von der Terrasse aus zuwinkte.

„Das ist schön, dass es dir gfallt, Leoni, aber vielmehr ist es schön, dass du das alles sehen kannst, und das kannst du, wir haben das beide festgestellt, weil wir dich so lang da haben sitzen sehn, der Professor und ich. Deine Verzauberung hat auch uns bezaubert.“

Sie hatte Leoni mit starken Armen an ihren mächtigen Körper gedrückt und wandte sich nach den auf dem Kies knirschenden Schritten um.

„Voilà, dein Lieblingsprofessor, das Universalgenie, mit dem ich dich ja nicht mehr bekannt machen muss."

Egon Friedell küsste Leoni die Hand, drehte sich zum See, öffnete ein Buch an der Stelle, die er mit seinem linken, beringten Zeigefinger eingemerkt hatte und las, den Text mit ruhigen, klar gegliederten Worten vor ihr ausbreitend.

„*Diese Gegend übertrifft weit alles: im Hintergrund sonderbar gestaltete Berge, scharf, steil, hie und da ausgerissen, grüne Weiden blicken zwischen diesen hervor, ihre unteren Abhänge mit Waldungen, welche sich gegen die Thaltiefe herabsenken, bedeckt. Das Bild schließen am Ende des herrlichen Sees, von Wiesen umgeben, zwischen Bäumen, unter einer mächtig emporwachsenden Felswand, die Häuser von Gößl.*"

„Das … das ist ja genau so! Ganz genau so, und genau wie von dieser Stelle aus gesehn! Danke, Herr Professor! Und darf ich wissen, wer das geschrieben hat?"

„Dürfen, Komtess, selbstverständlich und unbedingt! Aber zuerst gestatten, wenn's beliebt, die Frage, keine Prüfungsfrage bitte, wer wird denn in den Sommerferien! Trotzdem aber bleibt die Frage, wer denn der Autor dieser bemerkenswerten Zeilen sein könnte …"

Leoni sah von der die Schultern hebend unwissend sich gebenden Genia Schwarzwald zu dem über sein fast rundes Sonnengesicht sie anstrahlenden Dichter.

„Stifter? Das könnte doch von Adalbert Stifter sein …"

„Sehr gut, Leoni Bühl, sie könnten sich setzen, wenn wir hier vorne über einen Sessel verfügten, Fraudoktor, aber zur Not tut's vielleicht auch der Terrassenbalken. – Die Zeit jedenfalls stimmt, die Intention auch, die Genauigkeit auch, ja, sogar die Wortwahl! Aber, es ist von, und Sie werden staunen, Leoni Bühl, es ist von einem Habsburger Erzherzog, nämlich dem Johann, der sich zuerst in die Gegend und dann in ein Mädl der Gegend verliebt hat, in beide unsterblich, wie wir wissen."

Er schloss das Buch so, dass sie dessen Titel lesen konnte, den Friedell mit dem Pathos eines

Burgschauspielers rezitierte: „*Der Brandhofer und seine Hausfrau. Von ihm selbst erzählt. Eigenhändige Aufzeichnungen Erzherzog Johanns von Österreich.* – Und da drüben, Leoni Bühl, die Villa mit dem, Pardon, ein wenig unproportionierten Turm, aber den grandiosen Rosenspalieren am Ufer, die gehört Camillo Castiglioni, dem geheimnisumwobenen Förderer der Künste, der Künstler, der Salzburger Festspiele! Dem Donator und Mäzen des Theaters in der Josefstadt an seinen Abgott, der auch der meinige ist übrigens, den großen Bühnenzauberer Max Reinhardt, für den er das baufällige Etablissement in ein zweites Teatro La Fenice hat verwandeln lassen. – Wie Sie also unschwer feststellen können, befindet sich Komtess in der besten Gesellschaft und Umgebung hier … – Sie waren doch im Jux in der Josefstadt, den ich mir erlaubt hab, Ihnen und Ihren Mitschülerinnen anzuempfehlen, nachdem wir uns mit dem unvergleichlichen Johann Nestroy beschäftigt haben …"

„Natürlich, Herr Professor, mit meiner Freundin, der Eva, Eva Oppenheimer …"

„Sehr brav! Und wer hat Ihnen am besten gefallen, wenn ich das fragen darf?"

„Der Hans Moser als Melchior …“

„Sehr gut, Komtess, schon wieder setzen! *Das is klassisch!*“

„*Was hat Er denn immer mit dem dummen Wort ‚klassisch'?*“, mischte sich jetzt die Fraudoktor in die an ein Verhör erinnernde Schulprüfung.

„*Das Wort is nit dumm …*“, gab Friedell zurück,

„… *es wird nur oft dumm angewend't!*“, komplettierten beide lachend die Antwort des Faktotums Melchior aus dem Nestroystück.

„Leoni, es wär lieb von dir, wenn du uns beim Herrichten fürs Abendessen helfen könntest. Ich glaub, es geht heut sogar heraußen …“

„Unbedingt heraußen, verehrte Frau Doktor, an einem der schönsten sich ankündigenden Abende des Sommers!“

„Das würden sich auch meine sehr lieben Gäste, die Anna Freud und ihre Freundin, die Dorothy Tiffany, wünschen, und heut ist es vom Wetter her vielleicht wirklich möglich, was man nicht von jedem Tag hier sagen kann, du wirst es schon noch merken. – Und dein Zimmer ist oben unterm Giebel, schau, da, wo auf dem Balkon

‚Seeblick' steht. – Und es verspricht wieder ein äußerst interessanter Abend zu werden, auch für dich, weil die beiden Damen Kinderpsychologinnen sind, was dich zwar nicht mehr betrifft, aber doch durchaus interessant für dich sein müsst."

„Aber sicher, Fraudoktor, und danke vielmals, schon jetzt …"

Leoni nahm ihre Tasche auf, um sie möglichst schnell in ihr Zimmer zu bringen.

„Ach ja, Leoni, erstens, schön, dass du da bist, und zweitens, damit ich's nicht vergess, die Eva Oppenheimer hat schon telefoniert, dass sie dich morgen so gegen elf mit dem Fahrer abholen und in die Obertressen entführen wird. Wirst schon sehn, und vor allem spüren, was für ein Platz das ist …"

Als die beiden Mädchen über das frisch gemähte Plateau spazierten, ohne jede Eile dahinspazierten, plötzlich da hin liefen, verhielten und sich umsahen wie zwei Rehe, die sich absicherten, dorthin gingen, unverhofft stehen blieben, weil die Freundin die Landschaft erklärte, den Berg, der „der Loser" hieß und wie die Götterburg aus dem Rheingold über der Landschaft thronte, die weit aufgespannte Riesenskulptur der Trisselwand daneben, die steil in einen fast runden See abfallen würde, den Altausseer See, wie Eva erklärte, und dort, rechts, das gegen den blauen Himmel pfeilernde Gebilde des Backensteins über dem Grundlsee, den sie ja schon kenne, ebenso wie die Wellen des Toten Gebirges, deren Gipfel doch wie eine felsgewordene Gischt seien, die der Unendlichkeit zustrebte, wie es ihr Hausgast, der Dichter Hugo von Hofmannsthal einmal formuliert hätte. Leoni hatte das Gefühl, in einer Mitte zu sein, in der Mitte einer Welt, vielleicht in der Mitte der Welt. So kam es ihr jedenfalls vor, so fühlte sie sich, und sie konnte sich überhaupt nicht erklären, warum sie sich so fühlte. Dieser Zusammenklang von allem, von Licht und Gestein und Erde, von Hügeln und Bergen und Felsen, von Nähe und Ferne, von Schutz und nicht zu Ende zu denkender Weite, inmitten dessen allem sie sich befand, gleich weit von allem und gleich nah zu allem. Und das alles nur, weil sie einem Dichter, der ein Lehrer an ihrer Schule war, in die Sommerfrische nachgereist war. Sommer-Frische. In diesem Moment des

Glücklichseins ahnte sie, was das meinte, Sommerfrische! Aber sie hätte sich außerstande gesehen, es irgendjemandem zu erklären.

„Und jetzt müss ma langsam heim, weil wir um eins den Mittagstisch haben, und weil ich dir noch die Wohnung zeigen möcht, die unsere Großmutter dem Hugo von Hofmannsthal zur Verfügung gstellt hat. Gewohnt hat er dort drüben, im Rabenkropfgütl, aber gschrieben hat er bei uns, ich kann mich noch sehr gut an ihn erinnern, ich war zehn, wie er gestorben ist. Freundlich war er und sehr leise, wie er herübergekommen ist jede Früh, und wir haben ganz still sein müssen wegen ihm. Ein feiner Herr, der auch oft bei uns vorglesen hat, Gedichte und aus seinen Werken, an seine Arabella erinner ich mich noch. Und er war lang bei uns, meistens bis zum ersten Schnee, und die Omi hat ihm immer einheizen lassen, so lang er halt da war."

Sie gingen die Hügelkuppe hinunter zum fast noch barocken Anwesen der Familie Oppenheimer, das den Namen Ramgut trug.

„Und am Nachmittag gehn wir hinüber zur Berta, das ist gar nicht weit, weil, du musst dir unbedingt ein Dirndl machen lassen, wenn du schon einmal da bist, ein hiesiges, weil du nämlich unbedingt eins brauchst, weil du ganz sicher wiederkommst, und die Berta macht die schönsten."

DEZEMBER

Leopold Altenwyl hatte seine Tochter mit den Worten „Weißt, weil mich der Herrgott nun schon einmal so alt hat werden lassen, was eh nix wie eine Gnad ist“ gebeten, den Heiligen Abend noch einmal in der Herrengasse erleben zu dürfen, weil das seine letzten Weihnachten sein würden, da sei er sich ganz sicher, denn alles, was darüber hinaus ginge, wäre unangemessen und dürfte gar nicht angenommen werden.

Also ließ Helene zwei Tannen aus Hohenbühl kommen, eine für die Herrengasse, eine für den Hof. Sie bereitete drei Essen vor, das erste am Vierundzwanzigsten für die spätnachmittägliche Bescherung des Personals und der Mitbewohner am Hof, bei der aber ihre Familie diesmal nicht bedacht würde, weil sie nach der Gabenverteilung gemeinsam hinüber in die Herrengasse gehen würden, um dort mit ihrem Vater zu feiern, das Festmahl am Christtag wiederum zu Hause, wo es wie jedes Jahr eine Gans geben sollte, in diesem Jahr zwei, eigene, vom Hohenbühler Gut, die Maria seit ihrem Eintreffen sehr angelegentlich für die Festtafel vorbereitete. Für den Heiligen Abend waren wie immer Forellen aus den Fischteichen geräuchert worden.

Am Abend des Dreiundzwanzigsten verwandelten Helene und ihre Tochter den Baum in der Herrengasse mit dem seit fast einem Jahrhundert gesammelten und sorgsam gepflegten Schmuck aus Böhmen in eine mit bunten, glitzernden Glaskugeln und roten Kerzen dem weißgoldenen Stuckplafond entgegenstrebende, immer weiter dunkelgrün sich auffächernde Pyramide, glücklich begleitet von Leopold Altenwyl, der mit immer neuen Schachteln der kostbarsten, seltensten Christbaumpreziosen böhmischer Glasbläserkunst aufwartete.

Nach einer kräftigenden Hühnersuppe mit Marias, an diesem von allen freudig erwarteten Tag fast Engelshaar dünnen Fadennudeln, machte sich Helene mit Anna und Josepha daran, den Baum im Palais Am Hof in eine Zauberwelt aus Schnitzereien, kleinem Spielzeug, Trompeten, Geigen, Trommeln, Putten, Sternen, Kometen, Singvögeln aus Holz sowie aus zartestem Glas, roten, mit Tropfen von Olivenöl glänzend polierten Äpfeln und weißen Kerzen zu verwandeln, ohne die Hilfe ihrer Tochter, weil Leopold

Altenwyl seine Enkelin gebeten hatte, mit ihm noch ein Mal einen Krippengang durch die Kirchen Wiens zu unternehmen, „wie früher, als du noch ein kleines Mäderl warst", und dann im Sacher auf eine Schokolade Station zu machen, um sich für den Abend zu stärken, auch ein wenig im Andenken an Anna Sacher.

„Mein Gott, ganze sieben Jahr ist das jetzt schon wieder her, dass sie uns verlassen hat, und war immer an ihrem Platz, bis ganz zuletzt, auch noch, als sie versucht haben, ihre Zurechnungsfähigkeit, so sagt man doch jetzt, in Zweifel zu ziehen. – Und morgen oder übermorgen schaun wir dann nach, ob's Christkindl auch überall drinliegt, wie sich's ghört."

Helene hatte noch vor dem Umkleiden zur Bescherung Zeit gefunden, die Weihnachtsstücke ein wenig durchzuspielen, um die Lieder fehlerfrei begleiten zu können, wie es im Haus Altenwyl und später auch im Bühl'schen Haus zur Tradition geworden war, nicht ohne an ihre stolze Klavierlehrerin Tonka Jescheková zu denken, die mit ihnen nach Wien gekommen war, damals, als sie von Wenzel zum ersten Mal in ihre Schule, das Sacré Coeur, gebracht wurde, als „Lena Alt", wie ihr Vater mit den Schwestern verabredet hatte, damit keine ihrer Mitschülerinnen Verdacht schöpfte, dass sie eine Adelige war, eine „Komtesse“, wie Wenzel nicht müde wurde, sie auch jetzt noch zu nennen, als verheiratete Frau von dreiundvierzig Jahren.

Bei ihrer Sponsion in Prag war Maestra Tonka noch dabei, erinnerte sich Helene und musste lächeln, denn mit „So lang gibt mir liebe Gott Leben, damit ich erleben und genießen darf akademische Grad von meine Meisterschilerin, nicht zwar in Musik, was bedauerlich ist fir mich, aber meglich gewesen wäre, aber so halt in Philosophie, was man auch brauchen kann, damit man die Musik verstet, wie Sie gleich heren werden“ pflegte ihre Lehrerin bei jeder sich auch nur irgend bietenden Gelegenheit auf sie hinzuweisen. An einem Juniabend vor zwei Jahren verabschiedete sie sich, nachdem sie ihre „Meisterschilerin“ noch gebeten hatte, mit ihr einen ihrer geliebten vierhändigen Slawischen Tänze von Dvořák zu spielen. Danach war sie auf ihr Zimmer gegangen, in dem sie am darauffolgenden Tag tot aufgefunden wurde. Man hatte sie beim Mittagstisch vermisst und nach ihr gesehen. Seitdem hatte sie weniger geübt, wie sich Helene jetzt, an diesem Tag des Heiligen Abends, eingestand.

Hans Karl war am Nachmittag zu Ado Hechingen in die Josefstadt gegangen, um seinem Patenkind, dem „kleinen Kari“, der inzwischen auch schon siebzehn war, ein Geschenk zu bringen.

„Wer wird sie denn schon besuchen, die zwei, grad heut Abend. Den Kari lasst der Ado nicht zu seiner Mutter, was ich versteh, weil er sonst ganz allein wär, und seine Familie schneidet ihn, weil er in die Scheidung eingewilligt hat.“

„Die die Toinette ja plötzlich, nach zehn Jahren Ehe, ganz entschieden betrieben hat …“

„Ja, das hat sie, und der arme Ado weiß bis heute nicht, warum.“

„Kann es möglich sein, dass du es weißt?“

„Pardon, Helen, aber wie kommst du auf die Idee?“

„Weil ihr euch immer sehr gut getan habt miteinander, du und die Toinette, schon lange vor unserer Zeit …“

„Ja, das stimmt, aber wer hat dir …“

„Ah, du weißt schon, getratscht wird viel, und manchmal, ganz selten, ist auch ein bissl was dran.“

„Du findest?"

„Ich hab das so gefunden, ja."

„Du hast das gewusst und hast mich trotzdem …"

„Ich hab das geahnt, ja, schon damals auf der Soiree bei uns, auf der wir uns ja dann verlobt haben, wie du dich vielleicht erinnern kannst …"

„Verzeih bitte, Helen, und du hast dich trotzdem mit mir …, du hast mich trotzdem …?"

„Ja, Kari, wie du siehst und wie du merkst und wie wir es leben. Das Leben mit dir ist sehr schön übrigens, und auch gut, und eine siebzehnjährige Tochter, die jetzt gerad mit ihrem Großvater Krippen schaun geht, haben wir ja schließlich auch …"

„Verzeih bitte noch einmal, Helene, aber warum hast du mich trotzdem …?"

„Weil ich in dich verliebt war, damals, so richtig eigentlich schon seit meiner Sponsion. Und jetzt liebe ich dich eben. Und von deinem Leben, von deiner Seele, von allem – hab ich den Teil, um den ich dich damals gebeten hab und den ich vom Schicksal für mich bestimmt gehalten hab und noch immer halte, schon von dir bekommen, und dafür bin ich dir dankbar. – Kannst du dich noch an das erinnern, was ich dir damals, in dem zugigen Entree von der Herrengassn gsagt hab?"

„Ich glaub, ich mein, es war –"

„Es war, dass du die Freundschaft, die ich für dich hab, nicht fassen kannst, das war's, was ich dir gsagt hab. Und dazu stehe ich, heut wie damals, aber fassen, glaub ich, verzeih bitte, kannst du diese Freundschaft auch heut noch nicht ganz."

„Helen, ich …"

„Und jetzt geh, sonst kommst du noch zu unserer Bescherung zu spät, und dann wollten wir doch alle zusammen hinübergehen zum Papá, oder nicht?"

Als die Familie Bühl, Helene, Hans Karl, Leoni an der Hand ihrer Tante Crescence, am frühen Abend das Palais verließ, war die Stadt weiß geworden. Es hatte seit dem Mittag in leichten, aber ungewöhnlich dicht niedersinkenden Flocken geschneit. Wien war weiß und still, und blieb zumindest auf diesem Platz still, weil Hans Karl seinen behandschuhten Zeigefinger auf die Lippen legte, als er einen der Torflügel so geräuschlos schloss, dass die lautlose Wanderung der kleinen Gruppe über den Hof zur Herrengasse nur an deren Fußspuren nachzuvollziehen war, wenn man diesen denn folgen wollte, aber das tat niemand an diesem Abend, der aufgrund seines in nichts als Stille herabkommenden mondlichtsilbernen Flockensegens wirklich als heilig bezeichnet werden konnte.

Sie wurden schon erwartet, Josepha hielt ihnen die ins Portal eingelassene Eingangstüre auf, ging ihnen über den schneebedeckten Hof zum breiten Sandsteinaufgang voran, an dessen oberen Ende sich Wenzel verbeugte, Franz die Mäntel übergab und sie durch den goldenen Lanzini-Flur in einen kleineren Salon führte, wo sie von Leopold Altenwyl mit Punsch empfangen wurden. All dies geschah schweigend, niemand wagte auch nur ein Wort zu sagen, man hob die angenehm warmen Gläser einander zu, trank, setzte sich und wartete aufs Christkind. Währenddessen waren Schritte zu hören, Gewänderrauschen, das über Treppen huschte, irgendwo fiel eine Tür ins Schloss, eine zweite, Wispern war, Flüstern, dann, plötzlich kein Laut mehr, kein Geräusch, bis endlich, nach qualvoll lang sich dehnenden

Sekunden kaum wahrnehmbar ein silbriger Ton zu hören war.

Die Wartenden sahen einander an, noch einmal dieser glitzernde Klang, sie standen auf. Leopold Altenwyl nahm die Hand seiner Enkeltochter, stieß mit der Geste eines Zauberers die hohe Flügeltüre auf und führte sie vor den funkelnden Lichterbaum. Leise folgten die anderen, während sich hinter ihnen unhörbar all jene versammelten, die im Haus lebten, wirkten und arbeiteten.

Der Raum schien nur vom Knistern der siebenunddreißig Kerzen erfüllt, weil niemand zu atmen wagte, bis sich Helene aus der Atmosphäre des Staunens zum Bösendorfer hin löste und unendlich behutsam begann, einen Choral zu spielen, den fast alle bei seiner Wiederholung mitsangen,

Ich steh an deiner Krippen hier,
o Jesulein, mein Leben,

Leopold Altenwyl, das schmale, noch immer markante Gesicht von Tränen durchzogen, Leoni, mit beiden Händen die Rechte ihres Großvaters haltend, Hans Karl, einer Tradition folgend, wie sein Schwiegervater im Frack, seine Schwester im schwarzrot glitzernden bodenlangen Paillettenkleid mit dem blitzenden Diamantschmuck ihrer beider Mutter, Wenzel mit dem dünn gewordenen Kaiserbart dicht hinter seinem Herrn.

Ich komme, bring und schenke dir,
was du mir hast gegeben.

Anna, der vor siebzehn Jahren als Schwester Anna von den „Töchtern des göttlichen Heilands“ Helene bei Leonis schwerer Geburt so sehr ans Herz gewachsen war, dass sie ihren Orden verließ und ihr ins Haus am Hof folgte, wo sie ihren verlassenen Verlobten Franz Perndorfer wiedergetroffen und geheiratet hatte.

Nimm hin, es ist mein Geist und Sinn.

Zwölf Jahre war sie jetzt schon in der Herrengasse, weil Helene sie bat, mit ihrem Mann dorthin zu wechseln und ihren Vater zu betreuen.

Herz, Seel und Mut, nimm alles hin,
und lass dirs wohl gefallen.

Sie konnte ihre Schwestern Maria und Josepha, deren Männer vor Przemyśl und am Isonzo gefallen waren, in den Bühl’schen Dienst nachholen, Maria als Köchin und Josepha, nach dem Tod von Mela Pozarek, als Beschließerin und Hausdame für alles, wie Graf Altenwyl und sein Kammerdiener Wenzel sie scherzhaft nannten.

Es begab sich aber zu der Zeit, daß ein Gebot von dem Kaiser Augustus ausging, daß alle Welt geschätzet würde …

Leoni hatte sich neben ihre Mutter gesetzt, um die Weihnachtsgeschichte aus der schweren, ledergebundenen Bibel, die schon aufgeschlagen an den Notenschlitten gelehnt war, mit geübter Stimme vorzulesen, sie tat das schon seit ihrem siebten Lebensjahr, ob in Wien am Hof, in der Herrengasse oder in Hohenbühl. Sie kannte dieses Evangelium längst auswendig, aber es beruhigte sie, diesen alten, schönen Schriftzeichen mit den großen, reich verzierten Anfangsbuchstaben zu folgen. In diesem Jahr aber fühlte sie sich durch den Blick ihres Großvaters von einem besonderen Zauber umfangen, der sie beide in einer unendlichen Liebe zu bergen schien.

Und sie gebar ihren ersten Sohn und wickelte ihn in Windeln und legte ihn in eine Krippen, denn sie hatten sonst keinen Raum in der Herberge.

Jetzt spielte Helene die Einleitungstakte zu jener Weise, die seit mehr als einhundert Jahren das Wunder dieser Nacht in den Herzen der Menschen wie mit Zauberkraft zu erneuern vermochte:

Stille Nacht, heilige Nacht. Alles schläft.
Einsam wacht nur das traute, hochheilige Paar.
Holder Knabe in lockichtem Haar, schlaf in himmlischer Ruh',
schlaf in himmlischer Ruh'.

Wiederum war es still in dem Coronelli-Salon genannten großen Raum mit den drei hohen, auf die Herrengasse schauenden Fenstern, vor denen im Schein der Hausampel noch immer dichte Flocken langsam niedersanken.

„Ich danke euch!“ Leopold Altenwyl sagte es mit brüchiger Stimme und drehte sich um. „Mögen es gesegnete Weihnachten sein, für euch alle!“

Wenzel griff nach der Hand seines Herrn, um diese zu küssen, was der ehemalige Graf zu verhindern wusste, indem er sie ihm sanft entzog, die Schultern seines Dieners umfasste und sein Gesicht an das seine führte, zu beiden Seiten. Desgleichen tat er bei Anna, seiner Betreuerin, bei deren Mann Franz, seinem Hausmeister, bei Maria, seiner Köchin und bei Josepha seiner Beschließerin.

Hans Karl war mit seiner Schwester zum Flügel gewechselt, den Helene und ihre Tochter verlassen hatten, um jeder und jedem der Anwesenden in der gleichen Weise ein frohes Fest zu wünschen, während Wenzel seinem Herrn die von Helene sorgfältig ausgesuchten und verpackten Geschenke reichte, die dieser an seine Tochter weitergab, weil nur sie wissen konnte, für wen sie bestimmt waren. Umrahmt und getragen wurde diese Zeremonie von Musikstücken aus Johann Sebastian Bachs Weihnachtsoratorium, zuerst von seinem wiegenden Pastorale, seiner Hirtenmusik, die Leoni auf dem Grammophonteller in der neuen Buchenholz gefassten Musiktruhe angekurbelt hatte, schon in Vorfreude auf die Tanzmusik aus Amerika, die sie zum Abendessen würde spielen dürfen, wie es ihr von ihrem Děda versprochen worden war.

Unter Lachen und Weinen entfernten sich die Beschenkten. Neben dem Baum standen nun Leopold Altenwyl und Wenzel Kratochwil, zwei vornehme alte Herren im Frack, fast in nichts zu unterscheiden als durch ihre Westen und Maschen, von denen die des Kammerdieners schwarz, die des Grafen, der Leoni eben jetzt seine schmalen Hände entgegenhob, weiß waren. Das Mädchen lief auf ihn zu, umarmte ihn stürmisch, dann umarmte sie Wenzel, der sich überwältigt an die Umarmung ihrer Mutter erinnert fühlte, als er sie an ihrem ersten Schultag vor dem Sacré Coeur verabschiedete.

„Danke, Wenzel, für alles, und gehn Sie bitte jetzt zu den anderen, für heut ist es wirklich genug! Aber wenn Sie wollen, können Sie uns ja gegen halb zwölf zur Michaelerkirche in die Mette begleiten."

„Es wird mir heiliges Vergnigen sein, Herr Graf, wie jedes Jahr, das unser Herrgott hat werden lassen. Bitte, darf ich noch Champagner ereffnen und einschenken in unsere schene behmische Gläser wie jede Weihnacht, die was ich die Ehre gehabt hab, mit dem Herrn Grafen verbringen zu dirfen?"

„Danke, mein lieber Wenzel, das macht vielleicht in diesem Jahr mein Schwiegersohn. Danke, danke Ihnen, und sagen Sie bitte auch den anderen, dass es heute wirklich nichts mehr zu tun gibt. Und noch einmal gesegnete Weihnachten für alle!"

Der alte Diener verbeugte sich tief und zog sich gegen die offen stehende Tür zurück, als Helene „Warten Sie, Wenzel, Ihr Christkindl!"

rief und ihm ein großes, flaches, in sternübersätes dunkelrotes Papier mit goldenem Band gefasstes Paket übergab.

„Pardon, Komtesse – Frau Gräfin, womit ich habe …"

„Schscht, Wenzel, und frohe Weihnachten!" Helene hatte ihre Hand zart gegen seine Lippen gehoben.

„Was, wenn ich fragen darf, kann sich denn in ein so großes Paket befinden, wenn ich fragen darf, Frau Gräfin?"

„Sie dürfen alles, Wenzel! Es ist ein Überzieher, hoffentlich warm genug mit seinem Hamsterfutter, vielleicht schon heute zur Mette anzuziehn, wenn er passt, aber ich denke schon. Der Knize hat ja die Größe vom Papá. – Und jetzt gehen Sie bitte, Wenzel, sonst machen Sie mich noch verlegen, und das wollen Sie doch nicht." –

„Gott mege verhiten, Komtesse, das mege Gott verhiten …"

Wenzel bewegte sich nicht. Erst als er den leisen Klingelton des Champagners in den Gläsern wahrnahm, sah er erschreckt auf.

„Verzeihung, Komtesse, Herr Graf, alles ist angerichtet nebenan, wieder in Clary-Salon, gereicherte Forellen und gekochte Erdäpfel auf Wärmeplateaus, Oberskren auf Tafel. Wenn irgendetwas sein sollte, brauchen nur zu leiten, stehe immer zur Verfigung. Hoffe, dass demgemäß alles in der besten Ordnung ist. Empfele mich untertenigst."

Als Crescence Freudenberg ihrer Nichte einen etwa handgroßen, mit blauem und rotem und weißem Zuckerguss kunstvoll verzierten, von hauchdünnem, durchsichtigem Seidenpapier umhüllten Engel der ehemaligen Hof- und Zuckerbäckerei Demel mit den Worten „Von deinem Cousin, dem Stani, der dich sehr gern hat und es sehr bedauert, heute nicht da sein zu können", überreichte, bedankte sich Leoni mit einem angedeuteten Knicks und stieß mit ihrer Tante an.

„Danke vielmals! Schad! Warum kann er denn nicht da sein, der Stani?"

„Weißt du, er ist einfach ein nobler Mensch, dein Cousin, und deshalb ist er nach Kärnten gefahren, damit dem Kari Hechingen seine Mutter nicht so gottserbärmlich allein sein muss an so einem Abend."

„Und der Kari?", fragte Leoni, obwohl sie wusste, dass dieser schweren Herzens bei seinem

Vater, den er ebenso liebte wie seine Mutter, in Wien geblieben war.

Denn sie trafen einander seit ihrer gemeinsamen Erstkommunion immer öfter, und immer heimlich, sie verabredeten sich immer in der Michaelerkirche, von der aus sie dann in einem Kaffeehaus verschwanden, zuerst im Bräunerhof, was gefährlich war, weil ihr Vater dort eine Wohnung hatte, dann im Landtmann, oder sie fuhren, wenn es Frühjahr geworden war, mit dem D-Wagen nach Nußdorf, gingen in die Weinberge, dorthin, wo sie mit ihrem Großvater war, oder sie setzten sich in den Garten vom Kierlinger, gleich vis-à-vis der Endstation, von wo aus sie bequem wieder in die Stadt zurückfahren konnten, Leoni bis zum Schottentor, Kari bis zum Parlament, um mit dem J-Wagen in die Josefstadt hinaufzufahren. Sie waren verliebt ineinander, seit der Fahrt mit dem Riesenrad vor neun Jahren, gestanden sie einander viel später. Zuerst wagten sie überhaupt nicht, es sich einzugestehen, aber dann, als Kari den Mut hatte, Leoni zu ihrem vierzehnten Geburtstag ins Café Landtmann auf eine Topfengolatsche und ein Glas Sekt zu bitten, die ihnen zu ihrer Überraschung auch serviert wurden, war es Leoni, die aussprach, dass sie verliebt in ihn sei und ihn jetzt schon seit vier Jahren liebe, und dass diese Liebe bestehen bleiben würde, da sei sie sich ganz sicher, wenn nicht eine furchtbare Krankheit oder der Tod oder irgendetwas anderes, worüber sie keine Macht hätten, zwischen sie träte und sie trennte, worauf Kari schlucken musste, einmal, zweimal, „Ja, ich auch", flüsterte und sie auf beide Wangen küsste und einmal scheu und ganz schnell auf ihren Mund, vor allen Leuten, im Café Landtmann, und niemand schien Anstoß daran zu nehmen.

„Na, der Kari, der ist selbstverständlich bei seinem Vater, da, wo er ja schließlich auch hinghört! Wohin denn sonst, wenn er eine Mutter hat, die einfach davonlauft und ihren Mann samt ihrem Sohn so mir nix dir nix im Stich lasst! – Aber es muss halt auch irgendjemand an die Mutter denken, hat der Stani gemeint, die ja schließlich auch ohne irgendeine Menschenseele allein da in Kärnten sitzt, wo sich die Füchs gute Nacht sagen, an so einem Abend! Man ist ja schließlich wer und ghört irgendwie zusammen, wenn man geboren ist, in unsern Stand, mein ich, du verstehst schon, was ich meine. Man ist ja doch am Ende kein Wilder, der keine Manieren kennt und keinen Anstand und keine Haltung und … Ach, Leoni, wenn ich dir sagen könnt … Jedenfalls hat er ein Erbarmen ghabt und ist eben hingfahrn. Denn Weihnachten ist schließlich das Fest der Liebe, hat er noch gsagt, und das stimmt auch. Der Meinung bist du doch auch, nicht wahr?“

„Aber ja, Tante Crescence, tausendmal Ja!“

Leoni ließ die Gläser der beiden noch einmal klingen, lief zur Grammophontruhe, wechselte die abgelaufene rauschende Schellack gegen eine von dem amerikanischen Pianisten Fats Waller, die sie erst vor wenigen Tagen bei Gramola am Graben erstanden hatte, kurbelte, setzte den Tonarm mit einer frischen Nadel auf die schwarze Scheibe und huschte in eine der Fensterdickungen, weil sie beobachten wollte, welche Wirkung diese selige Melodie eines unendlich weich auf einem tänzelnden Rhythmus dahinschwingenden Saxofons, überleuchtet von einem Glockenspiel, durchjubelt vom Klavier des großen Künstlers, auf ihre Familie haben würde.

In einer Gondel über den Wolken,
in einem Flugzeug, das durch den Himmel zieht,
da waren viele Menschen,
sie werden auch Passagiere genannt …

Ihre Eltern unterbrachen sofort das Aufpacken von Geschenken, sogar Tante Crescence hob den Kopf. Sie alle verharrten still im Schein der niederbrennenden Kerzen und lauschten verwundert einer ihnen unbekannten Himmelsmusik, die da plötzlich durch den Raum schwebte.

MAI

Es waren dumpfe Schläge, die an diesem Vormittag vom Eingangsportal herauf ins Ankleidezimmer Leopold Altenwyls dröhnten, gerade als Wenzel seinem Herrn aus dessen ins Rostrot verschossenen, ehemals paradeiserroten Paisleymantel helfen wollte.

Die Schläge wurden heftiger. Sie hörten Josepha durch den Innenhof rufen. „Wos is denn, wos is denn, seid's narrisch wuan? I kumm ja schon! Hörts auf, hörts auf, Bagasch! Aufhörn, Bagasch, elendige! Na woat s'!"

Die Schläge hörten auf.

Nach einer Weile nicht zu verstehenden Stimmengewirrs schrie jemand „Herr Altenwyl, Altenwyl! – Leopold Altenwyl, zeign S' Ihna freiwillig oder miass ma Ihna holn kumma? – Altenwyl, Leopold! Al – ten – wyl – Leopold!"

Die beiden alten Männer waren schon fast an der Treppe, als ihnen Josepha entgegenkam. „Waaß net, wos de wolln! Bülcher sind's, Bülcher in schwoaze Ledermäntel, aber der Franz ist dabei, in einer Uniform, aner braunen, wia's jetzt seit n Heldnplatz überall wia die Schwammerln aussaschiaßn."

„Al – ten – wyl! Al – ten – wyl, wird's vielleicht!? Mia habn unser Zeit nämli ned gstohln wia du!"

Der Brüllende verstummte, als Leopold Altenwyl, einen Schnabelstock in der Hand, am Arm Wenzels auf der Feststiege erschien.

„Meine Herren, womit kann ich dienen?"

„Womit Se dienen können, Altenwyl? Ausziagn miass ma, Altenwyl, ausziagn! Und zwar möglichst schnell, weil nemlich das Haus requiriert is, weil es nemlich in jüdischen Besitz is, dieses Haus, und weil es jetzt ein End damit hat, dass uns die Judn die schenstn Häusa wegnehman!"

„Wollen bitte entschuldigen, meine Herren, das Haus gehört mir nicht, ich darf hier nur wohnen, sozusagen auf Duldung."

Der Brüller sah irritiert von seinem schwarzen Ledermantelzwilling zu Franz Perndorfer.

„Franz, ein bissl überrascht bin ich schon über Ihre Adjustierung, aber bitte, wenn's Ihnen möglich wär, irgendetwas dazu zu sagen …"

„Also, wos is jetzt do? – Was – geht – hier – vua? – Wiad's?!"

„Soweit ich informiert bin, befindet sich die Immobilie wirklich nicht im Besitz des Herrn Grafen – des Leopold Altenwyl, sondern in dem seiner Tochter Helene Bühl, so wird halt gsagt, aber genau weiß ich das auch nicht …"

„Franz, Franz! Hast du vollkommen deinen Verstand verloren? – Was machst du da?"

Anna Perndorfer war die Treppen heruntergestürzt, sie stellte sich neben den stoßweise atmenden Leopold Altenwyl, so, dass sie Wenzel helfen konnte, ihn zu stützen.

„Hundertmal hab ich dir gsagt, dass das hier nix für euch ist! Ihr sollt's ihn in Ruhe lassen, weil er so viel für uns gemacht hat!"

„Anni, entschuldige, aber es ist nämlich eine neue Zeit angebrochen, das hab ich dir auch gesagt, mehr als hundertmal!"

„Halt, halt! Und Ruhe jetzt aber! – Entspricht das, was der Kollege da gesagt hat, der Wahrheit?"

„Jawohl, der Wahrheit, soweit sie mir bekannt ist", rapportierte Franz Perndorfer und schlug salutierend die Hacken seiner schwarzen Stiefel zusammen, dass es im Hof widerhallte.

„Mir werdn dem nachgehn, Altenwyl, am Morzinplatz wissen s' ganz genau Bescheid, wie sich's verhalt. Für jetzt einmal Glück gehabt, Altenwyl, möcht ich sagen", Franz Perndorfer und der andere Schwarzmantel lachten beflissen, „aber du kannst dich drauf verlassen, wir kommen wieder! Und wenn's nicht stimmt, so gnad dir Gott, Al – ten – wyl! – Abmarsch!"

„Wenzel, ich muss jetzt hinüber zu meiner Tochter gehn. Sie sollen mich bitte nicht begleiten."

„Aber kann doch Josepha oder Maria Komtesse herholen …"

„Danke, Wenzel, dank Ihnen schön, aber das möcht ich selber machen, weil jetzt andere Zeiten sind, wie er gesagt hat."

Leopold Altenwyl löste sich, nahm langsam Stufe für Stufe und näherte sich Schritt für Schritt dem Ausgang.

„Herr Graf", rief ihm Anna nach, „das mit dem Franz, das hab ich nicht gewollt, und hab's nicht gewusst!"

Sie lief ihm nach, ging in die Knie und küsste seine linke Hand.

„Aber Herr Graf! Der Herr Graf befinden sich in Morgenmantel!"

Wenzel war seinem Herrn nachgegangen und stand jetzt vor ihm in der von Josepha aufgehaltenen Türe.

„Lassen Sie's gut sein, Wenzel, es ist eh nicht so warm heut, wie sich's eigentlich für einen Maitag in Wien gehören würd …"

„Aber Nachtkleid darunter und Pantoffeln!"

„Werden schon halten bis zum Hof hinüber! Danke, Wenzel, ich danke Ihnen für alles! Und sagen Sie bitte der Josepha, ah, Sie sind ja da, Josepha! Josepha, bitte – das Tor von jetzt an zugsperrt lassen, auch wenn Tag ist! Den ganzen Tag über muss das Haus jetzt gsperrt bleiben, den ganzen Tag und die ganze Nacht und den ganzen Tag und die ganze Nacht und so weiter und so fort, et cetera, haben Sie das verstanden Josepha?"

„Selbstverständlich, Herr Graf", schluckte die Beschließerin, „küss die Hände."

Leopold Altenwyl ging langsam. Die Fahnengasse hinunter durch den Haarhof, die kurze Irisgasse wieder hinauf, bis er den Heidenschuss querte. Vor dem Platz am Hof hielt er inne. Er musste sich mit beiden Händen auf seinen Spazierstock stützen, um seines stoßweisen, ihn aufs Äußerste beklemmenden Atems Herr zu werden.

‚Heidenschuß', ging es ihm durch den schmerzenden Kopf, Heidenschuß! Über diesen Straßennamen hatte er nie nachgedacht. Heidenschuß … Wahrscheinlich, weil es den Türken damals bei ihrer Belagerung von Wien gelungen ist, bis da herein zu schießen, bis vor die Schottenkirche, auf die Freyung … – Aber die Katastrophe hat ja abgewehrt werden können, dank der tapferen Wiener und dank des Entsatzheeres, das vom Kahlenberg heruntergestürmt ist wie eine Strafe Gottes … Leopold Altenwyl flüsterte „wie eine Strafe Gottes" und musste lächeln. Und jetzt, wann kommt die Strafe Gottes für die Preisgabe eines ganzen Landes, für den Verrat eines ganzen Volkes, das da brüllend wie eine Viehherde einem enttäuschten österreichischen Gefreiten aus dem Weltkrieg unter dem Namen „Führer" zujubelt, weil er vom Balkon der Neuen Hofburg „vor der Geschichte den Eintritt seiner Heimat in das Deutsche Reich" verkündet hat, nein, hinausgeschrien hat er ihn, diesen Eintritt vor der deutschen Geschichte, in schlechtem Burgtheaterdeutsch noch dazu. Gerade einmal zwei Monate ist das her! „Heil! Deutsch-Österreich!“ haben sie unter die erste Verfassung der Republik geschrieben. Das haben sie jetzt davon! Da braucht man sich nicht zu wundern, wenn sie Heil schreien, dankbar, dass er seine Heimat „heimholt“ ins Deutsche Reich. In was für ein Reich? In ein Reich, in dem kein Platz mehr zu sein scheint für Mitbürger, die seit Jahrhunderten dort gelebt haben und leben, nur, weil sie einen anderen Glauben haben? Ja, die Familie seiner Frau hatte einmal vom Glauben her mosaische, also jüdische Vorfahren, aber die Landaus sind doch seit drei Generationen Protestanten und Katholiken, wie seine Frau eine Katholikin war, sonst hätten sie ja gar nicht heiraten können, im Veitsdom, auf dem Hradschin. Und wenn der Kaiser ihnen keine Bewegungsfreiheit gegeben hätt, dann wär ein Gustav Mahler nie über dieses Nest von Kalischt hinausgekommen, und die Befestigungsanlagen hätte er gar nicht schleifen lassen müssen, um seine Ringstraße zu bauen, weil sein Musikverein und seine Oper und sein Parlament und sein Burgtheater und seine Universität allein dagstanden wären auf dieser Gstättn, wo nur der Wind durchpfeift, weil niemand Häuser darum herum gebaut hätt, weil niemand das Geld dazu ghabt hat, außer die Rothschilds und die Ephrussis und die Todescos und wie sie alle heißen. Wer hätte denn auch bauen sollen, wenn nicht diese Familien mit ihrem Vermögen!? Er und seinesgleichen hätten doch das Geld gar nicht gehabt, wir haben uns ja längst in unseren Innenstadtpalais und Landgütern verkrochen! Und jetzt, plötzlich und über Nacht das! Das, was da wie ein Inferno über sie hereingebrochen ist! War das die Strafe Gottes? Die Strafe Gottes wofür? Sie hatten sich doch wohl verhalten, kaisertreu bis in den Tod, republiktreu in dieser neuen Republik … „Weil das Haus requiriert ist, weil es in jüdischem Besitz ist, dieses Haus“, hatte der in seinem schwarzen Ledermantel ihm voller Hass aus seinem grinsenden Gesicht entgegengebrüllt. Weil es in jüdischem Besitz ist, dieses Haus … Das Haus ist doch im Besitz von der Helene, und deren Mutter war doch katholisch, so wie sie alle katholisch oder evangelisch sind, so wie der Gustav Mahler katholisch war und die Todescos und die Oppenheimers, und wie die Mautners evangelisch sind …

Leopold Altenwyl begann wieder zu gehen, Schritt für Schritt sich dem Haus seines Schwiegersohns zu nähern, auch weil sich Menschen um ihn versammelt hatten, von denen einige ihre Kopfbedeckungen zogen, sich verbeugten und ihn verhöhnten, „Die Ehre, Herr Graf", „Jetzt is gar, Herr Graf", „Aus is's, Herr Graf", „Jetzt wird's aus sein mit aner Musi und an Wein!", „Sag beim Abschied leise Servus, Herr Graf!", weil sie ihn kannten, von der Herrengasse da hinten, von der Naglergasse, oder vom Schwarzen Kameel …

Er musste weiter, möglichst schnell seiner Tochter den Vorfall berichten, damit sie etwas dagegen unternehmen konnte, das Haus sofort auf ihren Mann überschreiben, was sie längst hätte tun sollen! Jetzt wird's der Kari ja wohl annehmen, oder auf die Leoni, was vielleicht das Gescheiteste wär …

Nur mit Mühe erklomm er die drei Stufen zu dem Sandsteinbalkon, der den Marmorsockel der Mariensäule umgibt, er wollte sich festhalten, aufstützen, kurz innehalten, weil sein Stock gebrochen war, für Augenblicke nur ausruhen, bevor er die wenigen Meter bis zum Palais Bühl hinter sich gebracht haben würde, aber da war plötzlich so etwas wie ein Speerstich, der zuerst seine Lunge, dann sein Herz durchdrang. Er löste seine Hände von der Balustrade, um dorthin zu fassen, wo er die Wunde vermutete, da war aber kein Blut. Dann riss etwas seinen Kopf nach oben zur Gottesmutter. Er verlor das Gleichgewicht, stürzte hintenüber, schlug auf die Steintreppe. Weit oben über sich sah er, wie die schwarze Madonna ihren Fuß auf ein Ungeheuer setzte, um sich von dessen Rücken aus gegen den Himmel abzustoßen. Er war verwundert darüber, dass der Drache von derselben Lanze durchbohrt war wie er, die Lanze aber war aus purem Gold –

Wenzel war seinem Herrn gefolgt, er bahnte sich durch die nunmehr verstummte Menschengruppe, um Leopold Altenwyls abgetragenen Morgenmantel zu schließen und mit dem Taillengürtel, den er zu einer Schleife verknotete, zusammenzuhalten. Dann umfasste er dessen nackte Beine, bewegte sie in die Waagerechte, zog seinen Dienstfrack aus, bedeckte damit Gesicht und Oberkörper des Toten, zog sich mühsam am Steingeländer auf und wankte mehr, als dass er gehen konnte, verfolgt von den Blicken der Zuschauer, auf das Haus zu, an dessen Tor er nach endlosen Minuten mit schwächer werdenden Schlägen pochte.

*

Leopold Altenwyl wollte im Friedhof des Kahlenbergerdorfes seine „letzte Ruhe finden, damit meine Seele, so es sie denn manchmal zu ihren sterblichen Überresten zieht, diese in dem Garten, der zwischen dem Leopoldsberg und dem Nußberg an der erhabenen Wiege unserer Geschichte liegt, die schönste Umgebung vorfindet, um dort, ein wenig vielleicht, zu verweilen“, worum er in einem handgeschriebenen Testament bat, das Wenzel am Nachmittag seines Todes Helene Bühl übergab, beglaubigt von Anna Perndorfer und ihm, seinem Kammerdiener Wenzel Kratochwil.

Hans Karl war es möglich, über Vermittlung von Pater Wolfgang schon am nächsten Tag ein Familiengrab dort oben zu erhalten, worauf Lukas alles für die Beerdigung Erforderliche in die Wege leiten konnte, sodass dieses trauervolle Ereignis schon nach vier Tagen stattfand, obwohl es Hans Karl nur mit Mühe gelang, sein Unbehagen zu unterdrücken, weil sein und seiner Schwester Vater, Johann Bühl, gar nicht weit entfernt, auf dem Josefsdorfer Friedhof am Kahlenberg bestattet worden war und Crecscences Mann, Franz Stephan Freudenberg, sich ebendort das Leben genommen hatte.

Obwohl die Benachrichtigungsparte für die Seelenmesse in der Michaelerkirche erst für dic nächste Woche einluden, waren viele Menschen heraufgekommen, Verwandte, Freunde, sogar fernere Bekannte, auch Schaulustige, die von dem schrecklichen Ereignis erfahren hatten, das sich wie ein Lauffeuer durch Wien fortgepflanzt hatte, fast das gesamte Personal von der Herrengasse und vom Hof war heraufgestiegen, auch Lukas und Wenzel hatten den beschwerlichen Weg nicht gescheut, sie waren vielmehr die ersten, die es sich nicht nehmen ließen, die eintreffenden Trauergäste zu begrüßen und ihnen den Weg zur offenen, blumenübersäten Grabstelle zu weisen.

Für den Leichenschmaus, die Agape, schloss die Restauration „Zur eisernen Hand“, die man bequem auf einem kleinen Spaziergang entlang der Weinzeilen erreichen konnte, ihre Lokalität.

„Bitt um Pardon, Tante Helene, Onkel Kari, bitt um Verzeihung, teure Mamu, und auch dich, meine liebe Cousine, aber ich hab doch an einem solch traurigen Tag auch den Ort aufsuchen wollen, wo sich mein Vater hat erschießen müssen, und wo sich immerhin auch das Grab unseres anderen Großvaters befindet, Leoni, der ja auch erschossen worden ist, wie du vielleicht weißt …“

„Na, jetzt setz dich schon, Stani, das fabelhafte Kalbsgulasch gibt’s sicher noch und auch von den nicht weniger guten Nockerln wird noch etwas da sein; aber sag mir bitte, warum bittest du deine Tante und deinen Onkel um Pardon und mich und die Leoni um Verzeihung, wenn ich das fragen darf …“

„Küss die Hand, meine liebe Mamu, weil ich mir das angewöhnen möcht, dass jetzt mehr Deutsch gesprochen wird und nicht mehr so viel Französisch, weil das unser Erbfeind ist, der bestimmt noch einiges von uns zu erwarten haben wird, vor allem die Annullierung, die Zunichtemachung der Schandverträge von Versailles und Saint Germain!“

„Bitte, Kari, hilf mir! Ich fürcht, dass ich meinen eigenen Buben nicht mehr versteh …“

„In dieser Sache, fürcht ich, wird dir auch dein Bruder nicht mehr helfen können, Crescence“, antwortete Helene leise, während der Ober Stani ein semmelhelles Gulasch servierte und von diesem mit der Anweisung „Danke! Ein Bier!“ zur Schank beordert wurde.

„Seit wann trinkst du Bier, Stani, wenn ich mir die Frage erlauben darf?“, versuchte Crescence die Bestellung zu verhindern. „Wir haben einen wunderbaren Heurigen da aufm Tisch stehn …“, eine Bemerkung, die Stani mit einer Handbewegung an den Kellner überging.

„Was mir wichtig ist, zu sagen, Tante Helene und Onkel Kari, und natürlich auch Leoni, es tut mir unendlich leid, was da letzte Woche mit deinem Vater passiert ist, Helene, aber das war ein Irrtum, das war vom Morzinplatz aus überhaupt nicht so geplant.“

„Was bedeutet Morzinplatz?“ Stani kaute, also fragte Helene noch einmal, klar und deutlich:

„Was – bedeutet – Morzinplatz? Da steht doch das Hotel Metropol!"

„Steht noch immer, sehr imposant, ist aber jetzt das Hauptquartier der Geheimen Staatspolizei."

„Der Geheimen Staatspolizei?"

„Ja, der Gestapo, wie man sagt, ist requiriert worden."

„Was heißt das?"

„Es ist enteignet worden, weil es in jüdischem Besitz war, und genau darüber wollte ich gern mit euch sprechen, grad heut, ich will euch nämlich helfen und euch in jedem Fall davor schützen, dass so etwas wie letzte Woche nicht noch einmal passiert. Und, wenn ich mir die Bemerkung erlauben darf, meine Intervention hat schon geholfen. Es ist doch bis jetzt niemand mehr bei euch erschienen?"

„Nein, Gott sei Dank nicht …"

„Und ein bissl mir sei Dank nicht, wenn ich das so sagen darf …"

„Weshalb dir sei Dank?"

„Weil sie mich brauchen, weil sie sich nicht zurechtfinden in dieser Wienerstadt, und da sind sie froh, wenn ihnen ein Parteimitglied, das ich ja schon lange bin, wie ihr wisst, noch dazu eines aus einer solchen Familie, wie die unsrige eine ist, ein bissl zur Hand geht. Wien ist für die ein Labyrinth, das sie nicht durchschauen. Sie sind mir für jeden Fingerzeig dankbar!"

Alle, die an diesem einfachen, weiß eingedeckten Holztisch in dem sonnenbeschienenen Gastgarten über Wien saßen, wussten nichts mehr zu sagen, sie starrten diesen Stani, den sie doch als ihren Neffen, Sohn und Cousin zu kennen glaubten, ungläubig an.

„Schau, Tante Helene, nach den Nürnberger Rassengesetzen, die seit der vorletzten Woche auch bei uns gelten, bist du halt nun einmal eine Halbjüdin, und das Nationalsozialistische Deutsche Reich, zu dem Österreich seit der triumphalen Volksabstimmung im April ja nun endlich gehört, wie ihr wisst, muss auf die vorhandenen, zu Unrecht angemaßten jüdischen Ressourcen des deutschen Volkseigentums zurückgreifen, einfach, weil sie sie brauchten, um aus der Asche der Demütigung des Weltkriegs wieder emporsteigen zu können, und da ghört eben dein Palais in der Herrengasse dazu, wie übrigens auch die Paläste der Ephrussis, der

Rothschilds und wie sie alle heißen, das Todesco-Palais übrigens auch, aber das tut mir am wenigsten leid, weil da noch immer diese Walburga Todesco ganz ungeniert Hof hält, immerhin die ungestrafte Mörderin unseres Bühl'schen Großvaters, Leoni, falls du das noch nicht wissen solltest … – Aber nimmer lang, darauf könnt ihr euch verlassen!"

„Was sollen wir tun?"

„Du solltest verkaufen, Helene, möglichst schnell, bevor sie sich's anders überlegen! Ich hab am Morzinplatz erwirkt, dass sie dir einen fairen Preis machen. Und ihr müsst nicht auswandern deswegen, werdet auch nicht ausgesiedelt, weil Mischehen geduldet sind, das ist in den Rassengesetzen so berücksichtigt. Aber ruhig würd ich mich schon verhalten, an eurer Stelle. Aber da gibt's ja bei euch beiden, Tante Helene und Onkel Kari, nicht den geringsten Grund zur Besorgnis. Vielleicht gelegentlich die eine oder andere kleine, diskrete Soiree im Palais am Hof für den künftigen Gau- und Reichsleiter der Ostmark, einen sehr netten, aber unbedarften Herrn Josef Bürckel samt Gemahlin, mit unseresgleichen … Es schmeichelt den Herrschaften nämlich ungemein, vom innersten Zirkel der österreichischen Aristokratie sozusagen akzeptiert zu werden … Jedenfalls, Tante Helene, so ein Auftritt wie der in der Herrengasse letzte Woche, der wird nicht mehr vorkommen, da könnt ihr euch ganz auf mich verlassen, das war ein bedauerliches Missverständnis, nicht mehr! – Prost!“

„Dank dir, Stani, dank dir sehr“, beendete Helene das Schweigen nach dem Redeschwall Stanislaus Freudenbergs.

„Keine Ursache, liebe Tante Helene. – Aber verkaufen würd ich, jedenfalls, und ganz ohne Umstände, dann müssen sie's nicht enteignen. Schau, die suchen genau solche Objekte wie dein Palais in der Herrngassn, sie brauchen ja so etwas, als Sitz der Gauleitung etwa oder für sonst irgendwas Repräsentatives, etwas, womit man halt auch einen Staat machen kann …“

„Dank dir nochmals, Stani! Wir werden das alles in die Wege leiten, ganz deinem klugen Rat folgend. Gleich morgen werde ich mich mit dem Doktor Winkelhofer, der, wie du ja weißt, schon seit Urzeiten der treue Anwalt der Bühls ist, ins Einvernehmen setzen. Die ganzen Erbschaftsangelegenheiten nach dem plötzlichen Tod eurer

Großmutter bei dem tragischen Schiffsuntergang der Elizabeth hat er doch fabelhaft abgewickelt, was du viel besser beurteilen kannst, als ich …"

„Fabelhaft abgewickelt, Tante Helene, fabelhaft! Was sagst du dazu, Mamu?"

„Ja, sehr korrekt, in allem immer sehr korrekt, der Doktor Winkelhofer", antwortete Crescence Freudenberg irritiert, „ein bisserl alt ist er halt jetzt schon, aber das sind wir ja alle demnächst, in diesem Theater, möcht ich fast sagen …"

„Ja, das sind wir in diesem Theater ja bald alle demnächst", lachte Helene, hob ihr Heurigenkrügel, prostete ihrer Familie zu, stieß mit jedem Einzelnen an und bedeutete dem, ob der angesichts eines Begräbnisses außerordentlich heiteren Stimmung der Tischrunde erstaunten Kellner, frisch gefüllte Gläser zu bringen.

„Und was ich dich noch bitten möcht, mein lieber Stani, du siehst, die Bitten nehmen gar kein End, könnten wir das alles etwa in drei Wochen über die Bühne, wenn wir schon einmal beim Theater sind, bringen, weil mir, grad heut, am Begräbnistag vom Papá, das Reid's-Hotel auf Madeira per Telegramm meine Buchung für zwei Wochen dort bestätigt hat, ein Ort, den ich mit meinem Mann und unserer Tochter unbedingt aufsuchen möchte, nur, um ein bissl eine Ruhe nach diesen dramatischen Tagen zu finden und meine Gedanken ein wenig zu ordnen, wie du vielleicht verstehen wirst. – Weißt du, ich war mit dem Papá dort, kurz nachdem es aufgsperrt hat, sechs Jahre ist das jetzt her, und er war so gern dort, auch weil er unbedingt das Grab seines, unseres letzten Kaisers hat besuchen wollen, was er sich so sehr gewünscht hat."

„Aber, ich – kann doch nicht mit, Mami, nächste Woche beginnt meine Matura ... und es ist eh ein halbes Wunder, dass sie mich so schnell noch im Sacré Coeur aufgenommen haben ... Ohne deine Fürsprach als Absolventin da wär das eh nie gegangen, Mami ...", stammelte Leoni erstaunt.

Jetzt starrte Helene ihre Tochter an.

„Ah, im Sacré Coeur bist du jetzt – quasi im letzten Moment", beendete Stani die lähmende Pause. „Gscheit ist das von euch, sehr gscheit, das muss ich schon sagen, und, nebstbei bemerkt, einer Bühl durchaus mehr angemessen als diese Reformschule da in der Wallnerstraße über diesem obskuren Café Herrenhof, von wo aus doch diese gesamte sogenannte jüdische Intelligenz ihre Fäden spinnt. Ein Nest ist das, ein wahres Nest! Als was anders kann man das doch gar nicht bezeichnen!"

„Die Leoni muss ihre Matura notgedrungen im Sacré Coeur machen, weil ihre Schule im März von den Nationalsozialisten geschlossen worden ist und ihre Direktorin Frau Doktor Genia Schwarzwald fliehen musste, Stani! Beziehungsweise hat sie es vorgezogen, von einer Vortragsreise nicht mehr zurückzukommen …"

„Also! – Ihr wart auf Madeira? Das muss mir entgangen sein! Da wollt ich doch auch schon immer hin, jedenfalls seit man von der Existenz dieses offenbar fabelhaften Hotels ghört hat. Die Edine Merenberg hat mir auch so begeistert davon erzählt."

„Ja, es ist wirklich fabelhaft, Crescence, du solltest unbedingt einmal hinfahren! Es thront in einer unbeschreiblichen Blütenpracht wie ein Göttersitz über dem immer azurfarbenen Atlantischen Ozean. Das muss dir wirklich entgangen sein, aber es war zu der Zeit, als du dich in unendlich fürsorglicher Weise fast das ganze Jahr über um Hohenbühl gekümmert hast. – Und die zwei Wochen, mein Schatz, wirst du doch ganz sicher ohne uns auskommen, trotz Matura, vor der du doch nichts zu fürchten hast, meinst du nicht? Und verzeih mir bitte, dass ich nicht darauf gedacht hab, aber der plötzliche Tod vom Papá, von deinem geliebten Děda …“

Leoni musste schlucken. Mit weit geöffneten Augen und fragendem Blick versuchte sie, die Gedanken hinter dem ihr gänzlich unbekannten Verhalten ihrer Mutter zu ergründen, was diese gar nicht zu bemerken schien. Sie sah zu ihrem Vater, der fast unmerklich verneinend den Kopf bewegte, langsam die Lider niederschlug, nach seiner Serviette griff und schwieg.

„Aber natürlich, Tante Helene, mein Mitgefühl noch einmal und mein vollstes Verständnis! Was für eine sinnstiftende Idee, im Angedenken an deinen von uns allen so sehr geliebten Vater das Grab unseres letzten Kaisers zu besuchen! – Wir werden also mit der Angelegenheit bis, sagen wir, bis Ende Juni warten, so lang kann ich die Zentralstelle, die sich ja auch erst einmal einrichten muss, sicher hinhalten, mein Wort drauf! – Würde dir das genügen, Tante Helene?“

„Aber ja, Stani, unser lieber Stani! Und jetzt noch einmal, und weil uns der Herrgott einen so schönen Maitag zum Trost für ein so trauriges Ereignis geschenkt hat, Prosit!“

*

Leoni Bühl versuchte zwar, die Flucht ihrer Eltern aufgrund der unabänderlichen Gegebenheiten zu verstehen, sie weigerte sich aber auf das Heftigste, nicht zu maturieren, sie wollte auch Österreich, das Land, in dem sie aufgewachsen war und das sie liebte, nicht verlassen, sie wolle „Zeugin sein von dem, was auch immer da kommen mag“, wie sie sich ausdrückte, „und retten, was eben zu retten ist“. Hohenbühl und das Haus am Hof wären unantastbar, und sie würde sich um beides kümmern, so gut sie es zu leisten imstande wäre, bis ihre Eltern zurückkehrten; sie sei mit allen Angelegenheiten hinreichend vertraut.

„Dann müssen wir Doktor Winkelhofer bitten, Schriftsätze zu verfassen: einen, in dem wir Leoni vorzeitig für großjährig erklären, sowie eine Generalvollmacht über alle Bankkonten und für alle Entscheidungen, die das Bühl’sche Haus am Hof und Hohenbühl mit allem, was damit zusammenhängt, betreffen. Die müssen wir dann möglichst schnell, am besten gleich übermorgen, vor einem Notar bestätigen, unterschreiben und von ihm eintragen lassen, wenn wir weg sind. – Ich kann nur hoffen, dass Doktor Winkelhofer noch einen kennt, dem die Lizenz noch nicht entzogen worden ist", hatte Helene mit leiser, aber klarer Stimme, die keinen Widerspruch zuließ, festgestellt und Lukas gebeten, umgehend das Treffen mit dem Familienanwalt für den nächsten Vormittag zu vereinbaren, denn Helene erkannte sich in ihrer Tochter, sie wusste, dass jeder Versuch, Leoni umzustimmen, sinnlos war, sie sah ihren Vater in ihr und sie glaubte, durch sie auch ihre Mutter zu spüren, auf eine unerklärliche Weise, eine Mutter, von der ihr nichts als ein Gemälde von Franz Matsch, Erzählungen und ein paar Fotografien geblieben waren.

„Der Herr Graf benötigen wirklich eine so hohe Summe in Barem, wenn ich mir die Frage erlauben darf?"

Direktor Joham von der Creditanstalt-Bankverein hatte die Bündel in der seit dem zwölften April geltenden Währung in Reichsmark vor Hans Karl Bühl aufgereiht wie Gräberzeilen, er zählte sie noch einmal sorgfältig ab und lächelte ihn an.

„Ja, Herr Direktor, meine Frau braucht ein bissl eine Erholung nach dem Tod ihres Vaters. Wir haben uns also zunächst für eine Thermalkur in Bad Ragaz entschieden, und dann möchte sie unbedingt Paris besuchen, eine Stadt, in der sie noch nie war und wo wir uns mindestens auch zwei Wochen aufhalten werden. Sie verstehen, der Louvre, mehrmals natürlich, das Palais Royal, die Comédie-Française, die Tuilerien, der Jardin du Luxemburg, von Notre-Dame gar nicht zu reden, und dann die Begegnung mit der französischen Lebenskunst, im Maxim's, im Lipp, im Flo, Bofinger, Les Deux Magots, und so weiter. Und ich denke, dass wir noch vieles entdecken werden, was sich uns erst eröffnen wird, wenn wir wirklich dort sind, in einem wunderbaren Hotel übrigens, im Ritz, das ja auch nicht gerade das billigste ist, aber wir wollen uns ganz diesem Zauber hingeben, uns vom Leben treiben lassen, hierhin, dorthin, ganz wie es will. Etwas, das wir uns auch noch nie erlaubt haben, aber ein Mal, ein Mal soll es, darf es halt jetzt sein, weil, ja, weil

Leopold Altenwyl seine Tochter mit seinen letzten Zeilen, die wir in seinem Schreibtisch an uns adressiert fanden, nur wenige Wochen vor seinem Tod geradezu darum gebeten hat. Und sie werden sicher verstehen, Herr Direktor, dass vielleicht nur eine solche Reise ein wenig von der Trauer um den Tod eines so sehr geliebten Vaters abzulenken vermag."

„Zutiefst, Graf Bühl, zutiefst! Noch dazu, da uns ja die Ehre zuteilwurde, Graf Altenwyl fast seit der Gründung unseres Hauses zu unseren treuesten Kunden zählen zu dürfen. – Es bestehen übrigens beträchtliche Rücklagen, Herr Graf, die wir jederzeit auf eines Ihrer Konten transferieren können …"

„Das ist sehr freundlich von Ihnen, Direktor Joham, da aber die offizielle Testamentseröffnung durch Doktor Winkelhofer noch nicht stattgefunden hat, möchten wir keinesfalls, dass dieser vorgegriffen wird, wiewohl wir davon ausgehen dürfen, dass mein Schwiegervater unsere Tochter Leoni zur Alleinerbin aller beweglichen Güter, Bürgschaften und Rücklagen eingesetzt hat; hiervon hat er uns jedenfalls am letzten Heiligen Abend in Kenntnis gesetzt."

„Wie großzügig von dem wunderbaren Herrn Grafen Altenwyl, wie ein Gruß aus einer leider längst vergangenen Zeit: alles seiner geliebten Enkelin zu vermachen, seiner Enkelin! Man bedenke, einem Mädchen noch fast, einer jungen Frau! Ein Gruß aus einer versunkenen Welt, jedoch mit einem Fingerzeig in die Zukunft, indem er der Jugend vertraut und auf sie setzt, auf die kommende Generation, wenn ich mir die Bemerkung erlauben darf …"

Hans Karl nickte, während er die Bündel in einen flachen Kalbslederkoffer ordnete, in jenen Koffer, der ihm seit Internatszeiten teuer war und der sich nach dem Krieg auf dem Dachboden von Hohenbühl wieder finden hat lassen.

„Ja, so wird er immer in unserer Erinnerung weiterleben, unvergesslich! – Eine Frage, wenn ich mir diese noch erlauben darf, Graf Bühl –"

Hans Karl sah ihn an.

„Trifft diese Erbschaft auch auf den Inhalt des Safes Ihres verehrten Herrn Schwiegervaters bei uns zu, Graf Bühl?"

„Ich denke schon, Herr Direktor Joham, weil sich der Schlüssel hierzu im Wappenetui seines Siegelrings befunden hat, das Leoni, von ihrem

Großvater darauf hingelenkt, auf einer Astgabelung des Christbaums finden durfte."

„Als ob sich eine Ahnung seiner bemächtigt hätte! – Was für ein Mensch, was für ein großartiger, nobler Mensch doch da von uns geschieden ist!, wenn ich mich so ausdrücken darf. – Und das einzigartige Palais in der Herrengasse, wenn ich mir diese, sicherlich indiskrete, Frage noch erlauben darf? Aber Sie werden mir diese in Ihrer Güte vielleicht nachsehen, wenn Sie sich des, ich erlaube mir zu sagen, guten Fußes erinnern, auf dem ich schon so viele Jahre die Ehre habe, mich mit Ihrer Familie zu befinden …"

„Das hat schon immer meiner Frau gehört, Herr Direktor Joham, und deren Ableben werden wir ja, dem Himmel sei Dank, in nächster Zukunft hoffentlich nicht genötigt sein, zu bedauern …"

„Gott behüte! Herr Graf! Gott behüte! – Dem Himmel sei Dank, Herr Graf, dem Himmel sei Dank, wie Sie sagen! – Wenn Sie erlauben, darf ich Ihnen noch drei, oder so viele Sie wünschen, unserer frisch ausgedruckten Blöcke mit Schecks zu je zwanzig Blatt auf ihren Namen offerieren, die sich, seit sie mit der Deutschen Reichsmark gedeckt sind, überall in Europa der allergrößten Reputation und Akzeptanz, ja, ich darf sagen, Beliebtheit, erfreuen …"

„Danke, Herr Direktor Joham, das ist sehr fürsorglich von Ihnen."

„Nur für den Fall, Graf Bühl, nur für den Fall …"

„Welchen Fall meinen Sie bitte, Herr Direktor, wenn jetzt ich mir die Frage erlauben darf?"

„Für den Fall – für den Fall – Da fällt mir eigentlich gar keiner ein, Herr Graf, das war nur so dahingesagt, wie man halt so redet … Ich meinte damit nur: als Sicherheit! Nur als Sicherheit, so wie man seinen Kopfpolster mit sich führt, damit man im Notfall nicht auf den des jeweiligen Quartiers angewiesen ist, indem man sich gerade befindet …"

Hans Karl Bühl reichte Josef Joham die Hand.

„Für Ihre Aufmerksamkeit danke ich Ihnen sehr, Herr Direktor! Und vergessen Sie bitte nicht, dass wir zwar für ein paar Wochen aus Österreich, nicht aber aus der Welt sind."

„Wie könnte ich das vergessen, Herr Graf, und ich darf mich vielleicht schon jetzt darauf freuen, wenn Sie mir nach Ihrer Rückkehr von der Schweiz erzählen, und von Paris, vom Louvre, und vom Jardin du Luxemburg, mir, dem Kärntner Bauernbuben aus Bad Kleinkirchheim, der es bisher nur nach Venedig gebracht hat, auf seiner Hochzeitsreise, und, vor Kurzem erst, nach Berlin."

Hans Karl nickte anerkennend, löste seine Hand aus dem festen, ein wenig feuchten Griff des Bankdirektors, setzte seinen Panamahut auf, nahm den Koffer und wandte sich zum Gehen.

„Und bitte, mich der verehrten Frau Gemahlin zu Füßen zu legen, und mich Komtesse Leoni zu empfehlen, die ich bitte, jederzeit und uneingeschränkt über mich zu verfügen!"

Am Abend dieses fliederduftenden Tages hatten sich die Schwestern Anna, Maria und Josepha in den Volksgarten verabschiedet, zuerst, um die Rosen zu schaun, dann im Burgtheater den „Bauer als Millionär", und dann in der Meierei noch ein wenig zu sitzen, vielleicht sogar zu tanzen.

Währenddessen schob Wenzel in der Lanzini-Loggia des Altenwyl'schen Palais seine zitternde Hand hinter das Wandgemälde vom Abschied des Amor und löste jenen geheimen Mechanismus aus, der das sandsteinfarben gefasste Paneel unter dem Bild aufklappte, sodass eine holzausgekleidete Vertiefung sichtbar wurde, in der Stapel von Goldmünzen zusammen mit fünf zu je fünf aufgeschichteten Goldbarren versteckt waren.

„Das, bitte, Komtesse, ist für Komtesse, haben dero gnediger Herr Vatter so verfigt, falls ihm etwas zustesst, was jetzt firchterlicher Weise der Fall eingetretten ist, und ich war schon Kerze anzinden in Michaelakirche, weil mich gitige Herrgott hat an Leben gelassen so lang, dass ich Komtesse noch zeigen kann diese Schatzkammer, die was gar nicht so klein ist, wie Komtesse selbst sehen kennen."

Helene griff nach einem der Münztürme und reichte ihn Wenzel, der ihn teilen musste, um ihn mit beiden Händen halten zu können. Dann umarmte sie den Vertrauten ihres Lebens.

„Das ist für Sie, Wenzel, und nur für Sie! Und wenn es ganz schlimm kommen sollte, wenn sie uns das Haus wegnehmen, meine ich, dann retten Sie vielleicht noch, was zu retten ist, wie Sie es halt können. Leoni wird Ihnen nach Kräften dabei helfen, und übersiedeln mit den Frauen hinüber zum Hof, aber bitte nicht mit der Anna und ihrem Mann. Morgen Früh werde ich schweren Herzens ihre Entlassung verfügen."

„Aber Schwester Anna befindet sich in Scheidung von ihren Mann wegen Auftritt, was hat zu Katastrophe gefihrt …"

„Dann ist sie auch willkommen, und darüber wird niemand anderer als Sie befinden, Wenzel. Und sammeln Sie halt bitte noch das, was zu sammeln ist, die Papiere vom Papá etwa, und seine geliebten Bilder, die Sie ja alle besser kennen als ich, und lassen Sie das alles unauffällig hinüberbringen, so lang es halt noch geht."

„Wie Komtesse befelen."

„Gar nix hab ich zu befehlen, Wenzel, wissen Sie das nicht mehr? Muss ich Sie an meinen ersten Schultag erinnern?"

„Missen nicht, Komtesse, und bitt um Vergebung fir alten Kopf, meinigen, und kiss dero Hände, in Dankbarkeit, was ich nicht ausdricken kann."

Helene, Hans Karl und Leoni waren in hellen, leichten Sommermänteln gekommen, die Frauen mit Handtaschen, Hans Karl mit seiner mehrfächerigen Aktenmappe, damit sie die Münzen und Barren einstecken und bergen konnten, um sie möglichst unauffällig zum Hof zu transportieren, zuerst Leoni, dann Helene am Arm ihres Mannes, wie verliebt durch die warme Frühsommernacht schlendernd.

Zwei Tage später war alles teils unter Kofferfuttern, teils unter doppelten Böden sowie in Mänteln und Jacken versteckt, fixiert und vernäht, und als im frühesten Morgenlicht dieses ersten Junitages das von Jakub chauffierte Automobil die Einfahrt verlassen hatte, war Leoni diesem nachgelaufen, weil sie es nicht mehr sehen konnte, als es um die Ecke in Richtung Freyung bog.

Es war aber schon bei der Schottenkirche gegen das Burgtheater hin abgebogen, um über den Ring zur Secession zu gelangen, wo es entlang des Naschmarktes auf der Linken Wienzeile in westlicher Richtung an Fahrt aufnahm.

Als ihr durch den freundlichen Pfiff eines ersten Marktstandlers bewusst wurde, dass sie barfuß im Nachthemd in einer dünnen Wollweste am Rand des Platzes stand, grüßte sie lächelnd zurück und balancierte vorsichtig, fast hüpfend, über die Würfel des Kopfsteinpflasters auf das

Haus zu, um wenige Stunden später mit der Tramway den Rennweg hinauf ins Sacré Coeur zu fahren, wo sie nach Latein und Englisch an diesem Vormittag ihre Maturitätsprüfung in Deutsch abzulegen hatte:

Vergleichen Sie das Frauenbild Shakespeares anhand seiner Rosalinde in „Wie es Euch gefällt" mit dem Frauenbild Lessings anhand seiner Minna in „Minna von Barnhelm" und arbeiten Sie allfällige Unterschiede heraus.

Aber dieses Thema war ihr noch unbekannt, als sie Lukas durch einen Tränenschleier mit ihrem Morgenmantel über dem Arm und Pantoffeln in den Händen auf sie zukommen sah.

JUNI

Grand Hotel Quellenhof
Bad Ragaz
Helvetia

Hans Karl Bühl Juni 1938

Dear Sir William, lieber William,

wenn Sie diesen Brief in Händen halten, hoffen wir inständig, das Langham Hotel in London erreicht zu haben.

Wir, das sind meine Frau Helene und ich, Hans Karl, der Sohn von Leonore, deren Leben Sie mit Ihrer Liebe einen neuen Sinn gegeben haben, von Abbazia bis zu jenem tragischen Unglück auf der Passage von Fiume nach Liverpool, nach dem Sie die Güte hatten, mich im ersten Ihrer kostbaren Briefe über den Verlust meiner geliebten Mutter mit den Worten zu trösten, daß sie in einer Sternennacht verschwunden ist. Mein Dank dafür sowie für Ihre fürsorgliche Begleitung meines, und nunmehr, seit 19 Jahren, unseres, Helenes, Leonis und meines Lebens, wird und kann nie enden, und nur das unverdiente Geschenk Ihrer gütigen Zuneigung erlaubt mir, diese Zeilen an Sie zu richten.

Bei Ausbruch des Krieges boten Sie mir durch meine Mutter an, nach England zu desertieren, was mir in meiner damaligen Situation aus Gründen, die Sie akzeptiert haben, nicht möglich war. Nunmehr desertieren wir aus einem Österreich, das nicht mehr das unsere ist, nicht de facto und nicht de nomine. Wir desertieren aus einem Deutschen Reich, das seine Bürger in Rassen spaltet und nach willkürlich festgesetzten Kategorien trennt, worunter Helene nach den jetzt geltenden Nürnberger Rassengesetzen als so bezeichnete „Halbjüdin", bei Aberkennung ihrer staatsbürgerlichen Rechte und ihres Vermögens, fällt, was sie veranlasst hat, ehestmöglich und in der ihr eigenen konsequenten Weise, dieses Land zu verlassen, ein Land, das auch ich nicht mehr als das meine zu erkennen vermag.

So haben wir uns nun, mit leichtem Gepäck als Kur- und Badegäste getarnt, von unserem Jakub via Wien über Feldkirch in die neutrale Schweiz chauffieren, will sagen, retten lassen, was uns gelungen ist, wie Sie dem Briefpapier des Hotels entnehmen können, dessen telegraphische Bestätigung unserer Reservierung wir sowohl bei der Ausreise aus Österreich, Pardon, aus dem Deutschen Reich, sowie bei der Einreise in die Schweiz, jenseits des Rheins, vorweisen mussten, und nur, weil uns geglaubt wurde, daß wir in diesem Grandhotel für eine Badekur gebucht hatten, daß wir also nicht auf fremde Hilfe angewiesen sind, wurde uns die Einreise gewährt. Jakub wurde dabei von beiden Grenzstationen ein Passierschein ausgestellt, der ihn verpflichtete, binnen zwölf Stunden seine Ausreise an der Schweizer Grenze bestätigen zu lassen, um ins Deutsche Reich, das jetzt eben jenseits der Rheinbrücke beginnt, wieder einreisen zu dürfen.

Wir werden nun versuchen, als Touristen über die großen Hotels von Zürich, Paris und Le Havre nach Portsmouth zu gelangen, von dort aus nach London weiterreisen und fürs erste im Langham Hotel Logis nehmen, das unsere Reservierung, während ich an Sie schreibe, telegraphisch bestätigt hat, wie mir Helene soeben überglücklich mitteilt. Noch also scheinen Touristenvisa zu gelten. Wie lange noch?

Also brechen wir möglichst schnell wieder auf und verlassen diesen himmlischen Ort im Tal der Schweizer Voralpen in dem Bewußtsein, daß unsere Luxusflucht einmal ein Ende haben muss.

Aus diesem Grund, lieber William, erlauben wir uns die gänzlich unangemessene Frage, bei der mir die Schamröte ins Gesicht steigt, ob Ihnen irgendein Quartier bekannt ist, das wir fürs erste mieten und beziehen könnten? Wir verfügen, Gott und Helenes leider von uns gegangenem Vater sei Dank, über ausreichende Mittel, um uns ernähren und durchbringen zu können. Und, wir vermögen zu arbeiten, Helene hat Philosophie und Medizin studiert, sie ist eine ausgebildete Krankenschwester und verfügt über gute Kenntnisse der englischen Sprache, und ich, darf ich sagen, verstehe mich leidlich auf Verwaltung, Organisation, Ökonomie sowie auf Land- und Forstwirtschaft.

Verzeihen Sie bitte, aber wir haben im Vereinigten Königreich niemanden, dem wir diese unbescheidene Bitte vortragen könnten, und die nur der Not geschuldete Bergung längst von der Geschichte verschütteter und dann schmählich vernachlässigter Verbindungen widerstrebt mir, und widerstrebt ebenso Helene, von der ich Sie auf das Herzlichste grüßen soll, so, wie ich Sie, lieber William, von Herzen und mit der Bitte, diese Zeilen nachsichtig entgegenzunehmen, grüße, verbleibend als

Ihr
Hans Karl

William Brod-Spencers Hände begannen zu zittern, als er den Brief ein zweites Mal las, also stützte er sich auf seinen Schreibtisch, um das Schriftstück mit Daumen und Zeigefinger beider Hände auf der mit dunkelgrünem Leder intarsierten Arbeitsfläche zu fixieren. Dann gab er Anweisung, eine Telefonverbindung zum Langham Hotel herzustellen.

*

Am Tag der Abreise ihrer Eltern, nach ihrer Maturaklausur über Rosalinde und Minna, nachmittags, als sie noch einmal Beispiele für die infrage kommenden Aufgabenstellungen in Mathematik durchblätterte, wurde Leoni Bühl überraschend von Lukas in den Toskanischen Ecksalon gebeten, wo ein „desperater Graf Hechingen", der sich nicht abweisen hatte lassen, auf sie warten wollte, „ganz gleich, wann immer Komtesse Leoni zu erscheinen geruhen wird".

„Entschuldige bitte die Störung, Leoni, aber der Kari ist nicht zur Matura erschienen! Stell dir vor, nicht zur Matura erschienen! Schon den dritten Tag nicht, stell dir vor, und ich weiß nicht, wo er sich jetzt befindet, niemand im Haus weiß, wo er sich jetzt befindet! Vor zwei Stunden hat sich sein Klassenvorstand freundlicherweise zu uns in die Josefstadt bemüht, um mich von diesem ungeheuerlichen Vorfall zu informieren …"

Leoni musste sich setzen.

„Und dabei war alles so gut, der Kari hat sich so gut vorbereitet gefühlt, weil er mit dir hat lernen dürfen, Leoni, was unendlich lieb von dir war! Und er war so zuversichtlich, dass er in der letzten Woche sogar noch für ein paar Tag nach Kärnten zu seiner Mutter hat fahren wollen, was ich ihn natürlich lassen hab. So sicher war er sich seiner Matura! Und am Sonntag ist er zurückgekommen, hat noch etwas Kleines gegessen, ist auf sein Zimmer gegangen, hat am Montag früh das Haus verlassen, ist aber nicht zu seiner Matura ins Akademische gegangen! Am Abend war er wieder da, sehr wortkarg, das muss ich schon sagen, und ist in seinem Zimmer verschwunden, am Dienstag dasselbe, und heut in der Früh auch! – Ich hab halt gedacht, das geht jetzt die ganze Wochn so. – Er ist halt nun einmal sehr in sich gekehrt seit unserer unseligen Scheidung. – Aber wem erzähl ich das, du kennst ihn ja besser als ich …“

Leoni konnte nichts antworten, wusste nichts zu sagen. Sie verabschiedeten sich. Nur dass sie ihm telefonieren würde, wenn sie etwas erführe oder in Erfahrung bringen würde, das versprach sie noch.

Dann nahm sie, ohne irgendetwas Bestimmtes zu denken, ihren Mantel, verließ das Haus, lief zum Schottentor und setzte sich in den D-Wagen, um nach Nußdorf hinaus zu fahren.

Nach der Haltestelle Heiligenstädter Straße hörte sie plötzlich ganz nah hinter sich ihren Namen flüstern. Sie fuhr herum, Kari stand auf, setzte sich wortlos neben sie, umarmte sie, klammerte sich an sie und blieb so bis zur Endstation Beethovengang.

Mit den Ärmeln seines Schulblazers wischte er sich die Tränen aus dem Gesicht, er wollte nicht zum Kierlinger. Leoni nahm ihn an der Hand und führte ihn wie ein widerspenstiges Kind zu dem kleinen Tisch an der Schupfenwand, an dem sie immer saßen, wenn sie sich da draußen verabredet hatten.

„Meine Mami erwartet ein Kind von deinem Cousin, vom Stani … Am Samstagabend, kurz bevor er gekommen ist, hat sie mir's gsagt … Wie's hell worden is, bin ich von Dornbach weg. Ein Bauer hat mich dann mit seinem Fuhrwerk bis nach Spittal zum Bahnhof gebracht, weil er mich halt gekannt hat …"

Leoni schwieg. Sie strich ihm die Haare aus der feuchten Stirn. Sie war erleichtert, dass ein Schrammelquartett zu spielen begann.

„Das ist furchtbar, Kari, glaub mir, auch für mich! – Aber deshalb schmeißt du deine Matura weg? – Wo warst du denn die Tage? Dein Vater war vor nicht zwei Stunden bei mir, um mich zu fragen, ob ich etwas wüsste, dein Klassenvorstand war nämlich heut bei ihm. Sag mir bitte, Kari, wo du warst!"

„Bei dir, ich war bei dir."

„Du warst …"

„Bei dir, ich war immer um dich herum, hab deinen Weg zur Straßenbahn begleitet, bin mit dir den Rennweg hinaufgefahren, hab vor dem Sacré Coeur gewartet, bis du wieder herausgekommen bist, und bin dann wieder mit dir hinuntergefahren, und hab vor euerm Haus gewartet, bis der Abend gekommen ist. So wie jetzt, wo du ja auch nicht gwusst hast, dass ich hinter dir im zweiten Waggon vom D-Wagen sitz. – Ich war auch heut in der Früh bei euch und hab gsehn, wie deine Eltern weggfahren sind und wie du dann dem Automobil nachgelaufen bist, und wie dir der Lukas deinen Schlafrock und deine Pantoffeln gebracht hat. Ich kann halt einfach nicht mehr sein ohne dich, und jetzt, wo mir meine Mutter das gsagt hat, noch viel weniger. Wenn's dich nicht gäb, wüsst ich nicht, was ich noch sollt auf der Welt."

„Und deshalb schmeißt du gleich einmal deine Matura weg? – Ach Kari, grad deshalb ist es doppelt sinnlos, was du getan hast, verstehst du das nicht? – Wir haben uns doch etwas versprochen, Kari – da, hier! – Hier an diesem Tisch haben wir es uns versprochen …"

Sie setzte sich neben ihn, umarmte und küsste ihn, um den sich nähernden Kellner mit dem Ruf „Bitte zwei Achteln Heurige und zwei Soda“ fürs Erste von ihrem kleinen Tisch fernzuhalten.

„Jetzt müssen wir halt noch ein Jahr warten, und ich versprech dir, dass ich mit dir lern, so gut ich halt kann. – Denn dass ich nicht so gern die Frau von einem Primaner sein möcht, das wirst du doch auch verstehn, Kari, vielleicht, oder nicht?“

SEPTEMBER

Antoinette Ladinsa hatte das Speisezimmer ihres Jagdhauses in eine Geburtsstation verwandelt, denn hier oben, nirgendwo sonst, gedachte sie, mit dem Kind, das sie zusammen mit Hans Karls Neffen Stani in der Christnacht entstehen ließ, niederzukommen. So lebte sie seit den letzten Augusttagen mit einer Hebamme und der Familie von Professor Löwenstein, dem Geburtsarzt Helene Bühls, von dem sie unter allen Umständen ihre späte Schwangerschaft und Geburt betreut und durchgeführt wissen wollte, in der Grünleiten auf dieses Ereignis hin.

Der Professor nahm diese Aufgabe dankbar an, weil das Privatsanatorium Loew geschlossen worden war und er, aufgrund der Nürnberger Rassengesetze, als „Volljude“ eingestuft, seine Position als Chefarzt der Gynäkologischen Abteilung verloren hatte. Trotzdem warnte er Toinette bei jeder Untersuchung sowohl vor einer solchen Schwangerschaft als auch vor einer Geburt, die für eine Frau in ihrem Alter, das man ihr selbstverständlich nicht ansähe, mit allen Risiken bis hin zur Gefährdung ihres Lebens, einherginge. Bedenken, die Toinette jedes Mal, wenn sie geäußert wurden, heftiger mit der Bemerkung wegwischte, dass sich der Herr Professor Löwenstein schon noch wundern würde, wie gut alles verlaufen werde, sie habe ein Gefühl für ihren Körper, sie kenne ihn schließlich seit vierundvierzig Jahren, sie vertraue ihm unbedingt und werde sich von nichts anderem als von ebendiesem Gefühl leiten lassen.

Ihr Gefühl hatte sie nicht getrogen, am zehnten September wurde sie nach einer erstaunlich unkomplizierten Geburt eines gesunden Buben entbunden, dem sie den Namen Johann gab, Johann Stanislaus Karl Franz Amadeus Josef. Der Nachname, Ladinsa oder Freudenberg, wurde noch nicht festgelegt, weil Stani Freudenberg dem zukünftigen Reichsleiter der Ostmark, Josef Bürckel, auf einer Hirschbrunft die Schönheiten Österreichs, insbesondere des Salzkammergutes, nahebringen wollte, wozu sie Gauleiter August Eigruber, der ein ausgewiesener Kenner und glühender Liebhaber des Ausseerlandes war, zusammen mit Adolf Eichmann, dem Leiter der „Zentralstelle für jüdische Auswanderung in Wien“, mit dem herzlichsten Hitlergruß eingeladen hatte.

NOVEMBER

Wien am 13.XI.38

Liebe Eltern im fernen England,

es ist gar nicht zu beschreiben, was sich da in nur vier Tagen hier in Wien und in ganz Österreich und in ganz Deutschland ereignet hat.

„Ereignet" kann man das gar nicht nennen, es ist über diese Stadt und über dieses Land, das einmal Österreich war und jetzt Ostmark heißt, hereingebrochen wie ein Feuersturm, eine Plünderung, wie die Vandalen über das alte Rom hergefallen sind, oder die Griechen über Troja, oder die Hunnen über ganz Europa. Ihr könnt es euch nicht vorstellen, es ist wirklich un-vor-stellbar. Schrecklich, furchtbar, grauenvoll! Dabei stimmt gar nicht, was ich schreibe, weil nämlich gar niemand über Wien hergefallen ist, es ist von innen, aus dieser Stadt selbst herausgekommen, es ist aufgestiegen aus den dunkelsten Tiefen, aber auch das ist nicht richtig, die Wiener, halt die Wiener Nationalsozialisten, und das sind ja fast alle, haben sich quasi über Nacht umgestülpt und alles Böse, Gemeine, Rachsüchtige, Neidische, das in ihnen ist und das man nie in ihnen vermutet hätte, nach außen gekehrt und all diesem einen entfesselten, ungehinderten freien Lauf gelassen, grausam und erbarmungslos.

In der Nacht von Mittwoch auf Donnerstag haben diese in Horden zusammengerotteten verwandelten Wiener alle Bethäuser und alle Synagogen angezündet, ein Feuerschein war über der ganzen Stadt, wir haben es vom Dachboden aus gesehen, die ganze Stadt war von Feuern eingekreist, so muß es bei der Türkenbelagerung gewesen sein, von der Brigittenau über Hernals, den Alsergrund, die Josefstadt, Fünfhaus, Mariahilf, Margarethen, bis hinaus nach Simmering brannten alle Kirchen, selbst in Liesing noch, und dann zogen diese Horden grölend durch die Stadt, sie machten wirklich einen Höllenlärm (dort kann er nicht anders sein), und zertrümmerten, zerstörten und plünderten alle Geschäfte, immer „Juda verrecke“ schreiend, sie zerstörten unsere Geschäfte, und am Donnerstag ging es weiter, und am Freitag auch, und sie trieben die Menschen aus ihren Wohnungen und plünderten auch diese, und pferchten sie irgendwo zusammen, um sie irgendwohin abzutransportieren, viele nach Dachau bei München, hab ich gehört, wo sie alle in einem Lager einsperren, das sie Konzentrationslager nennen. Und am Freitag und am Samstag wurden die geplünderten Geschäfte, unsere Geschäfte, die, wo wir immer eingekauft haben, auch der Mamiopi und die Papiomi und sicher auch die Omis und Opis von denen, also all diese Geschäfte wurden vernagelt, und dann haben sie „Jude“ darauf geschmiert und einen Stern, der aus zwei Dreiecken zusammengesetzt ist, so daß er sechs Zacken hat. „Judenstern“, nennen sie ihn, und in merkwürdigen Buchstaben muß auch „Jude“ auf den Stern geschrieben sein. Es sind immer die gleichen merkwürdigen Buchstaben, und ich frag mich, ob diese Sterne mit dieser Aufschrift nicht schon lang irgendwo angefertigt worden sind und auch noch gekauft werden müssen.

Ihr müßt mir bitte glauben, ich hab das alles selbst gesehen, am Donnerstag und vorgestern und gestern, weil sie mich in Ruhe gelassen haben. Selbst auf das Portal von der Mami ihrem Haus in der Herrengasse haben sie so einen Stern gemalt, obwohl uns das ja eh schon seit dem Juli nicht mehr gehört, was ich Euch noch gar nicht gesagt habe, entschuldigt bitte. Irgendein Amt von den Nationalsozialisten ist da jetzt drin, dessen Vorstand ein Freund vom Stani ist. Es kann gar nix passieren, hat er mir gesagt. Dazu kann ich noch gar nichts sagen, Gutes wird es nicht bedeuten, aber darum kann ich mich jetzt nicht kümmern, bitte Euch, das zu verstehen.

Könnt Ihr Euch vorstellen, dem Opi sein Geschäft, den Knize, haben sie auch verwüstet, geplündert und dann enteignet, weggenommen, „Arisieren“ nennen sie das, so wie es dem Braun am Graben passiert ist, sogar der Zuckerlkönig in der Rotenturmstraße ist arisiert worden, und das Café Herrenhof, sogar das Hotel Imperial. Aber es sind noch viel mehr, ich weiß gar nicht, wo ich anfangen soll, sogar unsere Lieblingsbuchhandlung, der Frick am Graben ist arisiert worden. Und es geht so schnell, so schnell! Sie müssen das alles schon lang so geplant haben, für diese Höllennacht, in der alles, und ich glaub, noch viel mehr, einen furchtbaren Anfang nimmt.

Geliebte Eltern, ich bitte Euch, und damit natürlich auch Euren Gastgeber Sir William, wenn Ihr irgend etwas machen könnt, dann versucht, daß befreundete Familien von uns nach England kommen dürfen, mit einem Visum, das sie so dringend brauchen, sonst kommen sie nicht weg! Und sie müssen weg, die Todescos und die Oppenheimers und die Bernheimers und die Mautners und die Reichs und und und, sonst wird es vielleicht zu spät! Es sind so viele, so viele! Denen, die ich Euch genannt habe, hab ich Eure Adresse bei William Brod-Spencer in Chelsea gegeben, aber ich geb sie sicher noch mehreren, muß sie noch mehreren geben, und bin mir ganz sicher, daß ihr genau dasselbe machen würdet. Zum Beispiel für unsere entfernten Familienmitglieder, die Landaus, die noch in Prag sind und keine Verbindung zu Euch aufnehmen können, wie mir der Felix Oppenheimer erzählt hat.

Bei all dem Furchtbaren hier hoffe und wünsche ich Euch von Herzen, daß es Euch gutgeht, und ich weiß zutiefst, daß es gut war, daß Ihr weggegangen seid, weil Ihr ein „Mischlingsehepaar“ seid, so heißt das jetzt. Was für ein Irrsinn, die Altenwyls und die Bühls, österreichische Familien seit mehr als 500 Jahren!

Aber, glaubt mir bitte, ich weiß auch, daß es gut war, daß ich dageblieben bin, weil ich hier vielleicht etwas machen kann, etwas, das man machen muß, ich weiß noch nicht ganz genau, was, aber so habt ihr es mir jedenfalls beigebracht. Grüße aus der Hölle schickt Euch

Eure Leoni

PS: Am Freitag war ich auf unserem Postamt. Ich wollte nachschauen, ob der Herr Kostal noch am Schalter sitzt. Er sitzt noch dort. Ich hab ihn gefragt, was ein Brief nach England kostet, weil ich am Montag einen aufgeben und genug Geld dafür mitbringen möchte. Er hat mir die Summe genannt und gesagt, daß wir das schon hinbringen werden, Freilein Komtesse, und daß, bis jetzt jedenfalls, die Post ganz normal hinausgeht aus deitsches Reich, weil er noch über keine diesbezigliche Dienstanweisung verfigt. Also werdet Ihr den Brief hoffentlich bekommen.

In Liebe Eure Leoni

SEPTEMBER

Wien am 15.IX.39

Liebe Mami und lieber Papi,

verzeiht bitte, daß ich so lange nichts von mir habe hören lassen, aber es war viel, sehr viel, was sich da in den letzten acht Wochen hier in Wien ereignet hat.

Also, der Kari und ich, wir sind jetzt wirklich verheiratet, und ich danke Euch noch einmal, daß Ihr uns Eure Einwilligung dazu gegeben habt, wenn auch mit Bedenken, die wir alle erwogen haben: unser Alter, die ungewiße Zukunft, die jetzt mit dem Beginn eines Krieges noch viel ungewißer geworden ist. Aber trotz allem sind wir uns ganz sicher. So sicher man sich halt sein kann, wenn man liebt, und das ist das Einzige, woran wir uns anhalten können, sonst gibt's ja nichts mehr, woran man sich anhalten kann.

Es war ganz still und auch feierlich an diesem frühen Morgen von Mariä Himmelfahrt, als uns der jetzt doch schon ein bißl alt gewordene, aber immer gleich uns zugetane Pater Wolfgang, Ihr kennt ihn noch von unserer Erstkommunion her, in einer Seitenkapelle der Michaelerkirche getraut hat. Würd er uns nicht mögen, dann hätt er's ja nicht gemacht, weil es ja gesetzeswidrig ist, was er da getan hat, und wir werden ihm das auch nie vergessen.

Es war ein bißl wie bei Romeo und Julia, so geheim, weil ja niemand etwas davon hat wissen dürfen. Zeugen waren der Mathias Khuen-Belasi, der beste Freund vom Kari, und die Eva Oppenheimer, die jetzt auch schauen muß, daß sie mit ihrer Familie aus Österreich, aus der Ostmark muß das jetzt heißen, hinauskommt. Sie leben schon seit einem Jahr im Untergrund, weil ihnen auch ihre Wohnung weggenommen worden ist, und sie haben kein Geld mehr. Aber sie müssen eine ungeheure Steuer zahlen, damit sie überhaupt wegkommen dürfen, „Reichsfluchtsteuer" heißt das, und sie dürfen nichts mitnehmen. Ich hab mir erlaubt, ihnen Geld von unserem Konto zu geben, damit sie wenigstens diese grausame Steuer zusammenbringen. Und ich hab ihnen Eure Adresse, also die von Sir William gegeben, sie haben sich auch schon persönlich an Euch gewendet, aber ob ihr Brief noch an Euch gelangt, ist gar nicht mehr so sicher. Deshalb befinden sich jetzt auch ihre erforderlichen persönlichen Daten für ein Visum in diesem Brief, mit Photos, damit ihr schon einmal etwas unternehmen könnt. Das muß halt bitte Sir William machen, dem ja alles gelingt und schon so viel gelungen ist. Bitte! Fürs erste werde ich sie halt jetzt irgendwo bei uns verstecken, bis ich eine Nachricht von Euch erhalte, und bitte hoffentlich die Visa, die Ihr bitte auch an den Adi Liechtenstein schickt, wie alle Post, die für mich bestimmt ist. Dieser Brief kommt ja auch wieder aus Liechtenstein, wie Ihr seht, weil der Adi sich bereit erklärt hat, ihn wieder von ihm zu Haus aus an Euch abzuschicken. Und schreibt bitte immer nur mehr an ihn, wenn Ihr an mich schreibt, jetzt mehr denn je! Er will den Postboten machen, das hat er versprochen, und das ist ungeheuer lieb von ihm.

Der Kari und ich haben natürlich nur kirchlich geheiratet, weil wir nicht auf eines dieser nationalsozialistischen Standesämter gehen wollten, die uns dann aufschreiben und wissen, was ist. Wohin auch? In den 1. Bezirk? Oder in die Josefstadt? Und es war gut, daß wir das so gemacht haben, nur beim Pater Wolfgang, weil der Kari, mein Mann, vor ein paar Tagen seinen Einberufungsbefehl in die deutsche Wehrmacht erhalten hat, und dabei hat er noch nicht einmal einen Wehrdienst abgeleistet. (Es schreibt sich immer noch ein bißl fremd, dieses „mein Mann“, aber ich werd mich schon daran gewöhnen.)

Das darf er natürlich nicht machen, er darf dem nicht Folge leisten, warum auch? Da hab ich einen Mann geheiratet, damit er in Polen oder was weiß ich, noch umkommt, fällt? Ich hab's ihm jedenfalls verboten! Also werd ich ihn verstecken, ganz oben auf dem Dachboden vom Hof, dort, wo die Tante Crescence nicht mehr hinaufkommt, und wissen tut's nur der Jakub, der ja auch zittert, daß er nicht entdeckt wird, weil er jetzt ein Jude ist, und der Lukas natürlich, dem es auch langsam immer schlechter geht. Ich glaub, daß er nicht mehr lang leben will. Nur, bis Ihr zurückkommt, hat er gesagt.

Unsere Leute von der Herrengasse sind alle bei uns untergekommen, so, wie Du es bestimmt hast, liebe Mami, aber das habe ich Euch ja schon geschrieben. Wir sind halt jetzt ein bißl viele Menschen am Hof, und einige werd ich sicher nach Hohenbühl schicken müssen, da gibt's ja weiß Gott auch immer viel zu tun.

Der Stani darf's halt auch nie erfahren, das mit dem Kari und mir, weil er jetzt immer mehr mit denen zusammen ist, wer weiß, was ihm noch einfallt, jetzt, wo er ein stolzer Vater ist, worunter der Kari schon sehr leidet, besonders, wenn er an seine Mami denkt, die er immer sehr liebhaben wird, aber er hat sie jetzt auch schon lang nicht mehr gesehen.

Vielleicht geht's auch in Hohenbühl, daß ich ihn verstecke, aber das muß ich erst schauen. Jedenfalls ist es gut, daß niemand etwas von uns weiß, auch dem Kari seinem Vater haben wir nichts gesagt. Der Kari ist einfach verschwunden und kein Mensch weiß, wo er ist. Ich hab seinem Vater, also meinem Schwiegervater!, was er überhaupt nicht ahnt, nur gesagt, daß ich nur weiß, daß der Kari keinesfalls zum Militär geht, damit er ihn nicht auch noch suchen läßt. Man kann nur hoffen, daß dieser Krieg schnell wieder vorbei ist, weil er ja auch zum Studieren anfangen will. Jetzt „studiert" er mit mir Medizin, nach dir, Mami, und Musikwissenschaften nach dem Děda, ein Fach, das ich auch belegt habe, weil mir doch der Opa so viel und so viel Schönes von der Musik erzählt hat. Ich geh mit ihm immer genau das durch, was ich gelernt hab, und wo ich weitermachen muß, was auch für mich gut ist, weil ich es mir dann besser einprägen kann. Nur mit der Anatomie wird's nicht so leicht gehen, aber vielleicht können wir uns ja einmal ganz im Geheimen zu den Wachsfiguren vom Josephinum hineinschmuggeln. Nur in den Musikverein, das geht jetzt nicht mehr.

Ich muß schließen, weil der Adi heut am Abend wieder nach Haus fahren wird. Es ist schon unglaublich, daß er das so machen kann, aber er sagt, daß die es sich mit der Schweiz und mit Liechtenstein nicht verderben wollen, weil sie da alle ihr Geld hinbringen, ein Geld, das meistens geraubt ist.

Vom Kari soll ich Euch natürlich grüßen, er ist so glücklich, sagt er, daß er Euch als zweite Eltern haben darf, weil es ja seine Eltern nicht mehr gibt, jedenfalls nicht als das, was man unter Eltern versteht.

Der Arme bekommt heute Abend noch eine Lektion in Musikgeschichte: vom Bau des Sonatensatzes anhand der frühen Streichquartette von Joseph Haydn.

Es umarmt und liebt Euch unendlich
Eure dankbare Leoni

PS: Leider muß ich Euch noch sagen, und Ihr seht ja, wie lange ich damit gewartet habe, daß der Wenzel im August gestorben ist, als er beim Opa oben am Friedhof war. Friedhofsbesucher haben ihn gefunden und uns davon verständigt, daß er einfach beim Grab gelegen ist, ganz friedlich, als hätte er sich daneben legen wollen. Ich habe das Grab daneben gekauft und wir haben ihn dort beerdigt. Mein Gott, der Wenzel! Ich glaube, daß nur Du weißt, meine geliebte Mami, was das für ein wunderbarer Mensch war, und gerade in Deinem Leben. Aber, glaub mir, er hat seit dem Tod vom Opi nur darauf gewartet, daß er gehen darf, daß er endlich abberufen wird. Das hat er mir immer wieder gesagt, und ganz heiter, mir,

Deiner Leoni,
die ihn so sehr an Dich erinnert hat.

SEPTEMBER

Wien am 10.IX.40

Geliebte Eltern,

jetzt bombardieren sie London, jetzt bombardieren sie Euch! In der deutschen Wochenschau hab ich es unter schrecklichem Geschrei und Getöse gesehen, und der Volksempfänger berichtet auch von nichts anderem mehr. Immerzu unterbrechen „Sondermeldungen“, wie sie das nennen, jedes Programm, und wagen es, ihre Lügen mit der Musik von Franz Liszt einzuleiten!

Wie geht es Euch? Bitte schreibt mir, wenn auch nur kurz! Seid Ihr wohlauf? Seid Ihr unverletzt? Seid Ihr gesund? Ist Sir Williams Haus verschont geblieben? Wie geht es den Menschen, die ihr mit seiner Hilfe retten konntet? Wir denken Tag und Nacht an Euch. Wir beten für Euch. Ich bete, daß Gott diesem verbrecherischen Wahnsinn ein Ende machen möge, ein Ende! Es vergeht nicht ein Tag, an dem ich nicht eine Kerze in unserer Michaelerkirche anzünde. Ich weiß schon, daß das fast ein Aberglaube ist, aber das Anzünden und Aufstecken und Warten, bis sie gut brennt, das ist wie ein Gebet für Euch, meine geliebten und schmerzlich vermißten Eltern.

Es brennen unzählige Kerzen in der Michaelerkirche, vor jedem Altar einer jeden Seitenkapelle, also muß es viele Gebete geben, die um Frieden beten und sicher auch um das Ende dieser Schreckensherrschaft. Daß die Lemuren wieder dorthin verschwinden, wo sie hergekommen sind, oder sich überhaupt auflösen, auflösen in ein Nichts, wie in einem furchtbaren Traum, einem schrecklichen Alptraum! Daß doch der Obelisk aufwachte, aufstünde, hervorbräche und sie bannte, lähmte, zerstörte!

Kari versteckt zu halten, wird immer schwieriger, auch weil er es nicht mehr aushält. Aber das geht ja nicht, sie würden ihn sofort als Deserteur vor ein Kriegsgericht stellen und erschießen. Ich werde versuchen, eine deutsche Uniform aufzutreiben, daß wir uns vielleicht manchmal und ganz vorsichtig hinauswagen können, sonst wird er noch verrückt! Aber ohne Uniform geht das gar nicht, weil ja alle eingezogen sind oder nur manchmal auf Heimaturlaub. In Zivil könnt er sich gleich den gelben Stern, dieses Stoffstückl, von dem ich Euch geschrieben habe, an sein Revers heften. Bis jetzt ist der immer noch auf dem Dachboden am Hof. Dort haben wir hinten, Ihr wißt, wo man auf die Parisergasse schaut, eine zweite Wand eingezogen, eine doppelte Wand, wie einen doppelten Boden. Der Jakub hat das gemacht, ganz langsam hat er Brett für Brett, Leiste für Leiste und alte Pferdedecken zum Dämmen hinaufgeschafft und zusammengebaut, immer dann, wenn niemand im Haus war, damit niemand etwas hört oder merkt.

Es war eh ein Verdacht da, natürlich von der Tante Crescence, die ja das Gras wachsen hört, aber den konnte ich ganz gut zerstreuen, mit einem ruhigen Platz zum Lernen für mein Studium etc. Jetzt ist sie fast nur noch in Hohenbühl, soll mir recht sein, dann bekommt sie schon hier nichts mit.

Karis Papi, also mein Schwiegervater, fragt auch immer wieder, wenn wir uns sehen, ob ich etwas weiß, und der Stani hat sich natürlich auch erkundigt, sozusagen im Auftrag von Karis Mutter. Ich weiß natürlich nichts. Aber es wird lang, und es ist schon schwer, daß man so was durchhält.

Das vorletzte Mal, daß wir alle zusammen waren, also der Stani und die Toinette, deren Bub jetzt auch schon zwei Jahre alt ist, die Tante Crescence und ich, das war zu Silvester bei einem Konzert im Musikverein, wo die Philharmoniker nur Straußwalzer und seine Polkas gespielt haben. Clemens Krauss hat es dirigiert, sehr schön übrigens, obwohl das so eine seltsame Atmosphäre war, weil der Stani auch seinen neuen ganz großen Freund Baldur von Schirach, der seit August der neue Gauleiter und Reichsstatthalter von Wien ist, eingeladen hat, zusammen mit seiner Frau Henriette, die die Tochter des Leibphotographen von Adolf Hitler ist.

Also, links in der ersten Parterreloge, Baldur von Schirach mit Frau, Stani Freudenberg mit Toinette Ladinsa, meiner Schwiegermutter, Tante Crescence und ich.

Von Schirach eröffnete uns, als wir in der Pause dieses „Außerordentlichen Konzertes der Wiener Philharmoniker“, so stand es auf dem Programm, mit Champagner auf das neue Jahr anstießen, daß er dieses Konzert, das in die Reihe von vielen Veranstaltungen für das Kriegswinterhilfswerk gehörte, auf den 1. Jänner um elf Uhr vormittags, wie alle Philharmonischen, verlegen und von nun an „Neujahrskonzert“ nennen werde. Und, er werde persönlich dafür Sorge tragen, daß es im Großdeutschen Rundfunk übertragen wird, so daß es alle Menschen im Deutschen Reich hören können, als ein echtes „Wienerisches Freudenfest“, zu dem es der Propagandaminister Joseph Goebbels bereits erklärt hat.

Darauf stießen wir an und gingen für den zweiten Teil wieder in unsere Loge, von wo ich auch Wilhelm Furtwängler entdeckt habe, der sehr begeistert schien.

Was für ein seltsamer Silvesterabend das war! Aber manchmal muß ich so etwas machen, gute Miene zum bösen Spiel, sonst mache ich mich noch verdächtiger, als ich sowieso schon bin.

Ich muß schließen, weil ich den Brief so schnell wie möglich zu Adi in die Bankgasse bringen will, daß er ihn mitnehmen und an Euch schicken kann.

Wie geht es Euch? Sagt es mir bitte, und wenn auch nur durch ein Telegramm, und bitte immer an den Adi! Ich bete, daß der liebe Gott, den ich immer so nenne, Euch behüten und beschützen möge vor allen deutschen Bomben und sonstigen Angriffen.

In Liebe Eure Leoni

NOVEMBER

Telegramm

ADAM KARL LIECHTENSTEIN
VADUZ CASTLE
LIECHTENSTEIN

MAY GOD PROTECT YOUR 21ST YEAR OUR BELOVED DAUGHTER + WE ARE GRATEFUL FOR EVERY LETTER + WE ARE HEALTHY + ALL WE KNOW ARE HEALTHY + BUT COVENTRY MIDLANDS WAS ALMOST COMPLETELY DESTROYED ON NOV 14TH + HOUSES APARTEMENTS HOSPITALS SCHOOLS FACTORIES + ALMOST THE WHOLE INDUSTRY + MORE THAN 600 DEAD + ALMOST 1000 WOUNDED + AIRCRAFT ENGINE FACTORY DESTROYED + MEDIEVAL CATHEDRAL NEAR THE FACTORY DESTROYED + ONLY BROKEN WALLS LEFT + ON RADIO IS SAID THE FIRESTORM OF THE GERMANS HAD

THE NAME MOONLIGHT SONATA + WE PRAY THAT THEY NOT COME BACK + TAKE CARE OF YOURSELF + CHURCHILL WILL FIGHT BACK + ETERNAL LOVE YOUR PARENTS

OKTOBER

Wien am 13.X.42

Geliebte Eltern,

es wird immer schlimmer, auch hier in Wien, aber es geht so hin. Die Lebensmittel wurden wieder rationiert, aber wir holen nur so viel auf Marken, wie für unsere Familie unbedingt nötig ist, damit wir nicht unnötig auffallen. Wir müssen halt das, was wir aus Hohenbühl herbeischaffen können, was auch immer schwieriger wird, sehr genau einteilen. Aber Gott sei Dank gibt's Hohenbühl!

Was würde zum Beispiel mit so jemandem wie unserem Jakub passieren! Er ist Pole und noch dazu das, was sie einen Juden nennen. Längst wäre er abtransportiert worden, so wie all die anderen. Es gibt kaum mehr welche in Wien. Jeden Tag gehen Züge weg, irgendwohin nach Polen, ich hab noch nicht herausfinden können, wo sie hinfahren. Aber das sind keine normalen Züge. Die Menschen, die sie abtransportieren, müssen in Viehwaggons steigen, Familien, Frauen und

Kinder, mit den Habseligkeiten, die ihnen noch geblieben sind. Dort werden sie zusammengepfercht wie Tiere, nein, schlimmer wie man Tiere zusammenpferchen darf, kaum daß sie Platz haben und fast keine Luft zum Atmen in diesen überfüllten Waggons. Wohin, wohin werden sie gebracht? Wißt Ihr etwas davon? Oben, auf dem Dachboden, hören wir immer Euer Radioprogramm, ganz im Geheimen und ganz leise, weil es bei Todesstrafe verboten ist, einen sogenannten Feindsender zu hören.

Manchmal, am Abend oder in der Nacht, trauen wir uns hinaus, der Kari in seiner Uniform als Fähnrich auf Heimaturlaub und ich an seiner Seite wie eine Soldatenbraut in so einem flatternden Blumenkleidl, wie man sie jetzt trägt. Wir waren sogar schon einmal draußen, nicht in Nußdorf beim Kierlinger, weil man den Kari dort natürlich erkannt hätt, aber beim Mayer in Heiligenstadt, beim Beethovenheurigen, den mir der Opi gezeigt hat. Aber da wär's auch um ein Haar gefährlich geworden, weil die Probusgasse herunter Heimaturlauber gekommen sind und der Kari in der Gruppe einen Klassenkollegen vom Akademischen zu erkennen geglaubt hat.

Wir sind möglichst unverdächtig, also sehr verliebt, wieder zurück und durch den Hof in den hinteren Garten geschlendert, von dort in die Weinzeilen, in die Eroicagasse und davon.

Die anderen Klassenkameraden vom Kari haben alle nach Rußland müssen, hat mir Karis Vater erzählt, „Unternehmen Barbarossa" nennen sie das, und seit Ende August belagern sie Stalingrad, das haben sie in der Wochenschau gebrüllt. Vielleicht fliegen deshalb jetzt nicht mehr so viele Bombengeschwader zu Euch, weil sie die in Rußland brauchen. Das kann nie gutgehen, nie, und es ist schon Herbst, das wird wie beim Napoleon in einer Katastrophe enden, meint auch der Kari, und er interessiert sich sehr für Geschichte, seit damals, als wir am Tag unserer Erstkommunion mit dem Riesenrad gefahren sind und uns der Papi den Entsatz von Wien erklärt hat. Engelsflügel, könnt Ihr Euch noch erinnern? Also hoffen wir inständig, wir beten sogar darum, daß das der Anfang vom Ende sein wird, wie beim Napoleon. Und was ist dann mit Karis Klassenkameraden und mit all den anderen, die alles, nur nicht nach Rußland wollten? Es sprengt mir den Kopf, wenn ich an das denke.

Aber ich wollt, ich muß Euch auch noch von Tante Grexis 65. Geburtstag erzählen, der in Stanis riesiger Villa, die wunderschön über Reichenau gegenüber der Rax liegt, stattgefunden hat. Es ist schrecklich, sich vorstellen zu müssen, wo er die her hat. Ganz sicher enteignet, „arisiert", wie das jetzt heißt, und die Vorbesitzer können von Glück reden, wenn sie aus Österreich, nein, aus diesem „Großdeutschen Reich" hinausgekommen sind, nachdem ihnen selbstverständlich diese existenzvernichtende Reichsfluchtsteuer abgepresst worden ist.

Das Haus, das ein bißl so wirkt wie die Oper und der Musikverein und der Speisesaal im Sacher, ist vollständig eingerichtet, alles ist da, das Mobiliar, die Tischwäsche, das Geschirr, die Gläser, Karaffen, Sektkübel, alles, sogar der Bösendorfer, so, als hätten diejenigen, denen es vorher gehört hat, Hals über Kopf bei Nacht und Nebel fliehen müssen. Ein äußerst unangenehmes Gefühl ist das, in so einem Haus den Geburtstag seiner Tante feiern zu müssen und auch noch gute Miene zu diesem verbrecherischen Spiel zu machen, weil man unverdächtig bleiben muß, damit man nicht auffliegt. Und dafür schäme ich mich, mehr als ich Euch sagen kann!

Aber der Stani ist unbeschreiblich stolz auf das alles, er ist auch noch stolz auf diese Schande. Jetzt hat die Freudenberg-Bühl'sche Linie endlich auch wieder ein Schloß, so wie es ihr zusteht, und dank der Nürnberger Rassengesetze sei auch der feige Mord an seinem Großvater Johann Bühl gesühnt, weil die Todescos und ähnliches Gesindel endlich des Deutschen Reiches verwiesen seien und ihre widerrechtlich angeeigneten Besitztümer dem deutschen Volk, insbesondere der Bevölkerung der Ostmark, refundiert worden seien, was besonders der unermüdlichen Tätigkeit des verehrten Herrn Reichsstatthalters Arthur Seyß-Inquart zu verdanken sei, hat er in seiner Begrüßungsrede gesagt. Er schätze sich überglücklich, seiner innigst geliebten Mutter für immer eine Heimstatt zu Füßen legen zu können. Und alle, alle haben sie begeistert applaudiert und mit ihm auf Tante Crescence angestoßen. Dann wurde zur großen Überraschung aller Tante Grexis Lieblingswalzer gespielt. Der Bösendorfer war extra für Wilhelm Kempff auf die Terrasse geschafft worden, Ihr wißt, das ist der berühmte Pianist, der ein bißl so ausschauen will wie Beethoven persönlich. Und unter der Leitung von Walter Barylli, dem Konzertmeister der Philharmoniker, haben dessen Kollegen und er die Rosen aus dem Süden gespielt. Unsagbar schön klang dieser Walzer an diesem leuchtenden Herbstnachmittag auf der Terrasse einer Villa an der Berglehne über dem Reichenauer Tal, so, als ob nichts wäre, kein Krieg, keine Vertreibungen, keine Enteignungen, keine Transporte.

Als Arnold Rosé, der Mann von Gustav Mahlers Schwester, so habt Ihr es mir beigebracht, noch Konzertmeister der Philharmoniker war, kann es auch nicht schöner geklungen haben, und den Nachmittag von unserer Erstkommunion im Prater, wo die Wiener Walzermädln unter der Leitung seiner Tochter dieselben Melodien gespielt haben, den werde ich auch nie vergessen. Ich glaube, daß ich überhaupt nichts vergessen kann. Davor fürchte ich mich fast. Hoffentlich ist sie weg, die Alma Rosé, verschwunden für die, nicht auffindbar, denn sie würden sie natürlich auch sofort verhaften und irgendwohin verschleppen. Aber wohin, wohin gehen all diese Transporte? Wir wissen nur, daß es Konzentrationslager gibt, Dachau bei München, Mauthausen, Theresienstadt, über das sie einen Film gemacht haben mit dem Titel „Der Führer schenkt den Juden eine Stadt", den ich in der Wochenschau gesehen habe. Schrecklich, peinlich, beschämend! Aber diese Orte können ja nicht ausreichen für all die, die sie abtransportieren. Wißt Ihr etwas darüber? Bitte laßt es mich irgendwie wissen, am besten immer über den Adi.

Aber an diesem Nachmittag in der Reichenau, da waren nur diese unsagbar schönen Melodien vom Johann Strauß über der goldenen Verfärbung der umliegenden Wälder, unter dem blauesten Himmel, den Ihr Euch vorstellen könnt. Und das haben alle so empfunden, ich konnte es in den Gesichtern lesen, und ich frage mich, zermartere mir das Hirn, wie es möglich ist, daß diese Menschen, die so viel Böses, so viel Schreckliches tun oder in Auftrag geben, daß diese Menschen, ein Baldur von Schirach, ein Adolf Eichmann, das ist der, der für von Schirach die Abtransporte plant und organisiert, der Minister Seyß-Inquart, einfach alle, natürlich auch der Generalmusikdirektor von der Semperoper in

Dresden, ein Herr Karl Böhm, der nächstes Jahr der Direktor unserer Oper wird, weshalb ihn ja der Stani über Herrn von Schirach eingeladen hat, bei dem kann ich's ja noch verstehen, aber daß die und alle anderen wie verklärt zugehört haben! Ich frage mich immer wieder, und diese Frage läßt mir keine Ruhe, wie es möglich ist, daß diese Menschen, sind das überhaupt noch Menschen?, daß diese Wesen (ich hab das Wort nicht, wie ich sie nennen soll), diese himmlische Musik genauso empfinden wie wir? Warum geht das? Warum stehen denn da nicht Erzengel mit ihren Lanzen und Schwertern davor und verwehren ihren versteinerten Herzen und ihren schwarzen Seelen den Zugang in diese Welt, wie der Erzengel Michael in der Michaelerkirche?

Mittendrin hat dann der Stani seine Mamu aufgefordert, und sie haben den Walzer zu Ende getanzt, alle haben dann getanzt, von Schirach mit seiner Frau, Eichmann mit seiner Frau, Seyß-Inquart mit seiner Frau, und alle anderen auch, außer dem Dirigenten Böhm mit seiner Frau, der nur zuhören wollte. Nur dem Kari seine Mami, meine Schwiegermama (ist und bleibt mir ungewohnt, das so hinzuschreiben), wollt nicht tanzen, weil sie lieber Champagner trinken wollte, und ihrem Buben, dem kleinen Johann (nach unserem Großvater), der jetzt auch schon vier ist, die Leut erklärt hat, die da waren, und ich natürlich auch nicht, ich hab diesem SS-Offizier, Schutz-Staffel-Offizier, so heißt Hitlers Leibgarde, einfach erklärt, daß mir schlecht wird beim Walzertanzen.

Und da winkt mich meine Schwiegermama zu sich, bittet mich neben sich und sagt, daß sie hofft, daß wir das durchhalten können und daß sie niemandem ein Sterbenswörtl sagen wird, weil sie doch ihren Sohn nicht verraten und ans Messer liefern will, und daß sie ihn in Liebe grüßen läßt. Ich hab geglaubt, mein Herz steht still und muß weiß wie eine Wand geworden sein, weil ich plötzlich von ganz weit weg eine Stimme gehört hab, die gefragt hat, ob sie irgend etwas für mich tun oder etwas bringen könnte, für Komtesse Bühl, hat die Stimme gesagt. Als ich aufschauen hab können, hat sich die Stimme als Oberstleutnant Baron von Neuhoff vorgestellt, der nur deshalb zu fragen wage, weil er meine Eltern schon so lange kenne und es eine große Ehre für ihn sei, mich, Eure Tochter, kennenzulernen. Dem Kari seine Mutter hat gesagt, daß er doch sehen würde, daß ich ein Glas Wasser brauche, und ist sehr abrupt aufgestanden. „Das sehen Sie doch, Baron Neuhoff, worauf warten Sie denn noch!", hat sie gesagt, den kleinen Johann bei der Hand genommen, mich am Arm berührt und ist sehr schnell hineingegangen. Ich hab nicht aufstehen können, ich hab auf das Glas Wasser warten müssen.

Der von seiner Sprache her deutsche Oberstleutnant hat es mir auch sehr schnell gebracht und mir auch ein Plaid um die Schultern gelegt, wofür ich ihm in dem Moment sehr dankbar war, weil mich eine seltsame Kälte, gegen die ich gar nichts tun konnte, gebeutelt hat. Dann hat er sich neben mich gesetzt und mir mit seinem Taschentuch die Stirn abgetupft, eigentlich das ganze Gesicht und auch den Hals. Ich hab gar nichts dagegen tun können, auch gar nichts dagegen tun wollen, weil ich plötzlich gespürt hab, wie mir der Schweiß überall hinunterrinnt.

Es tut mir wirklich leid, Sie so inkommodiert zu sehen, Komtesse Bühl, wünschen Sie, daß ich noch irgend etwas für Sie tue oder veranlasse, hat er mich auf eine sehr liebe Art gefragt. Ich habe nur den Kopf schütteln und danke sagen können und ihn gefragt, woher er denn gewußt hat, wie ich heiß. Danach habe er sich bei dem großartigen Gastgeber, also beim Stani, erkundigt, hat er gesagt, weil ich ihm sofort aufgefallen sei, und wie er erfahren hat, wer ich bin, hat er nur noch auf die Gelegenheit gewartet, wann er sich vorstellen und mit mir ein paar Worte wechseln kann, weil er Euch eben kennt und den Papi schon seit 1915, also seit 27 Jahren, aus dem Krieg in den Karpaten. Und dann seid ihr euch nochmals begegnet, in Wien, vor 23 Jahren, kurz nach dem Krieg, bei einer Geburtstagssoiree von der Mami. Aber dann habt ihr euch aus den Augen verloren, und das täte ihm unendlich leid. Und ich möge Euch bitte vielmals in der größten Verbundenheit grüßen, wenn ich wieder Kontakt zu Euch aufnehmen würde, was sicher nicht leicht für mich sei, weil er wisse, daß Ihr in England seid, was er sehr bedauere, weil das Deutsche Reich zwei so wertvolle Menschen wie Euch dringend nötig hat. Gleich der zweite Schreck, der mir in die Glieder gefahren ist! Aber er wolle mich nicht länger insultieren, hat er gesagt, ist aufgestanden, hat seine Kappe abgenommen, unter den linken Arm geklemmt und mich gefragt, ob er mir die Hand küssen dürfe. Ich hab ihn nur angeschaut und war so hilflos, daß ich einfach nur meine Hand ein bißl gehoben und, warum nicht, Baron Neuhoff, und ich möcht Ihnen ganz herzlich für Ihre Hilfe danken, gestammelt habe. Es war mir eine Ehre, Komtesse, hat er gesagt, hat die Hacken zusammengeschlagen, aber leise, und hat mir einen Handkuß angedeutet, wie ihn nur der Papi andeuten kann. Dann hat er sich noch dafür bedankt, daß ich ihm die Gnade dieses Handkusses erwiesen hätte, weil er wisse, daß man eine unverheiratete Dame, noch dazu unter freiem Himmel, niemals mit einem Handkuß kompromittieren dürfe, und das habe er damals in Wien gelernt und sich für sein Leben gemerkt. (Ihr habt mir gar nicht gesagt, daß es diese Regel einmal gegeben hat.) Dann hat er sich noch einmal verbeugt, seine Kappe wieder aufgesetzt und ist zur Musik gegangen, die doch tatsächlich den Kaiserwalzer gespielt hat, bei dem Tante Crescence natürlich unendlich hat weinen müssen. Sie hat wirklich geheult wie der Schloßhund aus dem Sprichwort.

Ich hab den ganzen Walzer gebraucht, bis ich mich von dem doppelten Schrecken wenigstens wieder so weit erholt hab, daß man ihn mir hoffentlich nicht mehr angesehen hat.

Und jetzt müssen wir halt irgendwie damit weiterleben, daß dem Kari seine Mutter weiß, wo er ist, und daß ein Oberstleutnant von der deutschen Wehrmacht weiß, wo Ihr seid. Wir müssen halt noch mehr aufpassen, wie wir es eh schon tun und weiter ganz fest auf unsere Schutzengel hoffen!

Beim Abendessen, Diner darf man ja nicht mehr sagen, hab ich dann gehört, wie von Schirach, als er seine Champagnerschale gehoben hat, seinen Freund Stani gefragt hat, ob er eigentlich wisse, daß diese Walzerfassungen, die grad allen so gut gefallen, von Arnold Schönberg seien. Von Schönberg? Stani war ganz erstaunt. Aber das ist doch ein Jude! Tja, hat von Schirach geantwortet, für Geld sind sogar manchmal Juden imstand, etwas Anständiges zusammenzubringen! Und weil es ihm so gut gelungen ist und wir keine Unmenschen sind, wollen wir darauf jetzt einfach einmal unser Glas erheben. – „Auf Schönberg und seine Kumpane Berg und Webern!“ Sofort war es totenstill. „Auf Schönberg und seine Mischpoche also!“, rief Stani, und alle nahmen ihre Gläser und gaben johlend das Echo: „Auf Schönberg und seine Mischpoche!“

Am späteren Abend ging Wilhelm Kempff dann hinaus, und er spielte wirklich die Mondscheinsonate, Ludwig van Beethovens Mondscheinsonate, unendlich schön, und ich mußte nur an Euch denken und hinauslaufen, weil ich so geweint habe. Ich mußte mich an der Brüstung festhalten und starrte in die sternhelle Nacht und konnte und kann es nicht verstehen, daß es Menschen auf dieser Welt gibt, die sich diesen Namen für die Zerstörung einer ganzen Stadt herausgesucht haben. Geschändet haben sie ihn, diese Barbaren, und den Namen Beethovens.

Ist es wirklich so, wie Rilke sagt, daß das Schöne nichts als des Schrecklichen Anfang ist? Ein Satz, über den wir in der Maturaklasse eine Schularbeit schreiben mußten. Ich weiß es nicht, weiß gar nichts mehr. Nichts ist mehr so, wie es war, und alles scheint einer infernalischen Zerstörung überlassen zu sein.

Vielleicht können wir durchhalten! Wie lange noch? Wann hört das auf? Wann?

Ich habe eine solche Sehnsucht nach Euch! 4 Jahre sind schon eine lange Zeit!

In Liebe Eure Leoni

APRIL

Wien am Donnerstag, dem 12.IV.45

Geliebte Eltern!

Es geht vorbei, es ist vorbei, es ist fast zu Ende! Kommt, bitte kommt heim, wir brauchen Euch so sehr! Es kann sich nur mehr um Tage handeln, daß alles besiegelt ist, daß der Untergang dieses Groß-Deutschen Reiches Wirklichkeit geworden ist, daß dieses „Dritte Reich“, wie sie es immer genannt haben, Geschichte ist, grauenvolle, entsetzliche, fürchterliche Geschichte. Und daß ein neues, ein ganz neues Österreich, eines, das es noch nie gegeben hat, aus den Trümmern, aus dem Schutt, aus der Schuld, aus der Scham hervorkriechen wird. Wir wissen es! Wir wissen es seit heute Nachmittag, als plötzlich ein ungeheurer Ton über der Stadt war, über allem Artilleriedonner, über Granateneinschlägen, über Geschützfeuer, über dem Rattern von Maschinengewehren. Aber dieser Ton überwölbte alles, es schien so, als wäre all dieser Kriegslärm für die Ewigkeit dieser Sekunden zum Schweigen verurteilt worden.

Es war die Pummerin, die vom brennenden Glockenturm von Sankt Stephan gestürzt und in der Tiefe zerschellt ist. Wir haben sofort gewußt, daß dieses schreckliche Ereignis das Ende ist, das wirkliche Ende, weil ja schon zwei Tage vorher, am Dienstag, auf eben diesem Turm eine weiße Fahne gehißt wurde. Die weiße Fahne! Sie hat nicht lang dort geweht, aber sie hat geweht, wir sind alle hingelaufen und haben sie gesehen, die weiße Fahne, und haben gejubelt und geweint und uns umarmt, dann sind wir wieder auseinandergelaufen, wie die Mäuse in ihre Löcher, weil ja diese erbitterten, diese sinnlosen Kämpfe noch toben, die SS-Truppen müssen fliehen, jetzt sprengen sie die Donaubrücken, aber das wird ihnen auch nichts mehr nützen, gar nichts, es ist vorbei! Ihr werdet das Ende sicher eher wissen als wir, aber wir wissen, daß das Grauen nur mehr Tage dauern kann.

Und doch muß ich, darf ich Euch noch von einem Wunder berichten, einem Wunder, das uns, dem Kari und mir und allen, die im Haus am Hof wohnen und leben, widerfahren ist. Am Sonntag, dem 8. April, hat unser Haus eine Fliegerbombe getroffen, der hintere Teil Eck Schulhof / Parisergasse wurde schwer beschädigt, Karis Versteck wurde vollständig vernichtet, aber er war nicht oben, wir waren nicht da, weil uns der Pater Wolfgang eingeladen hat, in Erinnerung an den Tag unserer Erstkommunion am Weißen Sonntag vor 17 Jahren, hat er gesagt. Er wollt einfach, daß der Kari wieder einmal herauskommt aus seinem Verschlag da oben, und das ist sehr lieb von ihm. Und deshalb waren wir nicht da, als die Bombe einschlug, stellt Euch das vor! Wir haben sie nur gehört und sind sofort hinübergelaufen und haben gelöscht, so gut wir alle konnten, und das Feuer hat nicht übergegriffen, weil es windstill war an diesem Sonntag in Wien. Es ist auch sonst niemand vom Haus zu Schaden gekommen. Jetzt ist halt dieses hintere Eck weg, schaut aus wie ein Puppenhaus, in das man hineinschauen kann. Aber es ist ein Wunder und wird es immer bleiben, das Wunder vom Weißen Sonntag.

Wir haben natürlich alle Türen, die noch stehengeblieben sind, abgesperrt und verrammelt, auch alle Gänge, Durchgänge und Flure, die ins Haus führen, damit wir nicht geplündert werden, und der Jakub passt auf, alle wechseln sich ab und passen auf, so, als ob es ihr Haus wäre, denn ganz Wien wird geplündert, wo es nur geht. Der Stephansdom ist z. B. nicht ausgebrannt, weil er getroffen wurde, sondern weil die umliegenden Häuser geplündert und dann noch zusätzlich in Brand gesteckt wurden. Von Wienern! Von Wienern! Dagegen ist unser Schaden vergleichsweise gering, und der vordere Teil, sicher zwei Drittel des Hauses, der steht noch, der wurde nicht getroffen.

Aber das Burgtheater, das Volkstheater, die Oper, die Albertina, der Heinrichshof, die Stallungen der Lipizzaner, der Stephansplatz, fast die ganze Kärntner Straße, Teile des Rings, die neue Burg, ich weiß nicht, was ich noch alles aufzählen soll. Alles getroffen, ausgebrannt, zerstört, in Schutt und Asche. So viel vernichtet! Wien, das innere Wien, ist zu einer Ruinenstadt gebombt worden, grauenvoll.

In den öden Fensterhöhlen wohnt das Grauen, und des Himmels Wolken schauen hoch hinein. Jetzt erst beginne ich zu begreifen, was der Schiller gemeint hat, und bin der Schwester Ignatia fast dankbar dafür, daß sie keine Ruhe gegeben hat, bis wir dieses Lied von der Glocke auswendig konnten. Und Ihr glaubt nicht, wie oft ich dabei an die Pummerin denken muß, die da jetzt zerschmettert unten auf dem Stephansplatz liegt.

Und dann: Er zählt die Häupter seiner Lieben, und sieh, ihm fehlt kein teures Haupt. Sie zählt die Häupter ihrer Lieben, muß es in unserem Fall heißen, weil ich es wirklich so gemacht habe, hab alle zusammengerufen und geschaut, ob jemand fehlt, aber es hat niemand gefehlt. Was für ein Glück wir gehabt haben! Ich glaube wirklich, es ist ein Wunder!

Bitte, bitte, liebe Eltern, kommt heim, Euer Kind braucht Euch, jetzt mehr denn je, weil es jetzt nämlich Eure Hilfe braucht, weil es keine Kraft mehr hat, weil es nicht mehr kann, Euer Kind, Eure Tochter. Diese Jahre waren so lang, so lang und so schwer. Wie eine Zeit, die niemals endet, eine Ewigkeit. Aber diese Ewigkeit ist jetzt vorbei, das „tausendjährige Reich" hat sieben Jahre, sieben entsetzliche Jahre gedauert, aber die sind jetzt vorbei.

Alles, was ist, endet, heißt es im Ring von Wagner, und das stimmt. Aber ich wunder mich über mich selbst, daß mir immer solche Sachen einfallen, aber daran seid Ihr schuld und der Opi.

Bitte kommt zurück, Eure Tochter braucht Euch!

In Liebe Eure Leoni

PS: I.V.45

Ihr werdet diesen Brief leider erst mit Verspätung bekommen. Jeden Tag bin ich auf unser Postamt gegangen, weil der Adi natürlich in diesen schrecklichen Wochen nicht mehr in Wien war, wie denn auch, er wär ja wahrscheinlich gar nicht mehr hergekommen von Vaduz aus, weil im Westen noch immer gekämpft wird, um nichts und für nichts. Aber der Herr Kostal hat mich immer wieder weggeschickt. Vorgestern sagt er mir, daß die Post am 2. Mai ihre Tätigkeit wieder aufnehmen wird, unkontrolliert und wie ehedem. Man kann also jetzt wieder Briefe schicken, auch nach England, nach Frankreich, nach Italien, nach Belgien, nach Holland, in die Schweiz, nach Liechtenstein, in ganz Europa herum. Was für eine Freude das ist! Eine Erlösung! Morgen, gleich wenn aufgesperrt wird, bring ich ihn hin und hoffe, daß er nicht so lang braucht, bis er endlich bei Euch in London ist.

Bitte kommt zurück, so schnell es geht, auch wenn so eine Reise jetzt noch furchtbar mühsam sein wird, wie ich mir vorstellen kann, aber Euer Kind braucht Euch, sehr. L.

MAI

In Goiserer Bergschuhen stieg das junge Paar über Schutthalden und Ziegelberge, sie übersprangen metertiefe Bombenkrater, um über die Freyung, die aufklaffende Schottengasse und den fast unbeschadet gebliebenen Pfad der Mölkerbastei zum ebenfalls schwer getroffenen Gebäudekomplex der Universität zu gelangen.

Kari Hechingen hatte sofort, als im April der Universitätsbetrieb wieder aufgenommen werden durfte, für das Jurastudium mit allen dafür notwendigen Papieren inskribiert und war überrascht, von der Alma Mater eine Einladung zu einer Anhörung bezüglich seiner Dokumente erhalten zu haben, unterzeichnet vom Dekan der rechtswissenschaftlichen Fakultät, Professor Doktor Josef Maria Kammetsberger.

Leoni wartete drüben im Café Landtmann, ihrem Liebesgeständnis- und eigentlich geheimen Verlobungskaffeehaus, das es noch gab, als der Professor Kari, auf dessen Einreichungen verweisend, fragte, warum keine Wehrdienstbescheide über die Zeit von seiner Matura 1939 bis jetzt, 1945, beigeschlossen worden seien.

„Weil ich nicht bei der Wehrmacht war", antwortete Kari wahrheitsgemäß.

„Wie, Sie haben nicht gedient, Herr … äh … Hechingen?"

„Nein, Herr Professor."

„Und was haben Sie während dieser ganzen Zeit gemacht, wenn ich fragen darf, Herr Hechingen?"

„Ich bin untergetaucht und wurde glücklicherweise versteckt, Herr Professor."

„Verstehe ich Sie richtig, Herr Hechingen, Sie haben sich Ihrer Pflicht entzogen und sind, wir müssen es nun einmal so nennen, desertiert?"

„Wenn Sie es so nennen wollen, Herr Professor, ja, ich bin desertiert."

„Sie sind also ein Deserteur?"

„Ja, Herr Professor, wenn Sie mich, nach allem, was geschehen ist, als einen solchen bezeichnen wollen …"

„Und Ihnen ist bewusst, Herr Hechingen, dass Sie sich der noch vor einem Monat geltenden Todesstrafe schuldig gemacht haben?"

„Ja, Herr Professor."

„Sie wären, wäre man Ihnen auf die Schliche gekommen, sofort standrechtlich erschossen worden."

„Ich weiß, Herr Professor."

„Wo waren Sie denn versteckt, Herr Hechingen? Denn Ihr Herr Vater, ein hochdekorierter Offizier des, wie wir nun sagen müssen, ersten Krieges, dürfte Ihnen ja nicht Unterschlupf gewährt haben …"

„Nein, Herr Professor, Sie vermuten richtig. Mein Vater wusste über all die Jahre nicht, wo ich mich befinde."

„Das kann ich mir vorstellen, dass ein mit dem Maria-Theresien-Orden ausgezeichneter Held davon keine Kenntnis gehabt hat."

„Eben, weil ich ihn nicht in Gewissensnöte stürzen wollte."

„Weil Sie Ihren Herrn Vater nicht in Gewissensnöte stürzen wollten …"

„Ja, Herr Professor."

„Und Sie sind wirklich entschlossen, Jurisprudenz zu studieren, Herr Hechingen?"

„Ja, Herr Professor."

„Und warum, wenn Sie mir die Frage gestatten, Herr Hechingen?"

„Nicht zuletzt deshalb, weil ich wissen möchte, wie dehnbar ein Gut ist, das wir Recht nennen, das aber trotzdem zur Grundlage all dessen werden konnte, was uns alle in dieses Unglück, in diese namenlose Schande, in diese ungeheuren Verbrechen gestürzt hat, derer wir uns alle, wir, wie wir da sind, dieses Land, dieser Staat, dieses Österreich, schuldig gemacht haben."

Mit einem dritten Streichholz gelang es dem Professor endlich, seine Virginia zu entzünden.

„Ein interessanter Ansatz, wirklich, sehr interessant, Herr Kollege. Und aufgrund Ihrer hervorragenden Vorkriegsmatura möchte ich Sie hiermit auf der Juridischen Fakultät auf das Herzlichste willkommen heißen und sehe Ihren Seminarbeiträgen schon jetzt mit dem größten Interesse entgegen."

DEZEMBER

„Dorthin müsste der Attersee liegen, Helen, der Attersee! Und dahinter das Salzkammergut, Bad Ischl, Helen, und über Bad Goisern und den Pötschenpass geht's ins Ausseerland! Ins Ausseerland, Helene, dorthin, wo dein Hugo von Hofmannsthal von der Salesianergasse seine Sommer verbracht hat, du erinnerst doch noch seine Rede in Max Reinhardts Leopoldskron anlässlich des ersten Jedermann vor fünfundzwanzig Jahren; und wo die Leoni als fünfzehnjähriges Mädel war, bei Genia Schwarzwald in deren „Sommerheim Seeblick" am Grundlsee, bei der Fraudoktor, der sie die Schule geschlossen haben, worauf sie nicht mehr zurückgekommen ist, Gott sei Dank!, und wo sie ihren verehrten Egon Friedell begegnet hat, der 1938 aus dem Fenster gesprungen ist, weil ihn die SA verhaften wollte. – Die Kulturgeschichte der Neuzeit! Und bei den Oppenheimers, die auch fliehen mussten, war sie, selige Tage hat sie dort erlebt, ihr erstes Dirndl hat sie mitgebracht, du erinnerst dich doch an ihre zauberhaften Briefe von damals, und wo Anna Mautner ihre Kinder und sich mit ihren Modeldrucken durchbringen musste, weil sie als Kaisertreue ihr ganzes Vermögen durch Kriegsanleihen und ihre Stofffabriken im Osten nach dem Zusammenbruch der Monarchie verloren hatten. Gott sei Dank konnten sie durch Williams Hilfe nach England fliehen und wenigstens ihr Leben retten. – Wie soll das alles je wieder gut werden …"

Hans Karl versuchte mit dem Ärmel seines Tweedmantels das Eis von der Fensterscheibe des Abteils zu scheuern, was sinnlos war, weil seit Salzburg ein nebeldichter Schneeregen jede Landschaft, die sie durchfuhren, ihren Blicken entzog. Helene berührte seinen Arm, um ihm zu bedeuten, dass es besser wäre, sich wieder auf die Holzbank niederzusetzen. Sie reichte ihm ein Taschentuch, damit er seine Tränen abwischen konnte, dann hielt sie seine Schultern umfasst, bis sein Zittern nachließ und er begann, sich allmählich zu beruhigen.

Als der Linzer Bahnhof, oder das, was davon noch übrig war, hinter ihnen lag, ging der Schaffner durch alle Waggons, um die Reisenden darauf aufmerksam zu machen, dass sie in Enns die amerikanische Besatzungszone verlassen und in die russische wechseln würden, was mit sehr unangenehmen Kontrollen verbunden sei, der Personen, ihrer Identität sowie ihres gesamten Gepäcks. Er würde dringend empfehlen, alles auf das Sorgfältigste vorzubereiten, die Papiere, die Koffer von den Ablagen zu nehmen, am besten gleich offen auf den Sitzen zu präsentieren, und sämtliche Wertgegenstände gut zu verstecken, wenn das nicht schon geschehen sei, wobei er es für seine Pflicht hielte, darauf aufmerksam zu machen, dass es bei Verdachtsmomenten auch zu äußerst unangenehmen Körperkontrollen kommen könne, die dann im jeweiligen Dienstzimmer des Bahnhofs, so eines vorhanden sei, stattfinden würden, und Enns verfüge noch über zwei solcher Räume.

Während Hans Karl die leichten Koffer, dieselben, mit denen sie vor siebeneinhalb Jahren dem Deutschen Reich als Luxustouristen entflohen waren, von den Gittern nahm und öffnete, stellte Helene alles, was sie an Papieren mit sich führte, so zusammen, dass ihre Reise von London über Dover, Calais, Paris, Zürich, München und Salzburg aufgrund von Schiffspassagen, Hotelrechnungen, Fahrscheinen klar nachzuvollziehen war, an Dokumenten ihre österreichischen Pässe, die zwar inzwischen abgelaufen waren, aber über alle erforderlichen Stempel für ihre damalige Einreise in die Schweiz, nach Frankreich und Großbritannien verfügten, vor allem über ihre *Permanent Residence Permit for the United Kingdom* von 1938, die ihnen William verschafft hatte, sowie ihre von der neuen österreichischen Botschaft in London im November ausgestellten Ausweise

IDENTITÄTSAUSWEIS
IDENTITY CARD
CARTE D' IDENTITÉ
УДОСТОВЕРЕНИЕ ЛИЧНОСТИ,

und, was das Kostbarste war, ihre

ALLIIERTE REISE-ERLAUBNIS
ALLIED TRAVEL PERMIT
LAISSEZ-PASSER ALLIÉ
СОЮЗНЫЙ ПРОПУСК

von Anfang Dezember, deren Fotos von einem der russischen Soldaten immer wieder neben ihre Gesichter gehalten wurden, wozu sie aufzustehen und vom linken ins rechte Profil zu wechseln hatten, währenddessen der andere, ein schon älterer, auffällig gepflegter Mann den Inhalt der Koffer auf die Sitze warf, mit geübten Messerschnitten die Futterstoffe aufschlitzte, um nach eingenähten, versteckten Wertgegenständen oder Bargeld zu suchen.

„Nichego!"

(Nichts!)

Der kontrollierende Offizier klappte die Ausweise zu, warf sie in die leeren Koffer und wollte schon den Waggon verlassen, als sein Kollege „Wie schpet ist? – Ur-zeit!", rief, worauf sowohl Helene als auch Hans Karl unwillkürlich auf ihre Armbanduhren sahen.

„Ur! Ur!"

Er winkte mit dem Zeigefinger nach den Uhren, die er umgehend erhielt.

„Kjette!"

Helene griff unwillkürlich auf ihre einreihige Perlenkette, die sie zu verstecken vergessen hatte, weil sie diese wie einen Talisman fast immer trug.

„Kjette!"

„Prosím Vás, pane Leutnante, neberte mi to, je to suvenýr mé maminky, která zemřela při mém narození." (Bitte nicht, Herr Leutnant, sie ist ein Andenken an meine Mutter, die bei meiner Geburt gestorben ist.)

„Kjette! Nemedlenno! Sofort!"

Helene nahm sie ab, übergab sie.

„Ringe!“

„Jsou to naše svatební prsteny. Nosíme je už 26 let.“ (Es sind unsere Eheringe. Wir tragen sie seit 26 Jahren.)

„Jsem také zenatý. 15 let, ale nemáme prsteny!“ (Ich bin auch verheiratet. 15 Jahre, aber wir haben keine Ringe), entgegnete der russische Offizier in Tschechisch. Er öffnete seine linke Hand. Hans Karl und Helene zogen die Ringe von ihren Fingern und legten sie auf seine elfenbeinfarbene Handfläche.

„Spasibo! J schastlivogo Rozhdestva! Ge-sseg-nete Wai-nachten!“

Er salutierte. Die Besatzungsoffiziere verließen den Waggon in Richtung Zugende.

Zwei Stunden später tauchte Stift Melk aus dem Nebel, in der fahlen Dämmerung gerade noch erkennbar. Hans Karl hatte das Abteil vor einer Stunde verlassen, er stand am Gangfenster, weil er es nicht verfehlen wollte.

Als er Helene wieder gegenübersaß, flüsterte er: „Oh wer dies weiß und nicht weint, den nimmt kein Engelsschiff in Melk an Bord nach Wien …“

Was das sei, fragte Helene mild. Hans Karl antwortete fast unhörbar, dass das ein Gedicht sei, „Das himmlische Österreich“ heiße und von Felix Braun sei, einem Dozenten für Literatur und Kunstgeschichte, dem sie seit etwa fünf Jahren gelegentlich bei Williams wöchentlichem Jour fixe für österreichische Emigranten und Exilanten begegnet seien.

„Ja, sein wundertätiger OEEJF, die wichtigste Anlaufstelle aller geflohenen und entkommenen Österreicher von ganz England! Unglaublich, was er bewirken konnte und wie vielen Menschen er geholfen hat. Und ein bissl glaub ich, dass er das alles nur getan hat, weil er in deiner Mami Österreich geliebt hat. Es ist wirklich unglaublich, Kari, und sehr geheimnisvoll, wie sehr ich sie erinnern kann, deine Mami, diese wunderbare, einzigartige Frau, damals, beim Diner im Sacher, nach Gustav Mahlers letztem Figaro an der Oper, dreizehn war ich, erinnerst du dich? Damals hab ich zum ersten und zum letzten Mal Austern probiert.“

„Alles, alles das ist in mir, Helen, unverlierbar, wie unauslöschliche Schriftzeichen auf meiner Seele …“

„Ach Kari, so viel würd ich drum geben, wenn sie uns noch erleben hätt können! – Und dann, ganz eigennützig, ich hätt so gern gewusst, wie das ist, eine Mutter haben. – ‚Das himmlische Österreich', sagst du, heißt das Gedicht dieses unendlich noblen Mannes, dem ja Gott sei Dank im letzten Moment noch die Flucht gelungen ist, wie er erzählt hat …"

„Gott sei Dank! Ja, letztes Jahr hat er es mir zu lesen gegeben und mir dann sogar, auf meine Bitte hin, eine Abschrift gemacht."

Hans Karl sprang fast auf, um seinen Koffer von der Ablage zu zerren, zu öffnen und das Gedicht zu suchen, das er endlich nur mehr als Papierfetzen im auseinanderklaffenden Deckelfutteral fand.

„Wenn wir daheim sind, werd ich es wieder zusammensetzen und abschreiben, damit du es lesen kannst."

„Nein, jetzt bitte! Bitte jetzt, wenn's dir nicht zu mühsam ist. Da, das größere Stückl vielleicht. Es bleibt ja noch genug Zeit von Sankt Pölten bis Wien."

„Er hat sogar eine Widmung darauf geschrieben, da schau! – vielleicht, weil das Gedicht eigentlich ein Dialog ist: Hans Karl Bühl, dem verehrten Österreicher, in tiefer Dankbarkeit für alle Fragen, die er mir in meinen Fieberträumen gestellt hat. Felix Braun, London, 1944, im fünften Jahr des Exils. – Es fangt an mit:

Hast du sehr Heimweh heute?

‚Ja.'

Und willst doch Österreich nie mehr sehn?
‚Das irdische nicht. Aber das himmlische!'
Weißbläulich stürzen Wildwasser von Sternen.
Wein fließt mit in der Donau, und im Marchfeld
Ernten sie Hostien. Wie geweihte Kerzen
Brennt Herz um Herz ab auf dem wundertätigen
Opferstock in Sankt Stephan. Oh, wer dies
Weiß und nicht weint, den nimmt kein Engelsschiff
In Melk an Bord nach Wien. Vor dem verstummt
Sankt Florians Orgel, und wenn Bruckner selber
Die Vox Coelestis zöge. Der nicht schluchzend
Einmündet in die Heimat, wie die junge
Graugrüne Traun träuft in den Toplitzsee –"

Nach zwei weiteren Stunden fuhr der Zug in die Ruinen des Westbahnhofs ein. Dichtes, nasses Schneetreiben, das die abendliche Dunkelheit fast undurchdringlich machte.

Kofferträger versuchten, sich ihres Gepäcks zu bemächtigen, was sie nicht zuließen. Hans Karl trug die beiden Koffer auf den Vorplatz, der zu einer Schutthalde geworden war. Warten auf die Straßenbahn, die nicht kam. Verständlich, dachte er, es ist Heiliger Abend.

„Heut kommt sicher keine Straßenbahn mehr", sagte Helene.

Also gingen sie die Straße hinunter, entlang der wenigen noch erkennbaren Mauern jener Häuser, die einmal die Mariahilfer Straße einfassten. Babenbergerstraße, Burgring.

YOU ARE LEAVING
THE AMERICAN SECTOR
ВЫ ВЫЕЗЖАЕТЕ ИЗ
АМЕРИКАНСКОГО СЕКТОРА
VOUS SORTEZ
DU SECTEUR AMÉRICAIN
SIE VERLASSEN DEN
AMERIKANISCHEN SEKTOR
US ARMY

Die Museen. Maria Theresia hält Hof zwischen dem gebombten Kunsthistorischen und dem gebombten Naturhistorischen. Kaum ein Blick. Nach dem äußeren Burgtor am Prinzen Eugen vorbei durch die Hofburg zum Michaelerplatz. Erzherzog Karl flieht über den abgeholzten Volksgarten vor dem ausgebrannten Burgtheater. Nur nicht über die Herrengasse zum Hof! Besser über den ausgelichteten Kohlmarkt und die Bognergasse! Das Schwarze Kameel gibt es noch, und die schwarze Mariensäule, wo der Papá – sieben Jahre ist das her, aber in Wirklichkeit sind es sieben mal sieben mal sieben Jahre, eine Ewigkeit! Die Madonna ist kaum zu erkennen vor lauter Abend und Schnee. Aber sie steht noch, und die Kirche, und den Verbindungsgang zum Haus hinüber gibt es auch noch. Im ersten Stock ist Licht, das ganze Stockwerk leuchtet, durchdringt das Schneetreiben, beleuchtet den kleinen Kreis seiner Umgebung. Ein geöffneter Adventskalender, hinter den eine Kerze gestellt wurde. Der Platz ist in die Nacht verschwunden.

Jetzt nur noch hinüberkommen, hinüber, zum Adventskalender. Wie, wie soll das geschehen? Wie diesen Raum, diese Zeit durchdringen, überwinden? Zwei Menschen, Mann und Frau, Frau und Mann, zwei Koffer, am Ende einer Ewigkeit. Und Angst, Furcht vor dem neuen, dem unbekannten Land, das da vor ihnen liegt.

Denn das Schöne ist nichts als des Schrecklichen Anfang …

„Wir müssen jetzt nicht hinübergehn, nicht in dieser Nacht, wir könnten in der Stallburggasse nachschaun, ob der Bräunerhof noch steht, und wenn er nicht mehr steht, vielleicht ins Sacher gehen …"

„Das Sacher ist jetzt das Informationsbüro der Amerikaner, Kari, und das Bristol ist der Sitz ihrer Militärverwaltung, erinner dich bitte, davon hat uns der amerikanische Offizier freundlicherweise in Kenntnis gesetzt, als wir die bayerisch-österreichische Grenze passiert haben, if you need help or whatever, contact there, erinnerst du das?"

„Ja, ich kann mich erinnern, Helen, durchaus, es war ja erst gestern."

„Wir müssen jetzt hinübergehn, Kari, sonst gehen wir nie mehr hinüber! Da drüben, über dem Platz, da ist unser Kind!"

Hans Karl nahm die Koffer auf, er ging voraus. Das Portal war verschlossen. Helene klopfte mit den Fingerknöcheln, drei Mal. Sie legte ihren Kopf seitlich an die Türe, damit sie jedes Geräusch dahinter erlauschen konnte.

Sie klopfte wieder, lauschte. Stille. Das leise Aufklatschen der nassen Flocken auf den Schutzblechen über den Fenstern war zu hören.

Hans Karl hob den geschmiedeten Ring, zweimal schlug er mit der Kugel auf die Eisenrosette. Sie warteten ab, eine lange Stille. Endlich wagten sie neue Schläge, drei. Stille. Als Hans Karl den Ring wieder hob, eine Stimme.

„Wer ist da?"

„Josepha?"

„Frau Gräfin!"

Die Türe im Tor öffnete sich.

„Frau Gräfin …! Herr Graf …! Mein Gott!"

Sie lief weg, hinein in den hinteren Teil des Hauses, die Treppen hinauf, „Frau Gräfin! Frau Gräfin! Frau Gräfin!" rufend, „Gräfin Leoni" schreiend, „Gräfin Leoni!"

Helene hatte die Türe wieder geschlossen, behutsam, dann drehte sie sich um. Ihr gegenüber, in dem dunklen Innenhof stand – stand – ihre Tochter. Leoni. Jung, erblüht, schön. Eine wunderschöne junge Frau, deren Herzensstrahlung sie zu umfangen schien wie die Umarmung einer Göttin.

Sie verhielten so voreinander, Mutter und Tochter, Vater und Tochter. Wildtiere auf einer

Mondlichtung, dem fernen Ruf eines Käuzchens nachlauschend.

„Dem Himmel sei Dank, dass ihr endlich wieder da seid …“

„Dem – Himmel – sei – Dank!“

Leoni flog ihrer Mutter entgegen, sie umarmten einander, fanden sogleich in einen gemeinsamen Atem, und ihrer beider Tränen flossen ineinander, weil ihre Gesichter sich nicht voneinander lösen konnten.

Hans Karl reichte Maria, Anna, Josepha, Franz Hütter, Ado und Kari Hechingen die Hand, dann hielt er deren Oberarme und deutete Wange an Wange, Wange an Wange, Küsse der Begrüßung an, wobei er von den drei Schwestern stürmisch, innig, schluchzend umarmt wurde, von Ado unter Tränen, von Kari, seinem Schwiegersohn, zunächst scheu, dann wie erlöst.

Darauf ergriff er die weißbehandschuhte Rechte von Lukas Eybner, der zuletzt erschienen war, zog ihn an sich, legte seine Arme um ihn, und blieb so, „danke, Lukas, danke für alles“ flüsternd.

„Dem Herrgott sei Dank, dass er mir die Gnade erwiesen hat, Euer Erlaucht erwarten und wiedersehen zu dürfen.“

Als er sich von Lukas, dessen Hände er unendlich liebevoll, väterlich, schien ihm, auf seinem Rücken gespürt hatte, löste, um nach den Koffern zu schauen, die aber von Franz Hütter und Kari bereits aufgenommen waren, sah er sich seiner Tochter gegenüber, die langsam ihre Arme hob, in der Bewegung innehielt, und plötzlich wie eine Gliederpuppe, deren Fäden in einem Streich abgeschnitten wurden, in sich zusammensank, was Helene abmilderte, indem sie Leoni auffing, bevor deren Kopf auf eine der Kalksteinplatten des Innenhofes geschlagen wäre.

Hans Karl machte zwei Schritte auf sie zu, fiel in die Knie, unterfing sie, trug sie ins Haus, die Treppen hinauf, und legte sie auf jene Chaiselongue, die an der Wand des Salons stand, in dem der Christbaum geschmückt worden war, während Helene feuchte Geschirrtücher aus der Küche holte.

Als Leoni die Augen aufschlug, umarmte sie ihren Vater, so, als ob nichts geschehen wäre. Sie hielt sich lange an ihm fest.

„Und jetzt sollten wir ihn feiern, diesen wirklich Heiligen Abend, meint ihr nicht?"

Mit ihrer klaren Stimme sagte sie es, worauf Franz Hütter die wenigen, fast niedergebrannten roten und weißen Kerzenstummel erneut anzündete.

Leoni stand auf, ging hinter den Flügel und las aus der aufgeschlagenen Bibel noch einmal die Weihnachtsgeschichte.

„… *und sie gebar ihren ersten Sohn und wickelte ihn in Windeln und legte ihn in eine Krippen, denn sie hatten sonst keinen Raum in der Herberge.* – Und ich empfinde es als ein unermessliches Geschenk, als eine Gnade des Lebens, dass ich unseren, an diesem besonderen Abend endlich wieder heimgekommenen, geliebten Eltern, und dir, lieber Schwiegerpapá, und Ihnen, Lukas, und euch allen, dir, Maria, und dir, Anna, und dir, Josepha, und dir, Franz, sagen darf, dass wir uns für den Sommer auf ein Kind freuen dürfen. – Auf ein Kind, das im ersten Jahr nach dem Krieg und nach der Vernichtung und nach der furchtbarsten Höllenzeit auf diese Welt kommen wird, wenn alles gut geht, wofür ich euch aus ganzem Herzen um eure guten Gedanken und eure Gebete bitten möchte. – Und, es wär so schön, wenn du für uns die Stille Nacht spielen könntest, Mami, und wir dazu singen dürften. So also nochmals: Frohe Weihnachten euch allen!“

Franz Hütter war es, der später in der Küche den Radioapparat, einen übrig gebliebenen „Volksempfänger“ anschaltete, um mit den anderen die in der Neuen Freien Presse groß angekündigte, aber nur mit äußerster Konzentration zu verstehende Weihnachtsansprache des Bundeskanzlers unter Rauschen und Knistern zu verfolgen.

Ich kann Euch zu Weihnachten nichts geben. Ich kann Euch für den Christbaum, wenn Ihr überhaupt einen habt, keine Kerzen geben. Ich kann Euch keine Gaben für Weihnachten geben. Kein Stück Brot, keine Kohle zum Heizen, kein Glas zum Einschneiden. Wir haben nichts. Ich kann Euch nur bitten: Glaubt an dieses Österreich!

*

Zu Leonis großer Überraschung erklärte sich der Bezirksvorsteher dazu bereit, die standesamtliche Trauung von Leonore Bühl mit Karl Adam Hechingen am einunddreißigsten Dezember um zwölf Uhr im Barocksaal des Alten Rathauses durchzuführen, weil die dafür vorgesehenen

Räume im Rathaus am Ring zu stark beschädigt, unzugänglich und zudem wegen Einsturzgefahr gesperrt waren.

Ausnahmsweise, wie Adolf Planck betonte, aber da die junge Frau Bühl das von allen Wienern geliebte Haus am Hof so umsichtig und, wie schon die längste Zeit gemunkelt wurde, fernab von jeder nationalsozialistischen Klüngelei durch alle Fährnisse gelenkt habe, sei gegen dieses außergewöhnliche Ansinnen einer außergewöhnlichen Familie nicht das Geringste einzuwenden, im Gegenteil, er freue sich darüber, gerade als sozialistischer Politiker, diese Verbindung von zwei alten österreichischen Familien in der jungen, neu erstandenen Republik kraft seines Amtes besiegeln zu dürfen.

Die kleine Prozession von sechs Menschen, Anna, Josepha, Maria war zu Hause geblieben, um einen kleinen Empfang vorzubereiten, ebenso Franz, um die Kachelöfen ein zweites Mal nach dem frühen Morgen zu heizen und den Tisch einzudecken, Lukas Eybner, der als Trauzeuge für Leoni gewonnen werden konnte, weil es ihr bisher nicht möglich war, irgendetwas über Eva Oppenheimer, ihre Schulfreundin und Trauzeugin von der Michaelerkirche, in Erfahrung zu bringen, ihre Eltern und sie, die da am späten Vormittag vom Hof über die Drahtgasse, den alten Judenplatz, die Fütterergasse zur Wipplingerstraße pilgerten und durch das von den allegorischen Göttinnen der Gerechtigkeit und Güte bewachte Barockportal die Stufen hinauf in den wie durch ein Wunder verschont gebliebenen Ratssaal zog, wurde dort schon von Ado Hechingen, seinem Sohn Kari, dessen Trauzeugen Pater Wolfgang und dem Bezirksbürgermeister erwartet, sodass die Zeremonie sofort hätte beginnen können, wenn nicht plötzlich Karis Mutter erschienen und ihr Sohn mit dem kaum unterdrückten Ruf „Mami!“ auf sie zugelaufen wäre, um sie in seine Arme zu schließen.

Die Zeit schien so lange stillzustehen, bis Toinette die Umarmung auflöste, ihrem Sohn mit der behutsamsten Zärtlichkeit die Tränen vom Gesicht tupfte und ihn mit einer sanften Berührung am Arm auf seine standesamtliche Trauung verwies, die, nachdem auch Hans Karl an Leonis Seite zurückgekehrt war, ihren üblichen Verlauf nehmen konnte.

Als Pater Wolfgang alle Anwesenden für fünf Uhr zur Jahresschlussvesper in die Michaelerkirche eingeladen hatte, ging Leoni zu ihrer Schwiegermutter und umarmte sie, Helene folgte ihrem Beispiel, ebenso Hans Karl, wobei Toinette ihre Karte, von ihm unbemerkt, in die Pattentasche seines Sakkos gleiten ließ.

„Es ist schön von euch, dass ihr mich dabei bleiben habt lassen, bei der Trauung meines Buben mit eurer Tochter, die ein unglaublicher Zauber ist und das größte Glück für ihn. Zur Kirchlichen war man ja nicht zugelassen, aber das wart ihr ja auch nicht. Und dieser Umstand ist vielleicht so etwas wie ein kleiner Trost, den wir miteinander teilen können."

Sie verabschiedete sich von dem frisch vermählten Paar, behielt aber Leonis Hand, während sie alles Glück dieser Welt wünschte, in der ihren und streifte einen Taubenei großen geschliffenen Smaragd um deren Zeigefinger, auf den sich alle Anwesenden bewundernd niederbeugten, sodass sie ebenso unbemerkt verschwinden konnte, wie sie erschienen war.

Maria hatte für die aus der Michaelerkirche heimkommende Familie drei der Augarten-Porzellanplatten mit mundgerechten, aus Plätzchenformen gestanzten Halbmond-Kanapees vorbereitet, die sie mit dünn gehobelten, von ihr selbst gebeizten Forellenfiletscheiben belegte und mit Oberskrenmützen zu schmücken pflegte. Sogar einige sternförmige, mit Sauerrahm bestrichene waren darunter, auf die Saiblingskaviar gehäufelt war, den sie zur Laichzeit Anfang November eingeweckt hatte. Dazu gab es in eisgefüllte silberne Kühlschalen gesteckten Riesling vom Winzer Prager aus Weißenkirchen, der für die Bühls auch während der Kriegsjahre immer wenigstens zwei Dutzend Flaschen abgezweigt und nach Hohenbühl gebracht hatte. Und für den mitternächtlichen Jahreswechsel waren sogar zwei Flaschen eines von Ado Hechingen mitgebrachten Champagners in einem schneegefüllten Holzeimer bereitgestellt.

Sie lächelten einander an, sie prosteten einander zu, sie wechselten einige wenige angefangene, nicht zu Ende geführten Sätze und schwiegen wieder. Sie mussten schweigen, weil sich Zeit und Trennung und wechselseitig erlebte Schrecken ihren Worten entzogen, kaum dass sie diese auszusprechen gewagt hatten.

„Mein Gott, wie das noch war vor einem Jahr …"

„Und jetzt ist es vorbei …"

„Endlich vorbei …"

„Gott sei Dank …"

„Und ihr seid jetzt Frau und Mann …"

„Vor dem Gesetz …"

„Wir sind es seit sechs Jahren …"

„Seit sechs Jahren Angst!"

„Seit sechs schrecklichen Jahren …"

„Vor sechs Jahren hat der Krieg angefangen …"

„Und vor sieben Jahren der Schrecken …"

„Da seid ihr fort …"

„Wir haben fort m ü s s e n, verstehst du das, Leoni?"

„Ja, ja, Mami, tausendmal Ja …"

„Mein Gott, und wie alles geworden ist …"

„Niemand hätte sich das vorstellen können …"

„Gelebt unter Teufeln …"

„Umzingelt von Teufeln …"

„Das Satanische ist aus den Menschen herausgekrochen wie eine lang unterdrückte Krankheit …"

„Besessenheit …"

„Dass es möglich war, hier, bei uns, unter uns …"

„Wilde Bestien haben ein Herz, diese Menschen hatten keines …"

„Und sind noch immer mitten unter uns …"

„Und werden es bleiben …"

„Unvorstellbar, wie das alles …"

„Wie das alles, Leoni, meine über alles geliebte Leoni …"

„Ach, Mami, das war wie nichts, es ging so hin, und eines hat das andere ergeben, als hätt's so sein müssen …"

„Und das Glück …"

„Und die Gedanken …"

„Die Gebete …"

„Und das Glück, dass ihr ein Kind haben werdet …"

„Dass ihr ein Kind haben werdet …"

„Dass wir ein Kind haben werden, das im Frieden auf die Welt kommen darf …"

„Im Frieden auf die Welt kommen …"

Leoni spielte ihre geliebten, bis vor neun Monaten verbotenen Schellacks, eine nach der anderen, die von Erroll Garner, die von Cab Calloway, die von Fats Waller, die von Tommy Dorsey mit einem Sänger namens Frank Sinatra,

I'll never smile again,
Until I smile at you.
I'll never laugh again,
What good would it do?
For tears would fill my eyes
My heart would realize
That our romance is through …,

die von den Comedian Harmonists,

In der Bar zum Krokodil,
am Nil, am Nil, am Nil …,

und die von Max Hansen,

Wenn das Barometer wieder Sommer macht
und wenn der Urlaub lacht,
dann bin ich froh!
Dann zieh'n mich die Nagelschuh' von selber hin,
dort, wo ich Stammgast bin,
wissen Sie, wo?

Leoni, an der Musiktruhe, bewegte ihre Hände wie ein Revuegirl, stimmte in den Refrain ein,

Im Weißen Rössl am Wolfgangsee,
das steht das Glück vor der Tür,

Helene sprach tonlos mit,

und ruft dir zu: Guten Morgen!

Tritt ein und vergiss deine Sorgen!
Kari ging zu seiner Frau, sie tanzten,
und musst du dann einmal fort von hier,
so tut der Abschied dir weh,
Hans Karl stand auf, um seiner Tränen Herr zu werden, er flüchtete in eine Fensternische, wohin ihm Helene nachging,
denn dein Herz, das hast du verloren
im Weißen Rössl am See …

Ado Hechingen war indessen über die Stiege in den Hof und mit dem Champagnerkübel wieder heraufgetanzt, weil es nicht mehr lange dauern würde, bis das neue Jahr begann, also öffnete er beschwingt die Flasche, füllte die bereitgestellten Gläser und fixierte erwartungsvoll seine goldene Uhr, die er aus der Piqué-Weste seines Fracks gezogen hatte.

Hans Karl öffnete dasselbe Fenster, das seine Mutter damals, in jener Silvesternacht der Jahrhundertwende, als sie den Tod seines Vaters, ihres Mannes, bei einem Jagdunfall in Moçambique den Anwesenden mit dem Hinweis mitteilte, dass mit dem ersten Tag des neuen Jahrhunderts die Leitung des Hauses Bühl auf ihn übergehen würde. Fünfundvierzig Jahre waren seit damals vergangen, fast ein halbes Jahrhundert, und wie seine Mutter wollte Hans Karl den Saal für die Klänge der Pummerin öffnen, hatte aber vergessen, dass sie gar nicht läuten konnte, weil sie noch immer geborsten auf dem Grund des ausgehöhlten Glockenturms von Sankt Stephan lag.

Dennoch begrüßte eine Glocke das neue Jahr, das erste nach dem zweiten großen Krieg in diesem noch nicht einmal halben Jahrhundert. Ihr Puls schlug von Sankt Michael herüber, gelassen, frei ein neues Zeitalter willkommen heißend, und kein Feuerwerk, keine Leuchtraketen, kein Geschützdonner, keine Detonationen, keine Explosionen, keine Brandkaskaden stürzten vom Himmel, es war still über der inneren Stadt, nur diese eine Glocke, der die Hungernden, aller Kriege und Kriegshandlungen müden, überdrüssigen Menschen dankbar lauschten. So auch Hans Karl, der sich gemeinsam mit seiner Frau umwandte, die Kristallschale hob und mit seiner Familie auf ein glückliches neues Jahr anstieß, begleitet von der Schellack des Donauwalzers, die Leoni aufgelegt hatte.

JANUAR

Die tote Stadt, musste Hans Karl denken, die tote Stadt, als er zwischen den Schuttwällen des Grabens hinunterging, die tote Stadt!

Die geschändete Stadt, die zerstörte Stadt, würde besser auf das zutreffen, was er sah. Wie eine schwarzgraue Fotografie, eine Fotografie, die willkürlich mit einem Rasiermesser beschädigt worden war, ganze Häuser waren herausgeschnitten, Ecken, Stockwerke, Dächer wie herausgerissen, und dahinter das Grauen, Zimmer, Wohnungen, Geschäfte, wie ausgebrannte Puppenstuben, klaffende Wunden schwerverletzter einstmaliger Behausungen von Menschen, die verschwunden waren. Verschwunden. Wohin? Eine tote Stadt. Korngolds Oper fiel ihm ein, das Lied der Marietta schob sich zwischen seine Gedanken, dorthin, wo er es nicht haben wollte, weil er es unpassend fand, dort, in seinem Kopf, angesichts der Verwüstung eines Inbilds, das er geliebt hatte, das er noch immer liebte, jetzt im Anblick des Verlustes mehr denn je, wie er sich eingestehen musste, als er am Sandsteingeländer

der freigeschälten Pestsäule mühevoll atmend Halt suchte.

Glück, das mir verblieb,
rück zu mir, mein treues Lieb.
Abend sinkt im Hag,
bist mir Licht und Tag.
Bange pochet Herz an Herz,
Hoffnung schwingt sich himmelwärts.

Das Lied blieb. Wie eine Seidenraupe schien es sein Gehirn mit den Fäden seiner sehnsüchtigen Melodie einzuspinnen, so, dass er nochmals die Visitenkarte Toinettes las, derentwegen er sich auf den Weg durch die tote Stadt gemacht hatte.

„Prosit Neujahr! Wohne bei Edine Merenberg, weil alle Wiener Hotels von Russen, Amerikanern, Engländern und Franzosen besetzt sind, von unseren ‚Befreiern'. Bin nach Neujahrskonzert im Café Hawelka. Verständigung im Hinblick auf unsere Kinder vielleicht nicht ganz sinnlos. T."

Also ging er weiter, jeder Schritt kostete ihn Kraft. Wie oft in seinem Leben war er hier schon gegangen, auch damals in jener Augustnacht vor einunddreißig Jahren, als er mit der Frau, die ihn jetzt in einem Kaffeehaus um die Ecke erwartete, von Verliebtheit trunken, die Dorotheergasse hinuntergelaufen war.

Zigarettenrauch verschlug ihm so sehr den Atem, dass er Toinette bitten musste, sofort das Café zu verlassen, wenn sie mit ihm sprechen wolle.

„Stallburggasse?“, fragte sie mit einem kaum wahrnehmbaren Lächeln.

„Dass die noch steht, und gerade die wollt ich uns eigentlich ersparen …“

Sie schob einen Zwanzigschillingschein unter das Wasserglas, er half ihr in ihren zobelgefütterten Mantel, den er sofort erkannt und vom Haken genommen hatte, erleichtert, im Freien die, wenn auch kalte Luft atmen zu können.

„Mir fallt leider nix anders ein, Toinette, aber vielleicht weiß Sie etwas …“

„Na, die Edine werden wir ja wohl besser nicht besuchen … Aber vielleicht wird's ja irgendwann einmal möglich werden, dass man sich in euerm Haus begegnet oder in der Josefstadt beim Ado … Vielleicht einfach unserer tapferen Kinder wegen, deren Leben so gar nix mit unseren Mischkulanzen zu tun hat, und auch nie haben soll.“

„Ja, das wär wirklich etwas, was das Leben jetzt von uns verlangen würd, Toinette …“

„Ja …"

Sie gingen schweigend durch die von Bombentreffern bizarr zerklüftete schmale Gasse, das Grabenhotel war fast unversehrt, bis zur evangelischen Kirche, die aber verschlossen war.

„Schönberg hat hier geheiratet, als er noch protestantisch war, weil er vergessen hat, dass er mosaisch geboren worden ist, was ihm die Nürnberger Rassengesetze wieder in sein Bewusstsein gehämmert haben, so sehr, dass er alles verlassen und preisgeben hat müssen, nur um aus Österreich fliehen zu können."

„Seine wunderschönen Walzerbearbeitungen haben einige Philharmoniker mit Wilhelm Kempff zusammen unter der Leitung vom Walter Barylli zum Fünfundsechzigsten deiner Schwester in der Reichenau gespielt."

„Ich weiß, die Leoni hat es uns geschrieben."

„Ah! Und wie ist ihr das gelungen?"

„Mit der Hilfe vom Adi Liechtenstein, und damit über sein von den Nationalsozialisten unangetastetes kleines Land. – Mein Gott, Toinette, da fallt mir ein, war nicht deine Mutter eine Liechtenstein?"

„War sie, aber ich bin deiner Tochter trotzdem unendlich dankbar für alles, was sie für meinen Buben getan hat! Und dass sie ihn geheiratet hat, noch dazu, zu allem! Darüber bin ich glücklich, wie über nichts sonst."

„Sie ist auch die Tochter von der Helene …"

„Glaubst, dass ich das vergessen hab?"

Langsam stiegen sie die Treppen des Bräunerhofes hinauf.

„Nach dem ersten Krieg funktionierte der Lift auch nicht, erinnerst du dich?"

„Wie könnt ich das vergessen!"

Er sperrte auf. Sie stellten sich in ihren Mänteln vor das Eckfenster über der Plankengasse und suchten hinter der aufgerissenen Stallburg den Dächertrakt der Hofreitschule, aber der war auch verschwunden.

Hans Karl holte Luft, er wollte etwas anbieten.

„Bitte keinen Earl Grey heut! Das, was wir einander vielleicht zu sagen haben, das lasst sich, wenn überhaupt, ganz gut auch im Stehn sagen."

„Toinette, ich …"

„Ja, Kari, du. Es geht um dich."

„Toinette, ich hätt damals nicht mehr kommen sollen …"

„Warum nicht? Du hast dem Kari die größte Freude gemacht! Er war so glücklich, als er aus Venedig zurückgekommen ist. Und ich war es auch, davor, bevor ihr miteinander hinuntergefahren seid."

„Ich war es auch, wieder, es ist wie ein Fluch …"

„Dass du mich geliebt hast, ist ein Fluch?"

„Nein, bitte, Toinette! Ich weiß, ich drück mich so elend aus, und es ist nicht besser geworden mit den Jahren, aber ich bitte dich, so etwas nicht einmal zu denken, geschweige denn, zu sagen …"

„Pardon, aber das Wort hast du ausgesprochen."

„Toinette, ich …"

„Ja, du. – Kari, du laufst davon, immer laufst du davon, am allermeisten vor dir selber, und ich kann dir nur wünschen, dass du endlich angekommen bist, und ich glaub sogar, du bist es, jetzt, während der langen Zeit, die ihr in England wart. – Ich hab auch lang gebraucht, bis ich mir dieses Missverständnis eingestehen hab können, was gar nicht so leicht für mich war, wie du dir vielleicht vorstellen kannst, oder nicht? Nein, du vielleicht wirklich nicht. Du kannst dir vielleicht wirklich nicht vorstellen, dass die Frau, die sich von dir geliebt gefühlt hat und, beiläufig, von der du ja auch nicht wirklich hast lassen können, den ersten Schritt tut. – Und als der Kari dann sieben war, da hab ich ihn halt getan, diesen Schritt, und hab natürlich geglaubt, dumme Gans, die ich bin, dass du dann auch den deinen tun und mir nachgehen wirst. Und als du wieder bei uns warst in der Grünleiten, bevor ihr nach Venedig gefahren seid, da hast du mich glauben lassen, Pardon, da hab ich schon glauben müssen, dass du noch immer auf irgendeinem Weg zu mir bist und dass du vielleicht einmal wirklich ankommen wirst. Und dann bist du wieder auf und davon wie ein Dieb in der Nacht … Pardon, es war an einem Morgen, dass du den früheren Zug nach Wien genommen hast.“ –

„Toinette, ich …“

„Nix sagen, Kari, bitte jetzt nix sagen! Es ist auch nix zum Sagen, gar nix. Es ist so, wie es halt jetzt geworden ist, und es ist weitergegangen, wie es vielleicht hat weitergehen müssen, jedenfalls bei mir. – Da gibt's den Stani, deinen Neffen, der mir immer schon nachgstiegn is wie ein Jäger der

Gams, und ich hab ein Kind mit ihm, den Johann, einen zauberhaften Buben, den ich dich bitt, dir näher anzuschaun, um seinetwillen. Er kann ja nichts dafür. Und durch ihn hab ich das Gefühl, jetzt lach bitte nicht, dass ich mich dir auf irgendeine Weise verbunden hab, dir, oder euch, deiner Familie halt, dumme Gans eben, die ich bin. – So, und jetzt lass mich dich umarmen, so, wie zwei gescheit gewordene Leut das tun würden, wenn sie sich ein Adieu sagen wollen, und die glücklich und dankbar sein können, dass ihre Kinder das gefunden haben, wonach sie ein Leben lang, ja, Kari, ein Leben lang, zumindest ich, vergeblich gesucht haben."

„Toinette, ich …"

„Bemüh dich nicht, Kari, ich kenn ja den Weg. – Und ich freu mich schon, wenn wir einander wiederbegegnen, vielleicht ganz von Neuem, als die Schwiegereltern unserer Kinder, und das ist viel, wenn es uns gelingt. Weißt du, ich denk, vielen wird das vom Schicksal nicht so hingehalten wie uns, meinst du nicht auch?"

Sie strich ihm über die Stirn, legte die ihre Hand an sein Gesicht, zwei Atemzüge lang, und verschwand.

Die Wohnungstür wurde geöffnet, zugezogen, er hörte ihre hallenden Schritte die Steinstufen hinuntereilen, bis das Haustor ins Schloss schnappte. Dann war es still an diesem späten Neujahrsnachmittag.

Er öffnete eines der Atelierfenster, weil er sich von der Stille, die plötzlich entstanden war, bedrängt fühlte. Er wollte nur atmen, und sich vielleicht auch vorstellen, wie sie sich durch die Dorotheergasse über die zerklüftete Augustinerstraße, zwischen den Schuttbergen des zerstörten Philipphofs, der aufgerissenen Albertina und der ausgebrannten Oper zum Kärntner Ring hin von ihm entfernte, um eine Straßenbahn nach Hernals zu finden, die sie in die Nähe des fast unversehrt gebliebenen kleinen Gartenpalais der Merenbergs bringen würde.

*

Sie wären fast nicht aus Wien hinausgekommen, die Kontrollen am Sektorenwechsel in die russische Zone, Kari Hechingen musste das Automobil mit äußerster Behutsamkeit durch die Menschengruppen auf der Reichsbrücke lenken, der einzigen, die nicht von den fliehenden SS-Truppen gesprengt worden war, eingeschlossen von Hungernden, die wütend an die Scheiben schlugen, über aufgerissene Straßen, Panzerfurchen mehr, aus deren Gott sei Dank angefrorenem Morast Helene, Leoni und Hans Karl das Fahrzeug mehrmals zu schieben vermochten, erd- und drecküberworfen, und hätten sie nicht bei den überfallsartigen Anhaltungen ihre gültigen Pässe vorweisen und sicher sein können, dass ihr, in Kanistern mitgeführtes, sorgfältig unter den Sitzen verstecktes Benzin hin und auch wieder zurück reichen würde, hätten sie die Fahrt nach Hohenbühl niemals wagen dürfen.

Als sie sich den offen stehenden schmiedeeisernen Flügeln des Parktores näherten, glaubte Leoni, ihre Eltern nochmals möglichst schonend auf den Zustand des Schlosses, seiner Nebengebäude und seines gesamten Areals vorbereiten zu müssen.

„Im Haupthaus sind jetzt siebzehn Familien untergebracht, die meisten sind böhmische Österreicher, die aufgrund der Beneš-Dekrete enteignet worden sind und fliehen mussten, weil sie sonst massakriert und misshandelt worden wären, was eh schon einigen von ihnen passiert ist. Die haben wirklich buchstäblich nichts als ihr nacktes Leben retten können. Die Nebengebäude sind belegt von geflüchteten Ungarn, Donauschwaben, wie sie sich selbst nennen. Im Ganzen sind es inzwischen dreiundzwanzig Familien, glaub ich, und mehr können wir auch nicht mehr aufnehmen. Wir haben uns sehr darum bemüht, nur diese Familien aufzunehmen, und das ist uns auch weitgehend gelungen, dadurch haben wir uns halt den Grundbesitz erhalten können, weil wir uns auch um die Leute kümmern, das heißt, dass wir sie aus dem, was wir noch aus der Landwirtschaft, der Viehzucht, der Fischzucht und der Jagd erwirtschaften können, verpflegen, streng rationiert natürlich, sonst ging's ja nicht, und es ist weiß Gott mehr als eng, aber mit den Lebensmittelkarten geht's irgendwie, es muss gehen! Aber die Leute sind zum größten Teil anständig und auch dankbar. Der Jakub macht das, ich hab ihm die Organisation über alles gegeben. Er macht das zusammen mit unseren Leuten, mit denen, die halt noch da sind. Wenn er das nicht so gut machen würde und vor allem, wenn er nicht hätte nachweisen können, dass er ein polnischer Jude ist, den wir geschützt und nicht ausgeliefert haben, hätten uns die Russen eh alles weggenommen, wie sie es rings um uns gemacht haben, weil sie selber gern bei uns gewohnt hätten, wie mir der zuständige Offizier von der Roten Armee nicht müde wird, zu erklären."

Sie fuhren entlang der vor mehr als zweihundert Jahren angelegten, schier endlos seinem Ziel zustrebenden, nun aber jedes zweiten oder dritten der hohen Bäume beraubten Lindenallee durch den weithin sichtbar fast gänzlich abgeholzten Park auf das Schloss zu, von dessen zweiflügeliger Fassade nur noch die oberste Reihe der kleineren Fenster direkt unter dem zeltartig aufgespannten Dach von seinen graugrünen Laden gerahmt wurde.

„Brennholz. – Jakub hat darauf geachtet, dass wenigstens ein paar Bäume stehen bleiben, damit man nicht vergisst, dass da einmal eine Allee war. Er hat übrigens im letzten Juni geheiratet, ziemlich bald, nachdem die ersten angekommen sind, eine Tschechin, Edita Podiebradová, die eine der vertriebenen Familien als U-Boot überleben haben lassen, weil sie ihr Hausmädel war, das sie dann auf ihrer Flucht mitgenommen haben. Ihre Schwester und ihre Eltern sind nach Theresienstadt gekommen und von dort nach Auschwitz, wo sie vergast worden sind. Natürlich ist sie getauft, aber das ist der Jakub ja auch, aber das alles hätte ihnen ja eh nichts genützt. – Die Trauung in der Kapelle war sehr schön, wahnsinnig viele Leute, halt fast alle, die da sind. Der Pater Anselm aus Melk, den ihr noch nicht kennt, hat sie gehalten, und ein schönes Fest ist es dann auch noch geworden. Wir haben den Flügel auf die Terrasse geschoben und die Leut haben getanzt und gespielt, auch auf dem Uropi seiner Geige aus der Stainersammlung. Aber es is nix passiert! Das müsst ihr euch vorstellen, die vier Instrumente sind oben in der Vitrine, unversehrt, wie eh und je! Und bei der Schubertmesse haben uns der Karl und der Leopold auf ihren Jagdhörnern begleitet. Selbst unser Major Ranjewskov war ganz begeistert."

Helene berührte die Schulter ihres Schwiegersohnes.

„Bitte nicht über die Rampe hinauffahren, Kari."

„Da drin ist jetzt nichts mehr so, wie ihr es kennt. Eure Zimmer gibt es nicht mehr, ihr dürft euch wirklich nichts erwarten. Wir können nur froh und dankbar sein, dass es uns nicht weggenommen worden ist."

Hans Karl drehte sich nach seiner Tochter um, die seine rechte Hand ergriff und sich auf die Stirn legte.

„Wir können nur froh und dankbar sein, dass es dich gibt, Leoni."

„Aber ich möcht euch schon bitten, dass ihr euch zeigt und mit den Leuten redet, wenn wir schon einmal da sind, und dass ihr ihnen erzählt, dass ihr auch alles verlassen habt und dass ihr geflohen seid, von hier, von euerm geliebten Zuhause, mit dem einen Unterschied, dass ihr nicht vor den Tschechen oder den Russen habt fliehen müssen, sondern dass ihr den eigenen Landsleuten ausgewichen seid, weil die plötzlich fast alle Nationalsozialisten waren, die das alles zu verantworten haben, so wie auch ihre Flucht und Vertreibung."

FEBRUAR

Leoni hatte zum Geburtstag ihrer Mutter eingeladen, wovon sie diese erst in Kenntnis zu setzen beabsichtigte, als sie mit einem weißen Christrosenstrauß aus dem kleinen Josefstädter Gewächshaus der Hechingen im Arm an ihre Türe klopfte.

Helene schien den für sie noch immer neuen, immer noch ungewohnten Anblick dieser jungen schönen Frau, die ihre Tochter war, erst ganz im Spiegel ihrer Seele bergen zu wollen, ehe sie von ihrem Schreibtisch aufstand, ihre Arme öffnete, auf sie zuging und in der Umarmung kaum hörbar jene Melodie aus Mozarts *Così fan tutte* zu summen begann, mit der sie ihre Tochter auf der Welt willkommen geheißen hatte und die dann zu Leonis Wiegenlied geworden war, eine ganze Kindheit lang, bis in die Schulzeit hinein, ein geheimes Zeichen, ein Signal des Einverständnisses einer Mutter mit ihrer Tochter.

Mild sei der Wind,
ruhig seien die Wellen,
Ein jedes Element
sei unsern Wünschen gnädig.

„Schau, da, in diesem Brief möcht ich dem William ein bissl erzählen, wie unsere Heimkehr war, und von dir, und wie glücklich wir sind, dass es dich gibt auf dieser Welt …“

„Und ich hab mich wirklich getraut, ihn zu deinem Geburtstag einzuladen. Weiß schon, dass das vermessen ist, aber wer, wenn nicht er, sollt bei deinem ersten Geburtstag wieder daheim dabei sein, und dann möcht ich halt so gern den Menschen kennenlernen, dem wir und so viele andere so viel verdanken.“

Sie legte eine Karte neben den begonnenen Brief von Helene.

„Dem Sir William hab ich die Einladung schon vor fast vier Wochen telegrafiert und auch mit der Post geschickt, wie den anderen, mit der Hand geschrieben, weil's vom Huber & Lerner gedruckt doch ein bissl verschwenderisch wär. Und der Herr Kostal hat alles frankiert und sofort abgestempelt.“

Leoni und Kari Hechingen
bitten
Sir William Brod-Spencer
anlässlich der glücklichen Heimkehr ihrer Eltern
Helene und Hans Karl Bühl

am Mittwoch, dem 6. Februar um 6 Uhr abends zu einem Dankgottesdienst in die Michaelerkirche mit anschließendem Geburtstagssouper Am Hof 13, las Helene mit leiser Stimme, lächelte und sah ihre Tochter an.

„Perfekt, wie alles, was du tust und getan hast! Wer macht …?"

„Es ist alles organisiert, Mami, du darfst dich doch an deinem Geburtstag um nix kümmern!"

„Also werd ich mich einfach nach deinen Anweisungen richten."

„Wir bitten darum."

„Wer wird …?"

„Lass dich überraschen, Mami, es haben alle zugesagt, sogar Sir William, wenn seine Reise ablaufen wird, wie geplant, hat er mich per Telegramm wissen lassen."

„Wo wird er …?"

„Na, bei uns, wo denn sonst! Die Gästezimmer im unzerstörten Teil zum Innenhof hin sind schon vorbereitet."

„Ja, natürlich, Leoni! Danke! Natürlich bei uns, wo denn auch sonst … Und verzeih bitte, dass noch immer diese schrecklichen sieben langen Jahre nicht aus meinem Kopf gehen wollen."

„*Selig, die um der Gerechtigkeit willen verfolgt werden, denn ihnen gehört das Himmelreich*, hat uns das Evangelium soeben eindringlich und unmissverständlich in Erinnerung gerufen und, *Selig, die da hungern und dürsten nach der Gerechtigkeit, denn sie werden gesättigt werden*. – Das kann doch nur heißen, dass wir, die wir nicht verfolgt wurden, wir, die wir dageblieben sind, wir, die wir nichts getan haben, die Un-seligen sind, denen als einziger Trost nur Hunger und Durst nach Gerechtigkeit geblieben sind, nach einer Gerechtigkeit, die sich vor unseren Augen in ein Menschen verachtendes, in ein Menschen vernichtendes Unrecht verwandelt hat, in ein Unrecht, das alles zerstört hat, woran wir glauben oder geglaubt haben, alles, die Geschichte unserer Zivilisation, alle Errungenschaften unserer Kultur, und Millionen von Existenzen, Millionen von Menschen. – Und wir haben nur zugeschaut, wir Unseligen, wir Ohnmächtigen, wir Mutlosen, wir verzweifelt nach

Gerechtigkeit Hungernden und Dürstenden, aber Schweigenden."

Pater Wolfgang sprach leise, er hatte die zum Dankgottesdienst Versammelten gebeten, im Chorgestühl Platz zu nehmen, weil er nicht predigen wollte. Reden wollte er, reden über die ungeheuren Geschehnisse, die hinter ihnen lagen, die er nicht verstand, die er nie verstehen würde, so wie sie nie jemand je verstehen würde. Das war das Einzige, dessen er sich sicher war, und deshalb setzte er langsam Wort an Wort, ein wenig zitternd, wenn er die Hand hob, um seine Gedanken zu verdeutlichen.

„Alles, alles wurde vernichtet, und unendlich viele wurden ermordet, nicht nur in diesem unseligsten aller Kriege, nein, unendlich viele wurden in Lagern, die Konzentrationslager genannt wurden, ermordet, erschossen, zu Tode gefoltert, vergast, verbrannt. Vernichtet, einfach vernichtet. Liquidiert, ausgelöscht! Die menschliche Sprache kennt keine Worte für das, was Menschen Menschen angetan haben, Menschen, die unsere Mitmenschen waren und vielleicht noch sind. – Mein Mitbruder, Pater Augustin, der wie durch ein Wunder aus dem Konzentrationslager von Buchenwald befreit worden ist, er liegt noch immer zum Skelett abgemagert in seinem Zimmer, also dieser Pater Augustin hat mir erzählt, dass es Mitgefangene gab, die bis zu ihrer Ermordung an der Vision festgehalten haben, dass Goethe und Schiller jeden Moment erscheinen würden, um dieser grausamen Menschenvernichtung Einhalt zu gebieten, ihr ein Ende zu setzen, weil es von Weimar gar nicht weit nach Buchenwald ist, nicht ganz lächerliche elf Kilometer sind es. Sie kamen nicht. Unsere Zivilisation kam nicht bis nach Buchenwald, unsere Menschlichkeit fand den Weg nicht von Weimar nach Buchenwald. Unsere ganze humanistische Bildung, auf die wir doch so stolz sind und auf die wir uns so viel einbilden, reichte nicht von der hehren Akropolis der Klassik bis zu den barbarischen Vernichtungslagern der Ausrottung menschlichen Lebens. Sie ist unterwegs im nationalsozialistischen Schlamm stecken geblieben, ist dort jämmerlich erstickt, krepiert ist sie, zusammen mit den Millionen von Opfern in ganz Europa, in Frankreich, in England, in Russland, in Polen, in Deutschland, in Österreich, in der Tschechoslowakei, in Ungarn, in Griechenland, auf dem Balkan, in Dachau, in Mauthausen, in Ebensee, in Majdanek, in Auschwitz, in Birkenau, in Buchenwald und so weiter, die Liste der Orte des Grauens ließe sich beliebig verlängern. – Wer zählt die Völker, nennt die Namen, die zur Vernichtung hier zusammenkamen, möchte man Schillers Wort hier in tiefer Scham abwandeln. – Liebe, hier in Dankbarkeit Zusammengekommene, wir müssen neu beginnen, ganz von Neuem müssen wir versuchen, das aufzubauen, was uns lieb und wert ist, das, woran wir glauben. Wir müssen auch unseren Glauben neu erfinden, wir müssen versuchen, ihn neu zu finden, wie unsere Geschichte, die wie niemals zuvor geschändet und ausgelöscht wurde. Und dass wir das dürfen, weil wir überlebt haben, ist eine Gnade, eine unverdiente Gnade. Aber Gnade ist immer unverdient. Das ist das Wesen der Gnade. Mögen wir das nie vergessen! Beten wir darum, dass wir es nicht vergessen, und beten wir darum, dass wir von Gott nicht vergessen werden. – Und schätzen wir uns glücklich, dass wir Menschen, geliebte Menschen nunmehr wieder in unserer Mitte haben dürfen, wahrhaft Selige, das heißt, beseelte Menschen, von denen Christus in seiner Bergpredigt sagt:

Selig, die um der Gerechtigkeit willen
verfolgt werden,
denn ihnen gehört das Himmelreich.
Selig die Sanftmütigen, denn sie werden
das Land erben.
Selig die Barmherzigen, denn sie werden
Erbarmen finden.
Selig, die da reinen Herzens sind, denn sie
vermögen Gott zu erkennen.
Selig, die Frieden stiften, denn sie werden
Kinder Gottes genannt werden.
Amen."

Als sich die Familie nach der Messe zusammen mit ihren Gästen im Toskanischen Salon eingefunden hatte, schweigend, nahm Leoni eines der Kristallgläser und wartete, bis Franz Hütter von seinem Tablett jeder und jedem der Anwesenden eine der mit Hechingen'schem Restchampagner perlenden Biedermeierflöten angeboten hatte, ehe sie die ihre hob und die vibrierende Spannung mit den Worten zu lösen versuchte, dass sie glücklich sei, ihre Familie zusammen mit deren

Wohltätern Sir William und Pater Wolfgang anlässlich der glücklichen Wiederkehr ihrer Eltern zum Geburtstag ihrer ebenso geliebten wie verehrten Mutter wieder in Wien begrüßen zu können, voll der Hoffnung, dass eine so lange Trennung vom Schicksal nie mehr über diese Familie verhängt sein und diese so grausam prüfen möge.

Dann bat sie zu Tisch ins Esszimmer, wo schon Maria mit ihrer berühmten Grießnockerlsuppe warten würde. Danach gäbe es Kalbsgulasch mit Nockerln, anschließend Palatschinken mit der letzten, noch vor drei Jahren eingekochten und durch die Kriegswirren geretteten Marillenmarmelade.

Es war eine nur zur Hälfte besetzte Tafel, um die sich die kleine Festgesellschaft daraufhin versammelte, Leoni hatte inständig darum gebeten, dass ihre Mutter den Vorsitz einnahm, rechts von ihr war William Brod-Spencer platziert, dem es gelungen war, noch während des Paulusbriefes in der Michaelerkirche zu erscheinen, *die Liebe höret nimmer auf*, ihm gegenüber ihr Vater, neben diesem sein bester Freund, ihr Schwiegervater Ado Hechingen, sie hatte sich zwischen Sir William und ihren Mann gesetzt, dem Pater Wolfgang, der ein kurzes Tischgebet sprach, neben Tante Crescence gegenübersaß, vis-à-vis von Toinette und Cousin Stani, deren Sohn Johann neben seiner Großmutter die rechte Seite des Tisches abschloss.

Nachdem Josepha die Suppenschalen abgetragen und Franz Weißwein in die Gläser geschenkt hatte, erhob sich Hans Karl und stellte sich neben seine Frau, obwohl die Zahl von zehn, mit ihm elf Personen, ein Aufstehen nicht erfordert hätte. Es war still im Raum, die Türen geschlossen, die Familie unter sich.

„Geliebte Helen“, er begann langsam, vor jedem Namen innehaltend, „lieber und verehrter William, verehrter Pater Wolfgang, unsere innig geliebten Kinder Leoni und Kari, liebe Schwiegereltern unserer Leoni, Toinette, wir danken dir herzlich, dass du den beschwerlichen Weg aus Kärnten, nunmehr britische Zone Österreichs, auf dich genommen hast, und dir, Ado, dass du aus der Josefstadt sogar mit Champagner zu uns gefunden hast, meine liebe Schwester Crescence, lieber Stani und lieber Johann! – Da ich nicht weiß, wie und vor allem wo und wann ich mit dem beginnen soll, was ich an diesem Tag die

Gnade hätte, zu sagen, was sich aber allen mir zur Verfügung stehenden Worten entzieht, muss ich, darf ich mich vielleicht darauf beschränken, zu danken, einfach nur Dank zu sagen, dir, Helen, meiner geliebten Frau, deren Geburtstag wir heute feiern dürfen, meiner Gefährtin in guten wie in schlechten Tagen, ohne dich wäre es nicht möglich gewesen, diese Zeiten zu überstehen, so wie nicht ohne deine unerschöpfliche Hilfe, lieber William, die du uns, aber auch so vielen anderen zuteilwerden hast lassen, unzählige Leben hast du gerettet, durch mühsam beschaffte Visa, zahllose Einreisegenehmigungen, durch deine unermüdliche Fürsorge und Versorgung – und dir, Leoni, unserer geliebten Tochter. Ohne dich, ohne dein mutiges und entschlossenes Hierbleiben wäre wohl alles zugrunde gegangen, auf immer verloren gewesen, alles, was uns an dieses Hier, an unsere Wurzeln, an unsere Heimat, an dieses Österreich also, bindet. Ohne dich, ohne diese untrennbare Verbindung mit dir, unserem Kind, unserer Tochter, wären wir entwurzelt worden, wir wären aus der heimatlichen Erde gerissen worden und verdorrt – und hätten sie wahrscheinlich nie mehr wiedergefunden, weil wir sie gar nicht mehr gefunden hätten. – Dass wir das durften, das verdanken wir dir, geliebte Leoni, und allen, die dich dabei unterstützt, die dir dabei geholfen haben, sicherlich allen, die du hier an diesem Tag um diesen Tisch versammelt hast, und mit denen wir jetzt unsere Gläser mit allen auch nur denkbaren Wünschen auf dich und den Geburtstag deiner Mami erheben dürfen."

So geschah es, danach wurde applaudiert.

Die kurze Pause, in der das Kalbsgulasch serviert wurde, nutzte Toinette, um möglichst unauffällig den Raum zu verlassen, was Leoni veranlasste, ihrer Schwiegermutter nachzugehen, die sie, schon im Mantel die Stiege hinuntereilend, mit dem Ruf „Mamá!" aufhielt.

Toinette hob den Kopf, sah nach oben. Ein schillernder Glanz von Tränen schien ihre azurblauen Augen nur noch zu vergrößern.

„Verzeih bitte, Leoni, dass ich mich grad an einem solchen Abend nicht als die dumme Gans präsentieren möcht, die ich halt nun einmal bin, und für die das alles halt ein bissl viel ist."

Leoni näherte sich ihr um ein paar Stufen.

„Lass mich bitte, mein Schatz! Es ist schon viel genug, dass der Johann auch noch bei euch wohnen darf, wenn er schon einmal in Wien ist, und ich will ihm dieses Fest auf keinen Fall verderben, weil er doch immerhin auch ein bissl zu eurer Familie gehört. – Dank dir! – Und wenn ihn mir morgen am frühen Vormittag jemand zum Südbahnhof bringen könnt, wär das sehr lieb von euch. Wir sollten nämlich wieder zurück nach Kärnten, weil der Bub wieder in die Schul muss, wir schwänzen eh schon den dritten Tag. Ich bin jedenfalls ab sieben dort, weil ich mich um die Zugsverbindungen kümmern muss. Es is ja noch alles mehr als desolat. – Danke! Dank dir jedenfalls sehr, Leoni!“

Sie winkte und war verschwunden. Als Leoni das Tor ins Schloss fallen hörte, lief sie hinauf, wo sie unter den erwartungsvollen Blicken der anderen ihren Platz neben Sir William, vis-à-vis von Ado Hechingen wieder einnahm.

„Wollen Sie bitte Ihrer Schwester sagen, dass es köstlich war, wie immer, und als ob keine Zeit vergangen wär!“

„Danke, Frau Gräfin, wir sind alle so froh, wir sind afoch glücklich, dass sie wieder da sind“, antwortete Josepha, als sie zusammen mit Franz abservierte.

„Die Marillenpalatschinken wern jetzt halt a bissl dauern, Frau Gräfin wissen eh."

Niemand sagte etwas.

„Kannst du dich vielleicht erinnern, Leoni, wann wir das letzte Mal ein Kalbsgulasch mit Nockerln gegessen haben, das fallt mir nämlich grad ein."

„Doch, Mami, ich kann mich genau erinnern, das war vor acht Jahren, nach dem Begräbnis vom Děda."

„Ja."

„Und deshalb, hab ich mir gedacht, wär es vielleicht ganz schön, wenn wir uns an deinem ersten Geburtstag wieder daheim daran erinnern würden, weil du ja damals, genau an diesem Tag, beschlossen hast, von hier wegzugehn."

„Ja, das war damals, genau an diesem Tag … Wie du das noch weißt …"

„Aber ja, das weiß ich auch noch, ganz genau erinner ich das! Das war im Gastgarten von der Eisernen Hand, wo wir alle bei einem Kalbsgulasch zusammengesessen sind, nicht bei einem ganz so guten wie diesem hier, aber immerhin, und das war nach dem Begräbnis vom Altenwyl-Opapa auf dem Kahlenberger Dorffriedhof", unterbrach Stani begeistert und schenkte sich Wein nach.

„Übrigens, Johann, das ist ganz in der Nähe von dem Friedhof, wo dein, lass mich nachdenken, dein – Urgroßvater Johann Bühl begraben ist, nachdem du ja immerhin heißt …!"

Der Bub nickte.

„Ja, und dann wart ihr plötzlich weg, so auf eins, zwei. Madeira, haben wir zuerst geglaubt, aber das hat ja nach mehr als einem Monat auch nicht mehr sein können, bis uns die Leoni darüber aufgeklärt hat, dass ihr nach England entschwunden seid."

„Ja, Stani."

„Aber warum, Tant Helen, warum? Das wär doch gar nicht notwendig gewesen, es war doch alles besprochen!"

„Willst du wirklich eine Antwort hören, Stani, auf deine Frag?"

„Nein, natürlich nicht, wenn's dich chipotiert, Tant Helen."

„Danke, Stani …"

„Aber, wenn ich mir erlauben darf, das einmal zu sagen, nur dieses eine Mal, und weil wir jetzt sozusagen so entre nous und en famille sind wie selten, und wer kann schon wissen, wann sich eine solche L'occasion intime wieder einmal ergeben wird, ein bissl ein Pallawatsch war das schon, der da durch euer Weggehn beiläufig entstanden is ..."

Die Türe öffnete sich, Josepha wurde sichtbar, Helene hob die Hand, worauf sie wieder hinter dem zugezogenen Türflügel verschwand.

„Ihr schauts mich so an! – Aber ihr könnts mir glauben, es war wirklich ein Pallawatsch, ein siebenjähriger Pallawatsch."

„Ein siebenjähriger Pallawatsch", bekräftigte Crescence ihren Sohn, „ich bin ja schon gar nicht mehr her, war ja die meiste Zeit gar nicht mehr da, wie du vielleicht erinnern kannst, Leoni. Zuerst war ich nur in Hohenbühl, um das sich schließlich auch wer hat kümmern müssen, weil du studiert hast, und dann, als es möglich war, eh nur mehr in der Reichenau, weil ich nur noch gefürchtet hab, dass etwas passiert, und das haben halt dann meine, bitt um Pardon, langsam schwächer werdenden Nerven nicht mehr ausghalten."

„Cela va sans dire, Mamu, küss die Hand! Das war doch wirklich eine schiefe Situation, die für jeden Menschen durchaus nachzuvollziehen sein müsst! – Glaubts ihr wirklich, dass sich der Morzinplatz, also die Gestapo, nicht dafür interessiert hat, wo ein österreichischer Maturant mit Einberufungsbefehl, ein Hechingen noch dazu, untergetaucht sein könnt? Glaubst du das, Kari? Glaubst du, dass die nicht alles aufgewendet hätten, um einen Deserteur aufzutreiben? Und wenn sie dich gefunden hätten, Kari, und sie hätten dich gefunden, da kannst du sicher sein, dann wärst du vor ein Kriegsgericht gestellt und erschossen worden, wenn ich das in Erinnerung rufen darf. Und glaubts ihr wirklich, dass es so leicht war, all diese immer wieder geplanten Hausdurchsuchungen abzuwenden, bei dir, Ado, bei deiner Mutter in Kärnten, Kari, und vor allem bei dir, Leoni, hier am Hof, wo eine junge Frau das Sagen hat, weil ihre Eltern plötzlich verschwunden sind. Man hat doch genau gewusst, dass ihr zumindest miteinander befreundet wart, als Sprösslinge altösterreichischer Familien, die sowieso alle halbert verwandt miteinander sind. Und dann auch noch eure hochdekorierte Freundschaft von der Karpatenfront, Onkel Kari und Ado, die dem Heereskommando natürlich bekannt war. Da hilft auch kein Kammerl mit doppelter Wand auf dem Dachboden, wenn sie einmal herin sind. Und dass sie nicht hereingekommen sind, nicht nach Dornbach und nicht in die Grünleiten und nicht in die Laudongasse – und vor allem nicht hier herein, ma Cousine, weil irgendjemand denen eure geheime Heirat in der Michaelerkirche angezeigt hat, ein katholischer Denunziant halt, der dieses Haus genau beobachtet hat, weil er nicht mehr zugelassen war da herinnen, und weil sich seine Frau, die Anna, die noch heut bei euch ist, von ihm hat scheiden lassen, weil er ein SA-Mann war und diese unselige Aktion bei deinem Vater, Helen, angführt hat, also, dass das alles nicht stattgefunden hat, das hat schon ein bissl was mit dem zu tun, was man fast eine Arbeit nennen könnt, zumindest aber vielleicht eine Initiative, die ich gern unternommen hab, weil ich euch halt lieb hab und euch beschützen wollt, ein bissl so wie ein Schutzengel, Hochwürden, wenn Sie mir diese Anmaßung gestatten, aber Sie werden mir, auch wenn's Ihnen schwerfallt, zugestehn müssen, dass diese Funktion auch wirksam geworden ist, wobei ich mir die Bemerkung erlauben möchte, dass ich mich noch immer unter dem Eindruck Ihrer mich tief bewegenden Predigt befinde. – Aber wegen dir, Mamu, und apropos Hohenbühl … Die haben natürlich gewusst, dass ihr einen polnischen Juden bei euch versteckt, den Jakub, der jetzt da draußen alles zu eurer größten Zufriedenheit deichselt, wie ich hör. Aber er würde nix deichseln können, wenn ihn der Eichmann hätt abholen lassen. Du erinnerst dich, Leoni, der Eichmann, beim Fünfundsechzigsten von der Mamu, deiner Tante, in der Reichenau, da war er einer der Gäste, die euch wie die meisten von denen, die da versammelt waren, vernichtet hätten, wenn nicht etwas dagewesen wär, das das verhindert hat, nämlich, und ihr verzeiht mir bitte, dass ich mich nicht scheue, auch vor euch nicht scheue, es als das zu bezeichnen, was es nun einmal war, nämlich eine Art von Freundschaft, ja, wenn nicht so etwas wie eine Freundschaft gewesen wär zwischen denen und mir. Sie haben mich gebraucht, weil ich ihnen das Gefühl gegeben hab, dass sie hier zu Haus sind, in Wien, in diesem misteriosen Wien mit seinen geschlossenen Zirkeln, die ich ihnen aufgsperrt hab. Und ich hab sie gebraucht, nicht zuletzt deshalb, weil sie mir die Möglichkeit gelassen haben, wissentlich oder nicht, zu agieren, wie ich wollte, und damit hab ich auch euch schützen können, diese sieben Jahre lang, diese schrecklichen sieben Jahre lang, wie man sie jetzt mit Fug und Recht nennen muss. Aber im Nachhinein ist man halt immer gscheiter, und wie man gesehn hat, wo alles hinführt, da war's dann auch schon zu spät. – Aber ihr sagts ja noch immer nix? – Dann darf ich euch vielleicht noch eine Geschicht erzählen: Leoni, erinnerst du vielleicht den Theophil Neuhoff, den Wehrmachtsoffizier, der sich so lieb um dich gekümmert hat, als dir, auch beim Geburtstag von der Mamu, so schlecht gworden ist, weil dich deine Schwiegermamá wissen hat lassen, dass sie weiß, wo sich euer Sohn, Ado, befindet, also dein Mann, Leoni, eben du, Kari."

„Und ob ich mich erinner, Stani, ich wär ja beinah gstorben damals …"

„Nun, dieser Theophil Neuhoff, der is gstorben, hingerichtet worden is er damals, noch im Vierundvierzigerjahr, nach dem missglückten Hitlerattentat, weil er mit dem Grafen Moltke befreundet war und zum innersten Kreis von denen gehört hat, die regelmäßig auf dessen Gut Kreisau in Schlesien zusammengekommen sind, um den Umsturz zu planen. Auch der Graf Stauffenberg hat übrigens dazughört. Noblesse oblige, kann man da nur sagen. – Tant Helen, Onkel Kari, hättet ihr das von ihm für möglich gehalten? – Aber so war er wirklich, der Theophil, hätt ich auch nicht von ihm geglaubt! Und mich hat er eingweiht damals, genau bei dem Fest, weil wir uns schon so lang und so gut kennen, und weil dann auch einiges zu tun gwesen wär, um diese Ostmark wieder zu dem zu machen, was sie einmal war, nämlich zu Österreich, zusammen mit gar nicht so wenigen, über deren Namen ihr jetzt staunen würdets, wenn ich sie euch nennen würd; mach ich übrigens gern einmal, wenn's euch interessiert; ist ja keine Schand, dass man zu denen ghört hat, das sind ja die Leut, die man jetzt alle gern begegnet, weil man sich bei ihnen sicher sein kann …"

„Ja, bitte, Lukas?", wandte sich Hans Karl, kaum der Stimme mächtig, an seinen lautlos erschienenen Kammerdiener.

„Bitte vielmals die Störung zu entschuldigen, aber die Maria lässt um ein kleines Zeichen bitten, wann sie mit den neuen Palatschinken anfangen darf. Die erste Partie hat sie jetzt zu Frittaten geschnitten, die sich bestens für die morgige Suppe eignen würden."

„Danke, Lukas, sehr aufmerksam von Ihnen! Und sagen Sie der Maria, bitte, dass es nimmer lang dauern wird, bis wir uns melden, und sie möge bitte entschuldigen, dass wir gerade in eine so dichte Konversation hineingeraten sind. – Und Sie ziehen sich bitte zurück, Lukas, und wir können nur hoffen, dass Sie schon in den Genuss von Marias Palatschinken von der ersten Partie gekommen sind."

„Bin ich, Herr Graf, danke, die Maria hat mir die Ehre eines Vorkosters zuteilwerden lassen; Frau Gräfin, danke, und entschuldigen bitte nochmals die Störung …"

„Mein Gott, der Lukas! – Seit ich denken kann, gibt's den Lukas! Und ausgschaut hat er auch immer schon gleich. Er war immer da, was auch geschah, immer war der Lukas da! Und erst jetzt, eigentlich erst seit eurer Rückkehr, merkt man ihm ein bissl an, dass er älter geworden ist …"

„Merkt man uns das nicht allen ein bissl an, Stani, meinst du nicht?"

„Dir auf keinen Fall, Tant Helen, dir nicht! An dir sind all die Jahre spurlos vorübergegangen, und das ist doch Grund genug, das Glasl darauf zu erheben."

Sie nahmen vorsichtig die hauchdünnen Lobmeyrgläser, prosteten Helene zu, tranken und stellten sie ebenso behutsam wieder an die rechte Rundung ihrer silbernen Platzteller zurück.

„Wir alle können uns glücklich schätzen, dass es dich gibt, Tant Helen, auf dieser Welt, wenn man die tragischen Umstände deiner Geburt bedenkt, und die darf man sich ja vielleicht in Erinnerung rufen an so einem Tag, eben deinem Geburtstag, der uns schließlich alle hier um diesen Tisch, und vorher in Pater Wolfgangs Michaelerkirche, versammelt hat, um für diesen Tag zu danken, für uns alle Grund genug. – Wie glücklich dagegen deine Geburt verlaufen ist, liebe Leoni, die wir schon auch ein wenig dem fabelhaften Professor Löwenstein verdanken, wie mir deine Mami sicher bestätigen wird, wie übrigens auch die deine, mein geliebter Bub! Und heut ist ja vielleicht die Gelegenheit, einmal auch davon zu erzählen, weil ihr ja damals, als unser Johann auf die Welt kommen ist, schon weg wart. – Also, wir haben den Professor Löwenstein einfach nach Kärnten geholt, weil er ja nicht mehr praktizieren hat dürfen nach diesen idiotischen Nürnberger Rassengesetzen, das wunderbare Sanatorium Loew ist im Mai achtunddreißig natürlich sofort geschlossen worden, und so ist er buchstäblich auf der Straße gstanden mit seiner ganzen Familie. Und deine Mami, Johann, die ja auch die deine ist, Kari, das solltets ihr übrigens nie vergessen, hat alle sofort zu sich in die Grünleiten geholt, weil sie unbedingt von ihm betreut werden wollte, weil ihm das schon bei der Tant Helen mit der Leoni so fabelhaft gelungen ist, wie wir alle sehen können. Und bei dir, Johann, ist es ebenso gut verlaufen, wovon wir uns auch alle überzeugen können, Gott und Professor Löwenstein sei Dank! – Und dann hat man sich halt mit der Frage beschäftigen müssen, wo er denn jetzt mit seiner Familie hinsoll, denn in Österreich konnte er ja nicht bleiben, das war viel zu unsicher, und arbeiten wollt er ja auch. Und da ist eurer Mami der Einfall gekommen, dass sie die Liechtensteiner fragen könnt, ob sie Verwendung für einen guten Arzt hätten. Sie hat das ganz leicht machen können, weil ihre Mamá, also eure

Großmamá, eine Prinzessin Liechtenstein war. Und die haben natürlich einen so guten Arzt brauchen können, und so ist der Professor Löwenstein der Chefarzt von der Geburtenstation im Spital der Barmherzigen Schwestern von Zams in Vaduz geworden und hat diese Abteilung unglaublich weiterentwickelt und so berühmt gemacht, dass sie aus der Schweiz hinübergefahren sind zu ihm, und jetzt fährt man aus Österreich wieder hin zu ihm, und aus Deutschland auch, wenn man hineinkommt. – Alle Achtung übrigens, ma Cousine, dass Sie die Verbindung, sagen wir besser, die Brücke nach England über den Adi hergestellt hat, sehr gscheit war das, wirklich fabelhaft, und sehr mutig! – Aber nicht weniger mutig auch vom Adi, wenn ich mir erlauben darf, das anzumerken, unter diesen – schwierigsten Bedingungen, nennen wir sie halt einmal so, den Postillon zu machen! Wer hat schließlich wissen können, ob das alles so hält mit der Schweiz und mit Liechtenstein. – Ihr schauts mich alle so an, dass ich fast glauben könnt, ich hätt euch da etwas ganz Neues erzählt, aber es ist gar nix Neues, jedenfalls für uns nicht, die wir dageblieben sind. – Jetzt sagts doch bitte etwas! – Wirklich, ich bitt um Pardon, dass ich so viel geredet hab an diesem schönen Abend, an dem wir nur glücklich darüber sind, dass ihr endlich wieder da seid, küss die Hand, Tant Helen, Onkel Kari, und …“ Stani Freudenberg schenkte sich nach und hob sein Glas, „… und stolz darauf sind, dass es in unserer Familie Menschen gibt, die so früh erkannt haben, in welches Unglück wir da wie verblendet hineingestolpert sind, und diese Voraussicht haben wir vor allem dir zu verdanken, Tant Helen! Also, alle guten Wünsche und Gottes reichsten Segen auf und für dich!“

*

Leoni war mit Johann kurz nach sieben auf dem Südbahnhof, der noch stand, die tempelartige Front mit ihren Seitenflügeln, die mondäne Schalterhalle, deren geborstene Fensterscheiben als Scherbenberge in der Morgensonne glitzerten, mit ihren Aufgängen, die sie an die Feststiege der zerbombten Oper erinnerten, ein prunkvoller Palast, ein noch immer grandioses Portal zur Wunderwelt des Südens, unter dem sie schon von Toinette erwartet wurden.

„Für die Sechs-Uhr-Verbindung war ich zu spät, jetzt müssen wir halt bis zur nächsten um zehn warten, mit der wir dann am Abend in Villach sein sollten, von wo wir abgeholt werden, ich hab schon telegrafiert. – Wir könnten einen Kaffee haben, wenn du die Zeit dafür hast …"

„Und ich darf bitte in die Halle, Züge schaun! Bitte, Mami!"

„Na, lauf schon."

Sie drückte ihrem Sohn die Schildkappe fester auf den Kopf, nahm seine Tasche auf und sah Leoni an.

„Natürlich werden wir einen Kaffee haben, Mamá, ich freu mich doch, dass wir zum ersten Mal allein sind, nachdem alles vorbei ist, ich glaub, überhaupt zum ersten Mal …"

Die Bahnhofsrestauration hinter den lampenlosen Kandelabersäulen war fast leer. Nur um drei der in vier langen Reihen angeordneten Tische saßen schattenhafte Menschen, die sich an ihre Gepäckstücke klammerten. An den hohen, glaslosen Fensteröffnungen zur Halle hinaus waren alle Plätze frei.

„Ich kann nur hoffen, dass ich keine allzu große Indiskretion begeh, wenn ich dir endlich sag, dass ich deinen Vater einmal sehr geliebt hab, und er mich vielleicht auch ein bissl, aber das war schon, bevor er sich mit deiner Mutter zusammengetan hat. Und ich sag dir das, weil ich nach so vielen Jahren der ewigen Täusch- und Tratsch- und Verschweigemanöver müd geworden bin, und weil du die Frau von meinem Kari bist, der als Bub so unendlich unter meiner Trennung von seinem Vater gelitten hat. – Ich hab mir halt etwas eingebildet, was, wie wir jetzt ja alle wissen, nie hat sein können, weil dein Vater deine Mutter eben unendlich liebt, jedenfalls mehr, als er mich geliebt hat. Und diese Einbildung, die das eine oder andere Ereignis, die eine oder andere Begebenheit, über die Jahre am Leben erhalten hat, die war halt mein Fehler. Ein Fehler, für den ich mich in Grund und Boden schäm, aber, weißt du, Leoni, es gibt das. Es gibt das, dass die Liebe eines Menschen zu einem anderen Menschen aus dem Gleichgewicht gerät, einem Gleichgewicht, das vielleicht nie da war, an dem man sich aber festkrampelt und mit allen Mitteln versucht, es in der Balance zu halten, in einer Balance, die es vielleicht auch nie gegeben hat. Und wenn einem das klar wird, dann stürzt man ab, weil die Schaukel, an die man sich geklammert hat, in der Mitte auseinanderbricht. Aber dass der Kari dich hat finden dürfen und dass du seine Liebe angenommen hast, das ist das größte Glück, nicht nur für ihn, sondern auch für mich, weil dadurch diese Scham, die ich für das alles empfinde, ein bissl gemildert wird. Und dafür dank ich dir, und das hab ich dir halt irgendwann einmal sagen müssen, dir, immerhin meiner Schwiegertochter, und wenn's auch auf dem fensterlosen, kalten Südbahnhof ist."

„Mami, Mami, da oben, auf dem Perron, da verkauft eine Frau Krapfen! Darf ich einen haben bitte? – Bitte!"

Toinette hielt ihm einige Schillinge hin, die er sich mit dem Ruf „Danke, Mami!" holte, indem er das kniehohe Fensterparapet übersprang, den Raum durch die Türe verließ und den breiten Treppenaufgang hinauflief.

„Zauberhafter Bub, euer Johann, der Bruder vom Kari, hat sehr viel von dir, aber auch ein bissl Stani find ich in ihm …"

„Halt von euch etwas, und deshalb wollt ich ihn ja auch haben …"

Leoni vermochte ihren Blick nicht von dieser schönen Frau zu wenden, die die Mutter ihres Mannes war.

„Mamá –“, stammelte sie, „Mamá –“, und wusste nicht weiter. Sie fühlte nur, wie sich eine Hand auf die ihre legte, behutsam und stark.

„Wenn ich einen Wunsch frei hätt, dann würd ich dich bitten, dass du mir Toinette sagst, weil mir das angemessener vorkommt, jetzt, wo wir da zu allem andern auch noch fast so etwas wie Freundinnen geworden sind. – Oder täusch ich mich da? – Hab ich mich etwa schon wieder in dem schwierigen Bühl'schen Labyrinth verirrt, aus dem mir niemand hinaushilft?“

„Nein, Toinette, und du hast dich auch nicht verirrt! Du gehörst schon hinein in dieses Labyrinth, so wie wir wohl alle, alle, die wir da halt nun einmal sind, da hineinghörn, das muss man nur wissen, und man muss es wohl mit der Zeit begreifen lernen, dann braucht man auch niemanden, der einem da hinaushilft, weil man, glaub ich halt, sein Lebenslabyrinth, kannst auch sagen, seinen Lebensgarten, nicht verlassen kann wie den Wurschtlprater, wenn die Karussellfahrt zu Ende ist.“

MAI

Kari hatte herausgefunden, dass sich das Magistratische Bezirksamt für die Innere Stadt noch immer im Alten Rathaus in der Wipplingerstraße befindet, in jenem Barockpalais, in dem sie vor fünf Monaten standesamtlich geheiratet hatten. Unbedingt wollte er, als Student der Rechtswissenschaften, seine Schwiegermutter auf ihrem „Sondierungsgang", wie er sich animiert ausdrückte, begleiten.

„Das wollen wir doch einmal sehen, wie das mit deinem Palais in der Herrengasse zugegangen ist!"

Es dauerte lange, bis der Magistratsbeamte die Zuordnung ihrer Identitätsdokumente dahingehend akzeptierte, dass er unter seiner Aufsicht und Begleitung eine Einsicht in das Grundbuch gestattete.

„Herrngasse Nummer neun, bis – bis – ja, da ham'mer's, bis dritten Jänner neunzehnhundertneununddreißig – mein Gott, ist das lang her, eine halbe Ewigkeit! – im Besitz der Helene Altenwyl, Besitzerin nicht auffindbar, über Erlass von Josef Bürckel, Reichsleiter Ostmark, also

Österreich, in das Eigentum des Deutschen Reiches beziehungsweise der Stadt Wien übergegangen. Ab fünfzehnten Jänner neunzehnhundertneununddreißig Zentrales Amt für die „Wiedervereinigung Österreichs mit dem Deutschen Reich", Leitung Reichsstatthalter Arthur Seyß-Inquart, SS-Obergruppenführer, mein Gott, wie unangenehm, das müss ma löschen, er war immer so ein honoriger Herr, der Herr Minister, immerhin einmal der Bundeskanzler des Anschlusses. Das is jetzt, warten Sie, das ist jetzt sieben Jahre her, und ist seither kein Eintrag mehr getätigt worden. – Also Wien! Wie ich dem Grundbuch entnehme, ist die Stadt Wien Eigentümerin des Hauses Herrengasse Nummer neun, wovon sich die Herrschaften selbst überzeugen können. – Und Sie, gnädige Frau, sind …?"

„Helene Bühl, geborene Helene Altenwyl, wie sich der Herr …"

„Magistratsrat, sagen Sie einfach Magistratsrat zu mir, gnädige Frau, das genügt schon, Namen sind doch Schall und Rauch, wie wir inzwischen wissen."

„Wie sich der Herr Magistratsrat durch die Vorlage unserer Pässe bereits überzeugen konnte."

„Von denen Ihrer bereits abgelaufen ist, leider, gnädige Frau! Würde dringend raten, einen neuen zu beantragen, weil im Identitätsausweis der Mädchenname nicht verzeichnet ist, auch so eine alliierte Schlamperei, wenn ich mir die Bemerkung erlauben darf, aber ich will ja nix gsagt habn! – Darf ich den Ihrigen noch einmal sehen, Herr …"

„Hechingen, Karl Adam Hechingen, Student der Rechtswissenschaften an der Universität Wien."

„Na, da darf ich aber gratulieren, Herr Hechingen, eine gute Wahl, denn gscheite Anwälte werden wir jetzt in großer Zahl benötigen, wenn ich mir diese persönliche Einschätzung der Sachlage erlauben darf."

„Und was sind jetzt Ihrer Meinung nach die nächsten Schritte, Herr Magistratsrat?"

„Die nächsten Schritte wohin, Herr Hechingen?"

„Zur Restituierung des widerrechtlich einverleibten Eigentums meiner Schwiegermutter."

„Ah, gnädige Frau sind die Schwiegermutter dieses hochmotivierten jungen Mannes?"

„Ja, meine, muss heißen, unsere Tochter, ist seit sieben Jahren kirchlich und seit fünf Monaten standesamtlich mit Herrn Hechingen verheiratet. Tut das irgendetwas zur Sache?"

„Aber goar nix, tut gar nichts zur Sache, war nur so ein Gedanke, gnädige Frau. – Aber wenn das Fräulein Tochter vor sieben Jahren die Ehefrau des hier anwesenden Herrn Hechingen geworden ist, dann müssen doch Sie, gnädige Frau, im Jahr achtunddreißig, also vor acht Jahren, oder im Neununddreißigerjahr, vor nunmehr sieben Jahren, als Eigentümerin des Hauses Herrengasse Nummer neun eruierbar gewesen sein, Sie entschuldigen schon, gnädige Frau …"

„Wir haben Österreich im Jahr achtunddreißig verlassen."

„Sie haben Österreich …?"

„Wir haben Österreich im Juni achtunddreißig nach dem Anschluss verlassen."

„So früh schon! Ah, jetzt versteh ich, warum – wieso – interessant! Und das Fräulein Tochter ist dageblieben …"

„Unsere Tochter ist dageblieben, weil sie nach den Nürnberger Rassengesetzen nicht mehr belangt werden konnte als Tochter einer sogenannten Halbjüdin, als die ich eingeteilt worden bin, wenn Sie das interessiert, Herr Magistratsrat."

„Sehr, gnädige Frau, interessiert mich wirklich sehr! Denn jetzt versteh ich diese Causa natürlich viel besser! Na ja, diese fuachtbaren Nürnberger Rassengesetze! Sim'ma froh, dass die nicht mehr gelten jetzt endlich, in unserem neuen Österreich, sim'ma froh! Wir müssen Gott dankbar sein, sag ich immer, dass dieser ganze Spuk vorbei ist, endlich vorbei ist, und bei der Maria Pötsch müssen wir jeden Sonntag eine Kerzen anzünden, wenn's wieder geht, wenn unser geliebter Stephansdom wieder aufgebaut is, was er wird, was er wird!, wie sich gnädige Frau sicher schon überzeugt haben werden ..."

„Was ist also zu tun? Wer ist zuständig? Herr Magistratsrat, sind Sie das?"

„Gott behüte, Herr Hechingen, ich bin nur ein kleiner Beamter auf einem kleinen Magistratischen Bezirksamt, aber diese Sache ist Angelegenheit der Stadt Wien selbst, wie wir dem Grundbuch entnehmen konnten, also Angelegenheit des Bürgermeisteramtes höchstpersönlich! – Aber, wenn ich den Hinweis erlauben darf, lassen S' die Sache einstweilen auf sich beruhn, zumindest fürs Erste, die Liegenschaft Herrengasse neun hat nämlich vor zwei Jahren, lassen S' mich nachschaun, am zehnten September vierundvierzig war das, einen schweren Bombentreffer abbekommen, das halberte Haus ist hin, zumindest das hintere, und bisher is noch überhaupt nix gschehn. Eine Ruine, wenn Sie so wollen, eine Ruine, ganz im Vertrauen. Vorne hui und hinten ..., wie man halt so sagt. – Ich würd also abwarten, was die Stadt Wien mit dem Gebäude vorhat und inwieweit und in welcher Form sie das Gebäude wieder aufbauen will. Und wenn das einmal geklärt ist, und dann auch noch passiert, dann würd ich wieder in Erscheinung treten, an Ihrer Stelle, gnädige Frau, weil sich dann eben der Vorbesitzer der Stadt Wien, beziehungsweise die Vorbesitzerin, Pardon, und das sind ja nun einmal Sie, gnädige Frau, meldet, und seine, beziehungsweise ihre, Ansprüche geltend macht."

JUNI

Nun schwanden vor dem heiligen Strahle
Des schwarzen Dunkels gräuliche Schatten.
Erstarrt entflieht der Höllengeister Schar
In des Abgrunds Tiefen hinab
Zur ewigen Nacht.

So sehr sie sich auch auf die Ansprache von Rektor Adamovich zu konzentrieren versuchte, in ihrem Innern klangen nur diese Worte Gottfried van Swietens aus der Schöpfung Joseph Haydns, die sie mit ihrem Großvater zum ersten Mal in diesem grandiosen Saal anlässlich einer Liebhaberaufführung hören durfte. Zum ersten Mal durfte sie erleben, dass Menschenstimmen sich über einen Abgrund aus Zerstörung, Gewalt und Terror zu erheben vermochten und in ein reines dankbares Glück tanzten.

Und eine neue Welt
Entspringt auf Gottes Wort.

Und sie fühlte sich selbst vom Glück beschenkt, weil ihre Promotion aufgrund von Bombenschäden in diese Aula, die Aula der Alten Universität, verlegt worden war, und weil sie als sechzehnjähriges Mädchen diesen Ballsaal der

Wissenschaften und des Geistes zum ersten Mal an der Hand ihres geliebten Děda betreten durfte. Sie hatte es wie eine geheimnisvolle Initiation empfunden, dass sie diesem Werk zum ersten Mal an jenem Ort begegnen durfte, wo es der alt und einsam gewordene Komponist zum letzten Mal in seinem Leben hörte.

„… und der siebenunddreißigjährige Beethoven hat seinem Lehrer und Meister hier, hier in diesem Saal, vor allen Anwesenden in tiefster Verehrung die Hände geküsst", hatte Leopold Altenwyl seiner Enkelin zugeflüstert, „mögst du das bitte immer erinnern, Leoni, mein Schatz, wenn sich dir dieser Kosmos auftut, der Schöpfer des Fidelio und der Eroica verneigt sich vor dem Schöpfer der Schöpfung …"

Und Leoni glaubte die Allegorie der Medizin, jene himmelblau umhüllte junge Frau mit der goldenen Schale in der Hand, aus der eine Schlange, die sich an einem Olivenbaum, es konnte auch ein Lorbeer sein, emporwindend niederbog, um aus ihr zu trinken, Leoni vermeinte sich im Pulsschlag dieser Augenblicke von jener Muse, die da über ihr dem Dreieck der Unendlichkeit entgegenflog, angelächelt und begrüßt, obwohl sie wusste, dass sie nur eine der acht Promovierten war, die an diesem strahlenden Vormittag ihre Doktorwürde entgegennehmen durften, und das Glück, dass sie für diese in wenigen Minuten den Platz neben ihrem Mann, zwischen ihren geliebten Eltern, verlassen und unter einem solchen musenbeschützten Himmel die Bühne betreten würde, ließ sie ihre ständig gefährdete, bespitzelte, beargwöhnte Studienzeit unter den nationalsozialistischen Rektoren Knoll und Pernkopf, der seine gelegentlichen Vorlesungen in der Uniform eines SA-Obersturmbannführers abzuhalten pflegte, fast vergessen, nicht aber, dass sie heute Abend schon eines der begehrten Zimmer in der Geburtsstation des notdürftig wiedereröffneten Rudolfinerhauses beziehen würde, um niederzukommen.

SEPTEMBER

Toinette hatte Feldkirch sehr früh an diesem ersten Septembermorgen verlassen, weil in der Hausordnung der Stella Matutina ein Treffen der Zöglinge mit ihren Eltern nach dem regulären Beginn des Schuljahres nicht mehr vorgesehen war, was sie zur Kenntnis zu nehmen hatte, ohne jedes Verständnis für eine solch unbarmherzige Maßnahme, wie sie den Generalpräfekten wissen ließ. Eine Maßnahme, die sie für ebenso unnotwendig hielt, wie die Auslieferung ihres Sohnes an dieses Jesuitenkolleg überhaupt.

Johann könnte doch jedes Gymnasium in Wien besuchen, das Akademische oder das Theresianum oder die Schotten, und mit ihr bei den Merenbergs wohnen, bis eine geeignete Bleibe gefunden wäre, wenn sie schon das großzügige Angebot seines Onkels, mit Johann bis auf Weiteres in die Stallburggasse zu ziehen, nicht annähmen, eine Ablehnung, für die sie keine vernünftige Begründung erkennen könne.

Wer sich dann um Kärnten, also um Dornbach und die Grünleiten und alles, was sonst noch so dranhängt, kümmern würde, wenn nicht sie. Er könne nicht, er müsse Reichenau wieder in Ordnung bringen, jetzt, da es ihm endlich gelungen sei, die Russen zum Auszug zu bewegen, unter erheblichen finanziellen Aufwendungen, versteht sich, „damit die Mamu wieder eine standesgemäße Bleibe hat" und nicht auf ewig auf die Gnade ihrer Schwägerin angewiesen sei. Und ihr Kari studiere Jus, wohne mit seiner Frau auch am Hof, wie sie wisse, und könne ihr bestenfalls in den Semesterferien helfen, wenn er dazu käme vor lauter Hof und Laudongasse, die schließlich auch betreut werden müssen.

„Dann fahren wir halt am Wochenende nach Kärnten, so lang, bis man den Johann auch einmal allein in Wien lassen kann. Außerdem hat er eh seine ganze Verwandtschaft um sich herum!"

„Wo die Brüder der Kaiserin, ein Kurt von Schuschnigg und, vor allem, ein Kari Bühl erzogen worden ist, dort soll auch ein Johann Freudenberg seinen Schliff fürs Leben bekommen, das meint übrigens auch seine Großmutter, grad jetzt, zu einer Zeit, wo man überhaupt nicht absehen kann, wie das alles noch werden wird."

„Aber es wird doch immer besser, mit jedem Tag wird es besser, und das jetzt schon vier Jahre lang."

„Pardon, Toinette, aber er ist nun auch einmal auch mein Sohn, und damit eben ein Freudenberg, kein Ladinsa."

„Und was wär daran so schlecht, wenn er so heißen würd, wenn ich fragen darf?"

„Er heißt halt nun einmal nicht so, und du selbst warst damit einverstanden …"

„Weil du weiß Gott mehr als eindringlich insistiert hast …"

„… und ich möcht schon, wenn du erlaubst, dass da eine gewisse Linie erkennbar wird: Johann Bühl, Crescence Freudenberg, immerhin die ältere Schwester von Hans Karl Bühl, geborene Bühl, Stanislaus Freudenberg, Johann Freudenberg …"

„Aber du warst doch gar nicht in der Stella und die Crescence meines Wissens auch nicht. Und dann gibt's da immerhin noch eine Mutter, nämlich mich, Antoinette Ladinsa, geschiedene Hechingen. – Ach Stani, Stani! Du ahnst ja gar nicht, wie fremd mir das alles ist, geworden ist, mit der Zeit, mit dieser furchtbaren Zeit, durch die wir alle irgendwie haben durchmüssen, kaum weiß man, wie! Ich zumindest weiß es nicht mehr, nicht genau, ich hab's vergessen, weil ich es vergessen will."

„Pardon, wenn ich mir erlaub, anzumerken, dass du vielleicht ein bissl zu viel trinkst; ohne dir zu nahetreten zu wollen."

„Vielleicht. Aber hinbringen werd ich meinen Buben jedenfalls in dieses Internat, das ich mir sehr genau anschauen werd, und du kannst sicher sein, stocknüchtern! Weil ich ihm zu erklären versuchen muss, warum ihr ihn dort haben wollt. Und garantieren werd ich ihm, dass er immer, wirklich immer weg kann von dort, wenn er nicht mehr bleiben will, einfach, dass er fortkann und zu mir kommen. Dafür steh ich ein, und das lass ich mir von keinem Menschen auf der Welt verbieten, von dir nicht, und von deiner Mamu nicht, und von wem sonst auch immer nicht!"

In Landeck folgte Toinette plötzlich dem Straßenschild, das auf den Reschenpass verwies, und war erstaunt über diese Richtungsänderung nach Italien. Als hätte ihr jemand ins Lenkrad gegriffen! Aber ebenso wunderte sie sich darüber, dass ihr die Auseinandersetzung mit Johanns Vater so genau, so Wort für Wort im Gedächtnis geblieben war. Wie aus einem Theaterstück, aus keinem ganz guten, aber jedenfalls wie aus einem Stück, einer Szene daraus. Von welchem Autor? Nicht von Schnitzler, das nicht, vielleicht aus einem Nachkriegsstück, das wahrscheinlich nie geschrieben wird, weil die Personen, die über solch unwichtige, von der Geschichte längst überholte Fragen streiten, absolut uninteressant geworden sind.

Wo wollte sie eigentlich hin? Ja, nach Italien. Nach Italien, das war schon klar. Nach Italien wie damals, wohin sie geflohen war, nachdem sich Kari, der über alles erhabene Graf Hans Karl Bühl, so erbärmlich aus dem Staub gemacht hatte, und nachdem Kari, ihr Bub, wieder in Wien war, quälend lange Sommerferien waren das, da ist sie zu ihrer Freundin Emilia nach Vicenza geflohen, in deren Haus sie dann fast zwei Monate untergetaucht ist, umgeben von Zwergen und Tiepolofresken, *der Welt abhanden gekommen*. Neunzehnhundertachtundzwanzig war das, noch vor dem Krieg, vor zweiundzwanzig Jahren! War das wirklich schon zweiundzwanzig Jahre her? Und dann keine Verbindung mehr zu Emilia! Keinen Brief, kein Telefon, nichts! Warum nicht? War wirklich alles so schlimm, war alles so anders, dass sie eine Freundschaft so treulos vergessen konnte? Grauenvolle Zeiten! – Aber trotzdem, wo sonst hin? Wahrscheinlich hatte einer der Zwerge von dort, der listige vierte in der linken Reihe auf der Gartenmauer, ihre Richtung geändert, der sie nur zu gerne Folge leistete, quer durch die Alpen, über Pässe und durch Täler hin, in ihrem sorgsam gepflegten kobaltblauen Vorkriegscabriolet von Austro-Daimler, einer Marke, die es schon lange nicht mehr gab.

Am Abend endlich fuhr sie durch die steile, von Arkaden und wehrhaften, palastähnlichen Häusern gesäumte Hauptstraße von Asolo hinauf zum Hotel Belvedere, einem kleinen, wie venezianischen Palazzo, den ihr Emilias Mann gezeigt hatte, weil man von der dortigen Terrasse aus einen Blick auf jenes „Casinetto mio" hätte, in dem Don Giovanni Zerlina zu heiraten versprach.

Von dort aus wollte sie nach Vicenza telefonieren, um Emilia zu fragen, ob ihr Kommen nach so vielen Jahren überhaupt noch möglich oder erwünscht sei. Sie hatte Glück, eines der zweifenstrigen Eckzimmer im Piano nobile mit Blick zum Casinetto der Villa „Il Fresco" war frei.

Nachdem sie ein Bad genommen, sich erfrischt und das für den gestrigen Abend mitgenommene sandfarbene, marineblau eingefasste knielange Nachmittagskleid übergestreift hatte, außer ihren Toilettenutensilien, einem Batistnachthemd und Unterwäsche befand sich nichts in ihrer beigen, lederpassepoilierten Reisetasche, ging sie hinunter, wurde vom Oberkellner überaus freundlich zu einem der unbesetzten Tische an der Hauswand geleitet, den sie aber gegen einen der vorderen tauschen wollte, ein Wunsch, dem mit der größten Ergebenheit entsprochen wurde. Noch im Stehen bestellte sie eine Flasche Marzemino, holte sich ihr Kaschmirplaid, ein Andenken an ihren Vater, ohne das sie niemals eine Reise, einen Ausflug oder auch nur eine Fahrt unternahm, weil der noch immer laue Abend sicher septemberkühl werden und sie in der vordersten Reihe Platz nehmen würde.

The Way You Look Tonight hörte sie den Pianisten im Speisesaal spielen, als sie die erste Gabel von ihrem nach Wald duftenden Risotto ai funghi nahm. Wie du heute Abend aussiehst … Gar nicht gut, befand sie, erschöpft und müde von der langen Fahrt, aber auf irgendeine seltsame Weise glücklich. Glücklich, nicht nach Hause gefahren, sondern wie entkommen zu sein. Also, danke für das Kompliment, Mister Jerome Kern, *The Way You Look Tonight*, und Salute, Santé, Prosit!

Und da drüben, genau vis-à-vis, nur durch ein Tal getrennt, Zypressen umgeben, Wein gesäumt, jener Palazzo. Eine fünfbogige Arkadenreihe, die einen einzigen Festsaal hob, den Renaissancebogen mit dem Korbbalkon von zwei Fenstern auf jeder Seite gerahmt, vier quadratische Oberlichter darüber, vor dem Abendlicht schwarze Blumenvasen auf Apsis und Dach, ebenjener Palazzino, der nur durch einen kühnen, den Hügel durchbohrenden Tunnel vom Haupthaus, der Villa degli Armeni, dem Palast auf der anderen Seite, erreicht werden konnte. *Quel casinetto è mio, dort sind wir allein, und dort, mein Schatz, dort werden wir heiraten.*

„Das war hier, genau hier, meine liebe Toinette, hier hat es sich Lorenzo Da Ponte, der im Veneto geboren wurde, vorgestellt, weil er Asolo mit diesem Palazzo und seinem einzigartigen, geheimnisvollen Festsaal kannte", hatte Andrea unvergesslich enthusiasmiert erzählt.

Quel casinetto mio …! Ob Mozart es je gesehen hat, wisse er nicht, aber seine Fantasie vermochte diesen Zaubersaal zu verklären, ja, für immer hier zu verorten, sonst hätte er Don Giovanni vor seinem Untergang nicht auch noch Marzemino trinken lassen. „Es steht fest: Don Giovanni spielt in Asolo! *Eccelente Marzimino …*!"

Toinette hatte seit damals fast nur mehr noch diesen Rotwein im Haus, seit zweiundzwanzig Jahren, ging es ihr durch den Kopf, als sie den Kellner das vierte Glas füllen sah, eccelente Marzemino! Und jetzt landete der Klavierspieler in seinem Don-Giovanni-Potpourri doch wirklich bei jener zärtlichsten Werbung, die jemals in Musik gesetzt wurde, jenem *Là ci darem la mano, dort wirst du mir deine Hand reichen, dort wirst du mir dein Ja-Wort geben …*

Jawort geben … Einmal hatte sie es gegeben und wieder gelöst, um es ein zweites Mal zu geben, was nicht angenommen wurde, und ein drittes Mal wollte sie es dann nicht mehr geben. Das sechste Glas Marzemino. Es soll dir nicht allzu schlecht gehen, mein Johann, dort, in diesem Jesuitengefängnis!

„Wünschen Signora Contessa noch ein Dessert?"

„Ja, warum nicht, bringen Sie mir doch bitte die Karte. – Nein, bitte warten Sie! – Was empfehlen Sie denn?"

„Abbiamo fragole fresche con balsamico vecchio e un po' di pepe nero, wenn ich das empfehlen darf, Signora Contessa."

„Danke, das nehm ich gerne, frische Erdbeeren mit altem Balsamico und Pfeffer, so wie sich's gehört, so, wie es das Leben auch macht."

„Con piacere, Signora Contessa!"

Es war schon Mittag, als sich endlich eine Telefonverbindung nach Vicenza herstellen ließ, Emilia war tatsächlich zu Hause und forderte sie auf, nein, sie gebot ihr förmlich, sofort zu kommen, weil sie am Abend einen kleinen Empfang hätten, weswegen ihr Gästezimmer in der Forestiera gerichtet werde, wenn sie einverstanden wäre, weil die Villa schon komplett belegt sei.

Aber für einen Empfang habe sie nichts dabei!

„Mà! Veramente! Ich hab dich immer um deinen Geschmack beneidet, aber wenn du durchaus willst, werden wir schon irgendetwas in den Schränken meiner Schwiegertöchter finden."

Als hätten sie gestern das letzte Mal miteinander gesprochen, und nicht vor zweiundzwanzig Jahren.

Toinette konnte nicht schlafen, sie wollte nicht schlafen in dieser Nacht, die schon fast vorüber war wie das glanzvolle, bis weit nach Mitternacht dauernde Fest vor Giambattistas griechischen Göttern.

Barfuß, im Nachthemd, ihr Plaid um die Schultern, eine Flasche, wiederum Marzemino, in der einen, ein smaragdgrünes venezianisches Glas in der anderen Hand, kauerte sie auf zwei zusammengeschobenen Sesseln wie gebannt vor einem der Fresken, während es draußen langsam so hell wurde, dass die Szene aus dem Landleben nach und nach von der aufgehenden Sonne aus ihrem Rahmen gehoben und bis in die Tiefe ausgeleuchtet wurde wie in einem Theaterstück oder in einem der Kinofilme, an denen sie sich nicht sattsehen konnte: eine Frau, hinter ihr, sehr nah, als ob er sie mit seinem Körper schützen wollte, ein Mann, fremd anmutender, dunkler Teint,

Raubvogelgesicht, beide fantastisch orientalisch verkleidet, Carneval vielleicht, einem Weg folgend, auf dessen Ziel er mit galanter Geste zu weisen scheint, ihre ihm dargereichte, weiß behandschuhte Linke behutsam haltend. Don Giovanni?

Du wirst mir deine Hand reichen, dort wirst du mir dein Ja-Wort geben. Là ci darem la mano, là mi dirai di sì …

Die Frau, einen kunstvoll drapierten Turban aus chinesischer Seide auf dem Kopf, unter der Halskrause eines Arlecchino einen pelzgefütterten Schal um die Schultern geworfen und das Gesicht voll schwarzer Flecken, die Augen, unendlich wissend, wie nach der Annahme eines großen Leids oder einer Krankheit, die sie nicht verstehen, nicht fassen kann. Pestpusteln, Pockennarben, zugeklebt mit Pflastern, Schönheitspflastern? Oh, wie sie sich in ihr erkannte, entdeckte, wiederfand. Porträt ihrer selbst. Sie, Toinette Ladinsa, eine Wiedergängerin aus einem Fresko von Giandomenico Tiepolo im Gästehaus der Villa Valmarana „zu den Zwergen“? Sie blieb in dem Bild, weit länger, als bis die Flasche Marzemino leer getrunken war.

Dann löste sie sich heraus, zog ihr blau passepoiliertes, kniekurzes Leinenkleid an und erschien gegen Mittag bei ihren Gastgebern im Haupthaus.

MAI

Sie waren schon zwei Runden auf der Aschenbahn gelaufen, die aus der Oberstufe passierten sie bereits zum dritten Mal, aber Pater Blöchlinger ging noch immer Brevier betend am Rand des Sportplatzes auf und ab, er schien sie zu beobachten.

Vielleicht war es wirklich ungewöhnlich, dass zwei Zöglinge aus der ersten Abteilung erklärt hatten, möglichst früh mit dem Langlauftraining beginnen zu wollen, um einmal den Marathon bestreiten zu können.

Als sich der Präfekt, der unerbittlichste des Kollegs, endlich langsam, immer wieder sich umsehend, entfernt hatte, trabten sie, als ob es das Normalste von der Welt wäre, über die schiefergraue Begrenzung hinaus auf den Wald zu, der mit seinem Kalvarienhügel gegenüber dem kaisergelben Schulgebäude begann, und als es ihnen gelungen war, unbemerkt unterhalb der Kreuzigungsgruppe zu verschwinden, liefen sie, so schnell sie konnten, zwischen jungen Buchenstämmen zu jenem abgestorbenen Ahorn, in dessen hohlem Stamm es Johann Freudenberg gelungen war, nach den Osterferien seinen kleinen leinenüberzogenen Schweinslederkoffer zu verstecken, in dem er alles für die Flucht aus dem gehassten Internat zusammensammelte, hortete, und, seit sein Vater am Besuchstag zu Pfingsten ein Verlassen der Stella kategorisch ausgeschlossen hatte, planmäßig erweiterte, auch, um die wenigen Dinge des Theo Neuhoff mitaufzunehmen, einem Mitschüler, der seinen Aktionen aufgelauert hatte und nur dann nichts verraten würde, wenn er ihn mitnähme.

Sie zogen karierte Holzfällerhemden über die weiß-schwarzen Turndresses, hüpften hektisch in ihre Schnürlsamthosen, Johann schnürte seine Wanderschuhe, die Theo nicht aus der Wäschekammer schmuggeln konnte, ein beiger und ein dunkelgrüner Anorak wurden angezogen, die Pullover in den Rucksack gestopft. Dann hetzten sie weiter durch den Wald bis zur Brücke unterhalb des Kollegs, die sie überqueren mussten, wobei Johann seinen leeren Koffer in die Ill warf, um hinter der Schattenburg zum Postamt zu gelangen, von wo aus die gelben Saurer-Busse, Johann kannte sie genau, weil er sich brennend für

Automobile interessierte, in alle Richtungen, auch nach Sankt Anton abfuhren.

„Seids a weng z'spat dran für aine Bergtour! Wollts ihr wirkchli no hinauf do, Buam?"

„Ja, meine Tante besuchen, und morgen dann mit ihr und dem Onkel Clemens in die Berge gehn, und am Abend bringen sie uns dann wieder mit ihrem Automobil zurück", erklärte Johann, wies einen Waldblumenstrauß vor, den er schon gestern vorbereitet hatte, und zählte fein säuberlich das Geld für zwei Fahrscheine vor den blau uniformierten Fahrer.

„Habts gar kein Schul nit morgen?"

„Haben wir nicht, weil am Pfingstdienstag immer frei ist, Wandertag."

Sie saßen mit wild pochenden Herzen, die sich erst zu beruhigen begannen, als in Frastanz ein Bauernpaar in Tracht und in Bludenz nur eine Familie mit zwei kleinen Kindern, aber kein Jesuitenpater zugestiegen war.

Am ersten Besuchstag schon, am Fest der Unbefleckten Empfängnis Mariä, dem Hochfest der Stella Matutina, an dem er sogar das Sopransolo in der Krönungsmesse von Mozart singen durfte, hatte Johann seine Mutter gebeten, ihn von der

Schule zu nehmen, nachdem ihm klargeworden war, dass er keine Briefe mit ihr wechseln konnte; seine musste er unverschlossen abgeben, die ihren erhielt er aufgeschlitzt. In den Weihnachtsferien bat er wieder, aber sein Vater, der zum Heiligen Abend in die Grünleiten gekommen war, lehnte seine Bitte mit aller Härte ab, zu Ostern bat er seine Mutter erneut, die aber beschwor ihn, wenigstens dieses Jahr noch zu Ende zu bringen. Also begann er nach den Ferien, sein Lager für die Flucht anzulegen, und als ihn sein Vater am Elternsprechtag des Pfingstsonntags nur mit den Vorhaltungen seiner Lehrer konfrontierte und drakonische Strafmaßnahmen für die Sommerferien ankündigte, keine Grünleiten bei seiner Mutter, keine Reise nach Grado, stattdessen Nachhilfestunden in Griechisch, Latein und Mathematik, abwechselnd mit Waldarbeiten in der Reichenau, wie die Patres vorgeschlagen hatten, war sein Entschluss gefasst. Weg, nur weg! Nur dieser Hölle aus Rohrstockschlägen, diesem Schlafsaal mit siebzig Abteilungskameraden, diesem Weckruf „Gelobt sei Jesus Christus", diesem aus dem Bett Springen und „in Ewigkeit Amen" Zurückschreien, diesem immer kalten Wasser, dieser morgendlichen Studierstunde, dieser täglichen Messe, diesem grauslichen Frühstück, diesem unerbittlichen Unterricht, diesem lieblosen Mittagsfraß, diesem gnadenlosen Pflichtsport, dieser erneuten zweistündigen Studierzeit, dieser bigotten Vesper, diesem widerwärtigen Abendbrot, diesen erbarmungslos dunklen, zum Schweigen verdammten Nächten, diesem ganzen Inferno entfliehen, irgendwohin, weg, nur weg, weit weg! Wohin? Vielleicht erst einmal in die Nähe seiner Mutter, um zu erkunden, ob sie zu ihrem Versprechen, heimkommen zu dürfen, wenn er es nicht mehr aushielte, noch stehen würde, und ansonsten auch von dort wieder weg, vielleicht zu seinem Halbbruder nach Wien, um dort unterzutauchen, wie der es ja schließlich auch gemacht hat, ganze sechs Jahre lang, beschützt von seiner Frau, der Leoni, die sehr lieb ist. Und jetzt hat sich halt leider noch der Neuhoff Theo aus der 1b angeschlossen, macht aber nix, wieso sollen nicht zwei untertauchen, aber das wird man dann schon sehen. Wichtig ist nur, dass sie weg waren, dass es ihnen wirklich gelungen ist, diesem Inferno zu entfliehen.

Unendlich erleichtert erreichten sie nach zwei Stunden Sankt Anton, nirgendwo ein Verfolger im schwarzen Anzug, von denen sicher einige ausgeschwärmt sind, zugestiegen, Leute stiegen aus, stiegen ein, die Fahrgäste wechselten, es war wie auf einem Ausflug, und der gelbe Saurer-Bus mit seinem Gepäckträger auf dem schwarzen Dach bewältigte die Passhöhe mühelos, worauf Johann seinen Fluchtkameraden, den Neuhoff Theo aus der 1b, immer wieder aufmerksam machte, wenn sie eine neue Haltestelle anfuhren, Innerbraz, Dalaas, Wald am Arlberg, Klösterle, Stuben. Seine Vermutung, dass die Internatsleitung ihre Schergen durch den Schattwald und am Katzenturm vorbei zum Bahnhof ausschicken würde, erwies sich offenbar als zutreffend, der Postbus war die richtige Wahl.

Auf dem Vorplatz warf er seinen rehfarbenen Wanderrucksack über die Schultern und schritt los, in Richtung Berglehne, so, als würde er ein bestimmtes Ziel vor Augen haben, obwohl es dieses nicht gab, aber der Busfahrer, der auf seine planmäßige Rückfahrt nach Feldkirch zu warten hatte, musste unbedingt in Sicherheit gewiegt werden, also winkte er ihm mit seinem Blumenstrauß noch einmal zu und stapfte los, eilig gefolgt von Theo, dem das Tempo seines Mitschülers einige Mühe zu machen schien.

Vom Friedhof aus hatten sie einen guten Überblick, und als sie ihren Bus die Serpentinen hinunterschleichen sahen, gingen sie zu den Fahrplantafeln zurück, aber die nächste Fahrt nach Innsbruck ging erst am nächsten Morgen um sechs von Sankt Anton ab.

Von Johanns unter einem Fußbodenbrett gehortetem Geld kauften sie zwei Extrawurstsemmeln mit Gurkerln, verstauten sie in den aufgesetzten Seitentaschen des Rucksacks und verließen den Ortskern erneut in Richtung Berg, ohne zu wissen, wohin sie eigentlich wollten.

Als die Häuser niederer, gestreuter wurden und sich nur mehr Bauernhöfe um das Dorf zu versammeln schienen, zeigte Johann auf eine einsame in einer steilen Wiese gelegenen Scheune, die sie, um nicht gesehen zu werden, nach einem beschwerlichen Aufstieg entlang eines Baches fast kletternd an ihrer Rückseite erreichten. Sie warteten geduldig bis zur Abenddämmerung, die an diesem Maitag lange auf sich warten ließ, hielten verdeckte Ausschau, Johann hatte dieses waidgerechte Verhalten von seiner Mutter auf gemeinsamen Pirschgängen gelernt, prüften, ob ihnen jemand gefolgt oder in der Nähe wäre, huschten dann geduckt durch die hüfthohe Blumenwiese, Johann zog den langen Eisennagel aus seiner geschmiedeten Öse, ließ Theo hineinschlüpfen, zog das graue Brettertor hinter sich zu, übergab es seinem Kameraden und suchte nach einem Kälberstrick, mit dem er es von innen an einem Sparren festzurren konnte. Noch immer schweigend gelangten sie über eine schmale, an den Dachboden angelegte Obstbaumleiter auf die obere Ebene, setzten sich auf einen der Trägerbalken, packten ihre Wurstsemmeln aus und verspeisten sie, langsam, behutsam, weil sie wussten, dass aus diesen ihr ganzes Nachtmahl bestehen würde, wobei Theo die seine aufklappte, die Gurken zu gleichen Scheiben auf beide Hälften verteilte, „Dann haben wir mehr“ flüsterte und überglücklich in die Unterseite seiner Semmel biss, weil er das sterngerippte Obere „für nachher“ aufbehalten wollte, was Johann sinnvoll erschien, woraufhin er es genauso machte.

„Beobachten tu ich dich schon lange, eigentlich von gleich an, vom ersten Schultag an, obwohl wir im Schlafsaal so weit auseinanderliegen und du in die 1a gehst.“

„Warum?“

„Weil du Freudenberg heißt und meine Mutter mir gesagt hat, dass dein Vater ein Freund von meinem Vater war."

„Ich seh meinen Vater Gott sei Dank selten. Meine Eltern sind nämlich nicht verheiratet, ich heiß nur wie mein Vater. Sonst tät ich Ladinsa heißen."

„Das hat mir meine Mutter schon erzählt."

„Aber warum, Neuhoff, warum hat deine Mutter dir das erzählt?"

„Eben, weil mein Vater mit deinem Vater befreundet war."

„Warum war? Sind sie es jetzt nicht mehr?"

„Nein."

„Und warum nicht?"

„Weil mein Vater nicht mehr lebt."

„Das hab ich nicht gewusst …"

„Kannst du ja auch nicht wissen."

„Und warum lebt er nicht mehr, wenn ich das fragen darf?"

„Du kannst mich alles fragen, Freudenberg, du schon. – Weil er hingerichtet worden ist."

„Hingerichtet?"

„Ja, hingerichtet. Er wurde aufgehängt, vor sechs Jahren."

„Und wie alt warst du da?“

„Fünf.“

„Hast du davon etwas mitbekommen?“

„Schon, aber meine Mutter hat versucht, es so gut wie möglich vor uns zu vertuschen, was ihr natürlich nicht gelungen ist. Wir haben genug mitbekommen.“

„Du hast noch Geschwister?“

„Ja, zwei Schwestern, eine ältere, die Helene heißt, und eine jüngere, die Antoinette heißt. Ich bin dazwischen, ein Sandwichkind, wie mein Vater gesagt hat. „Das Beste von einem Sandwich ist das, was drin ist, und das bist du“, hat er immer gesagt, daran kann ich mich erinnern, und daran, dass meine Schwestern dann immer ganz beleidigt geschaut haben.“

„Meine Großtante heißt Helen und meine Mutter heißt Antoinette, also eigentlich heißt sie Toinette.“

Sie schwiegen. Ihre Wurstsemmeln hatten sie längst aufgegessen. Es war dunkel geworden.

„Ich hab eine Kerze und Zünder dabei für alle Fälle. Wir müssen halt irgendwas davor halten, damit man von draußen nix sehn kann.“

„Das hat ja noch Zeit.“

„Weinst du?“

„Ist schon vorbei.“

Im Stadel war es so still, dass man es rascheln hörte, und zarte Berührungen des Bodens, wie von kleinen nackten Pfoten, die über Planken liefen.

„Mäuse“, flüsterte Johann.

„Mäuse!“, bestätigte Theo fast unhörbar.

„Was hat er denn angestellt?“

„Wer?“

„Dein Vater.“

„Er hat zu denen gehört, die den Hitler umbringen wollten. Das war der von der Nazi-Regierung, die bis vor fünf Jahren bei uns an der Macht war, bei euch genauso, und wegen denen Krieg war, den sie dann verloren haben, und wegen dem jetzt noch die Franzosen und die Engländer und die Amerikaner und die Russen bei uns sind, bei euch ja auch, weil die ihn gewonnen haben, den Krieg. Und der Graf von Stauffenberg war ein Freund von ihm. Das war der, der die Bombe hineingeschmuggelt hat zu ihm. Aber die hat ihn dann nicht getroffen, den Hitler. Und das ist klar, dann haben sie alle verhaftet, alle, die mit dem Stauffenberg befreundet waren, und die haben sie dann hingerichtet.“

„Mein Gott, ja, Neuhoff! Jetzt fallts mir wieder ein, mein Vater hat davon erzählt, bei einem Geburtstagsessen von meiner Großtante! Und bei einem Geburtstag von meiner Omi war er auch, dein Vater, und hat mit meiner Mutter geredet, aber da war ich noch ganz klein, aber ich kann mich erinnern an ihn, glaub ich wenigstens, weil er so eine schöne Uniform angehabt hat. Der Baron Theophil von Neuhoff, der war dein Vater, Neuhoff … Wahnsinn, Theo …"

„Ja."

„Toll! So einen Vater möcht ich auch haben!"

„Aber ich hab ihn ja nicht mehr."

„Das ist auch wieder wahr …"

Jetzt waren nur mehr die leisen Tritte zu hören, unzählige, kaum wahrnehmbare Tritte, wie von einem Ballett, das Feen auf einer Bühne aus hohlen Baumstämmen im Mondlicht tanzen könnten.

„Und warum hat dich deine Mami nach Feldkirch gegeben, ausgerechnet nach Feldkirch, und dann auch noch in die Stella? Das ist doch sicher wahnsinnig weit weg von euch."

„Wahnsinnig weit! Wir dürfen nämlich bei Verwandten wohnen. Die haben uns in ihrem

Gut in Schleswig-Holstein aufgenommen. – Weißt du, wo das ist?“

„Nein. Aber warum wohnt ihr bei Verwandten und nicht daheim?“

„Weil meine Mutter mit uns fliehen musste. Aus Ostpreußen, weil die Russen gekommen sind. Aber das ist noch weiter weg.“

„Bei meinem Vater in der Reichenau waren die auch, sind aber jetzt weg, Gott sei Dank, sagt er. Aber bei meiner Mutter in Kärnten waren nie welche, da sind nur die Engländer, und die sind gar nicht so schlimm, sagt meine Mami.“

„Die Russen werden von Ostpreußen nie mehr weggehen, sagt meine Mami, und mein Onkel und meine Tante sagen das auch. Also werden wir wahrscheinlich nie mehr heimkönnen.“

„Wahnsinn!“

Johann nickte, griff nach dem Rucksack und reichte Theo einen der Pullover, den ihm dieser zurückgab.

„Das ist deiner.“

„Siehst du das? Man kann doch gar nix sehn.“

„Nein, aber ich kann es spüren.“

„Wie?“

„Deiner ist weicher.“

Sie zogen die Pullover über.

„Kerze?"

„Warten wir bitte noch ein bisschen. Es redet sich doch ganz gut, wenn es dunkel ist."

„Stimmt. – Jetzt sag, warum hast du nach Feldkirch müssen?"

„Weil es mein Vater so gewollt hat. Das war so etwas wie ein letzter Wille von ihm, bevor sie ihn abgeholt haben. Meine Mutter hat mir das so gesagt, als sie mich dort abgeliefert hat, weil ich überhaupt nicht hinwollte nach der Aufnahmeprüfung."

„Ich auch nicht! Bei mir hat's auch nur mein Vater gewollt. – Aber warum, Theo, warum? Es gibt doch genug Schulen in Deutschland!"

„Weil ein Pater von der Stella auch dazugehört hat, der Pater Delp, und der war auch ein Freund von ihm. Aber den haben sie auch hingerichtet. Der Blöchlinger redet doch immer von ihm."

„Toll, was dein Vater für Freunde gehabt hat …"

„Und weil dein Großonkel dort gewesen ist."

„Der Onkel Kari?"

„Ja, wenn ihr ihn so nennt. Der Hans Karl Graf Bühl."

„Ja, so heißt mein Großonkel. Er ist sehr nett, ein netter alter Herr."

„Und mein Vater muss ein wenig so alt wie dein Großonkel gewesen sein, aber meine Mutter ist es nicht, die ist viel jünger. Sie hat mir oft gesagt, dass ein großer Altersunterschied zwischen ihnen war."

„Das kann schon sein. Aber was hat der Onkel Kari mit deinem Vater zu tun?"

„Mein Vater hat ihn sehr verehrt, hat mir meine Mutter erzählt, seine Art und wie er so war und alles. Sie müssen sich im Krieg kennengelernt haben, in dem, der vorher war, wo noch die Kaiser gewesen sind und so. Und dann haben sie sich in Wien wiedergesehen, ganz knapp nach diesem Krieg, und da hat er auch deinen Vater kennengelernt, der damals noch ganz jung war. Und deine Großtante Helene und deine Mutter. Und er muss sich damals so stark in dieses Wien, in diese ganze Wiener Welt, verliebt haben, dass er gewollt hat, dass ich in dieselbe Schule komme, in die dein Großonkel gegangen ist, damit ich etwas mitbekomme von einem Geist, den es sowieso nicht mehr gibt. Und dann hat ja auch noch sein Freund zu denen gehört, der Pater Delp."

„Wie bei mir!“

„So hat es mir meine Mutter halt erzählt, und mich dabei um Verständnis gebeten, dass sie sich an das halten muss, auch, wie sie gesehen hat, dass ich überhaupt nicht dorthin wollte. – Und ich will ja auch nicht dort bleiben, um keinen Preis, deshalb hab ich mich ja auch an dich angeschlossen!“

„Ich ja auch nicht! Und deshalb sim'ma ja auch jetzt nimmer dort, sondern hier, und gehn auch nie wieder hin!“

„Nie wieder!“ –

Johann begann sehr leise den Anfang einer Melodie zu pfeifen, nur den Anfang, den er eher über der Zungenspitze hinter den Zähnen hervorzischte, wie ein Signal, das Theo sofort verstand. Sie sahen sich an, obwohl sie einander nicht sehen konnten. Johann fing von Neuem an und Theo stimmte sofort ein, mit vor mehr und mehr unterdrücktem Lachen bebender, kaum hörbarer Stimme:

Stella Matutina, hehre Himmelskönigin,
führst den Sternenreigen über diese Erde hin.
Jauchzend sich dir neigen Erd und Himmel,
dir zu Füßen deine Treuen dich begrüßen,
Herrscherin!
Deine Treuen dich begrüßen, Herrscherin!

Sie zitterten unter stummem Lachen, schluchzten dabei ein wenig, versuchten erneut zu zischpfeifen, lange, wobei jeder dem anderen seinen Arm um die Schulter legte, bis nur noch zeratmete Lufttöne mit dem Hauch schwirrender Fledermäuse in der nachtdunklen Scheune miteinander wetteiferten, geheimnisvoll, unortbar. Leise, erste zaghafte Atemstöße einer erwachten und fortan nie mehr stillbaren Sehnsucht nach Freiheit.

„Das geht nit ganz mit der Eisenbahn, Buam! Bis Kitzbühel könnts mit der Bahn fahrn, dann müssts ihr den Postbus nehmen bis …"

„Einen Saurer?", unterbrach Johann.

„Ja, einen Saurer", setzte der Bahnbeamte unbeirrt fort, „und jetzt passts auf, Buam, bis Schwarzach–Sankt Veit. Dort steigts ihr aus und müssts euch wieder Fahrkarten kaufen für die Eisenbahn bis Spittal. Spittal an der Drau, müssts ihr sagen! Das isch es doch, wo ihr hinwollts, oder?"

„Ja."

„Habts ihr kain Schul heut nit, Buam, dass ihr so weit fohrn könnts?"

„Nein, heut noch nicht, morgen wieder, nach die Pfingsten sind noch zwei Tag frei."

„Und was habts ihr da gmacht, in Innschbruck?"

„Wir haben meine Tante besucht, die uns die schwarzen Mander vom Kaiser Maximilian gezeigt hat, und sein goldenes Dachl."

„Das isch schön, gell! Das muss man schon amal gsehn haben, grad dann, wenn man von Kärnten isch."

Er zählte das Wechselgeld auf die Fahrkarten und betätigte den Hebel, mit dem er den halbrunden Schlitten vor ihnen anhielt, obwohl keine Glasscheibe vor dem Schalter war, an dem er saß.

„Und jetzt laufts, Buam, Gleis zwei, in fünf Minuten foahrt'r ab, enker Zug."

Als sie sich am frühen Abend endlich Spittal näherten, eröffnete Johann Theo, dass er noch nicht genau wisse, wie sie vom dortigen Bahnhof zu dem von ihm ins Auge gefassten weit abgelegenen Jagdhaus im Revier gelangen sollten. Zu Fuß war es fast unmöglich, weil sie mindestens fünfundzwanzig Kilometer bis zur Grünleiten zurückzulegen hätten, ehe sie mit dem Anstieg dort hinauf überhaupt erst beginnen könnten, und der dauere dann mindestens auch noch zwei bis zweieinhalb Stunden.

„Vielleicht nimmt uns jemand mit …"

„Vielleicht …"

„Du bist doch dort bekannt …"

„Ja, schon, aber dann bringen sie uns gleich zu meiner Mutter nach Dornbach, oder hinauf, je nachdem, wo sie halt grad ist …"

In diesem unsicheren Gefühl stiegen sie, den Bahnsteig nach beiden Seiten hin absichernd, Trittrost für Trittrost, aus dem Waggon. Als sie sich dem unzerstörten Bahnhofsgebäude näherten, erstarrte Johann. Er klammerte sich an Theo, weil er seine Mutter von der Wartebank aufstehen und die Arme öffnen sah. Er war wie gelähmt, unfähig zu einer Bewegung, sein rasend pochendes Herz schien ihn von innen zu sprengen, plötzlich war Schwärze vor seinen Augen, Übelkeit in seinem Magen, er konnte sich nicht mehr halten an der Schulter seines Freundes, er musste loslassen – und fand sich in den Armen seiner Mutter wieder.

„Mein Bub, mein Johann, mein geliebter Bub", hörte er ihre vertraute Stimme sagen, er fühlte ihre Hand über seinen Kopf streichen, er öffnete die Augen.

„Mami, ich …"

„Schscht! – Du hast keine Ahnung, wie oft ich schon auf diesem Bahnhof auf jemanden gewartet hab. Gestern schon war ich da und wär morgen wieder dagewesen, halt immer, wenn der Zug aus Sankt Veit gekommen wär, weil ich gewusst hab, dass du irgendwann mit einem von denen ankommen wirst." Sie wandte den Kopf.

„Und du bist?"

„Der Neuhoff Theo von der 1b."

„Ah, der Neuhoff Theo von der 1b. Theophil Neuhoff?"

„Ja, Frau Gräfin."

„Hilfst du deinem Freund bitte aufstehn, Theo, dann komm ich nämlich auch wieder in die Höh."

Wenig später staunten sowohl einige der angekommenen wie auch der abfahrenden Reisenden, dass an diesem letzten Maitag des Jahres neunzehnhundertfünfzig ein kobaltblaues Vorkriegscabriolet, von einer Frau gesteuert, deren heller, um ihren Kopf geschlungener Schal im Fahrtwind flatterte, mit zwei Buben, eigentlich noch Kindern, einer nur mehr als Glutrand erkennbaren Sonne entgegenfuhr und sich allmählich in einem wie mit Gold übergossenen Bergtal verlor.

APRIL

Das musste sie sein, das musste ihr Ton sein, der da durch die Nacht, nein, durch den frühesten Morgen dieses Sonntags klang, die mächtige Stimme der neuen Pummerin, die gestern ihre triumphale Heimkehr mit ihrer bejubelten Ankunft auf dem Stephansplatz beschließen konnte. Ein Mal, dann, in die Stille, noch einmal, dann den Bann des Verstummens lösendes drittes Mal, ein vierter Klang, ein fünfter.

Hans Karl war nach dem dritten aufgestanden und im Morgenmantel hinuntergegangen, in den Hof, wo Helene gerade das Tor öffnete und auf den Platz hinausging. Wieder ein Klang. Er folgte ihr. Noch einer, in keinem erkennbaren Rhythmus. Es kamen nach und nach alle, die im Haus wohnten, sie standen draußen und lauschten dieser Glocke, dieser geliebten Glocke, die ihnen alles gewesen war, Raum, Zeit und Ewigkeit, Ewigkeit, die zurückgekehrt war nach sieben langen Jahren und schöner sang als je zuvor.

Auf zwei Stöcke gestützt, tastete sich Lukas durch das Portal, stand da und weinte den seltener werdenden Tönen nach. Hans Karl lief zu seinem Kammerdiener, umarmte, hielt ihn, dass er nicht niederfiel, und führte ihn ins Haus zurück, Schritt für Schritt, Helene half.

„Wollen Sie mit uns den Festgottesdienst besuchen, Lukas, wollen Sie das?"

„Nichts würd ich lieber tun, Euer Erlaucht, aber wie soll ich …"

„Wir fahren Sie selbstverständlich hinüber, Lukas, das versteht sich doch von selbst."

Sein alter Diener sah ihn an.

„Das versteht sich doch von selbst!", wiederholte Hans Karl lauter.

„Das versteht sich doch von selbst", murmelte der Greis mit brüchiger, kaum wahrnehmbarer Stimme, „ das versteht sich doch von selbst …"

Die Pummerin schwieg. In die Morgenstille sangen erste Amseln.

„Natürlich, Lukas, und es ist uns eine Ehre, wenn Sie uns begleiten."

Helene gab ihm von der linken Seite Halt. Auf dem Absatz nach der fünften Stufe hielt er inne: „Danke, Frau Gräfin, danke, Herr Graf. Der Herrgott möge Sie segnen, für alle Zeit und Ewigkeit."

Es war so etwas wie der Hauch von einem Schatten, der, ungerufen, Hans Karls Gedanken gerade in dem Moment verdunkelte, als der Erzbischof von Wien im wiederhergestellten Chor von Sankt Stephan den Segen erteilte und der Organist das von tausend Stimmen gesungene *Großer Gott, wir loben dich* in den Jubel der neuen Pummerin hob. Es war etwas Unheimliches, kaum mehr Erkennbares, dieses „Heil Hitler" des Gottesmannes in seinem prunkvollen Ornat da vorne, mit dem der zum Kardinal erhobene Bub aus dem böhmischen Sudetenland den zum nationalsozialistischen Diktator aufgestiegenen Buben aus dem Innviertel willkommen geheißen und als Oberhirte seine Schafe dazu angetrieben hatte, sich freiwillig in die Koppel, in das ausweglose Gatter nationalsozialistischer Gewalt zu begeben. Aber das war nur der Schatten eines kleinen, verirrten Wolkenschäfchens, das da im makellosen Blau des Himmels nach seiner Herde blökte.

Wie du warst vor aller Zeit, so bleibst du in Ewigkeit!

Da waren sie schon wieder, diese Tränen, und immer zu jenen Gelegenheiten, bei denen man sie überhaupt nicht brauchen konnte. Peinlich!

Er drückte seinen Arm entschuldigend an den seiner Frau, verließ durch eine stehen gebliebene gotische Seitenpforte das noch immer aufgebrochen gegen den Himmel ragende Langhaus des Domes, wo ihn das Geläut, jetzt aller Glocken, dermaßen überwältigte, dass er in einer Nische unterhalb des Zahnwehherrgotts Schutz suchte und die Hände auf seine Ohren presste wie damals am fünfzehnten März neunzehnhundertachtunddreißig, als Kardinal Innitzer auch alle Kirchenglocken Wiens läuten ließ, um *den von Gott gesandten Führer* willkommen zu heißen.

Er wartete lange, bis er sich zwischen die Ruinen der Jasomirgottstraße wagte, wo er Helene Lukas in seinem Rollstuhl gegen die Peterskirche hin schieben sah. Schamröte stieg ihm ins Gesicht, nahm ihm den Atem, dennoch zwang er sich, dem Paar nachzulaufen, gutzumachen, was er schmählich versäumt hatte, an seiner Frau, an Lukas, seinem uralten lebenslangen Diener, an diesem ganzen Ereignis, dem er nicht Herr zu werden vermochte.

Zart berührte er Helenes Schulter. Sie blieb stehen. Es dauerte Sekunden, bis sie sich nach ihm umwandte, ihm in die Augen sah.

„Lukas ist von uns gegangen, wahrscheinlich während der Messe, vielleicht hat ihn auch seine Pummerin heim gerufen. – Wir sollten ihm auf dem Kahlenberger Friedhof neben dem Wenzel seine Ruhestätte geben, meinst du nicht?“

OKTOBER

„Liebe Crescence, unser aller, die wir heute an diesem besonderen Tag mit dir feiern dürfen, liebe und geliebte Crescence! Wir dürfen dich als Mami feiern, als Mamu, als Tante, als Großtante, als Großmamá, als Omi, als Schwägerin, als Freundin und, nicht zuletzt, als Schwester, als meine geliebte Schwester! – *Was macht mein Reh, was macht mein Kind?* Tausendmal hab ich dich das in mir fragen hören und hab dir geantwortet: dein Reh, dein Brüderlein, ist in die Ferne verzaubert worden, aber es denkt an sein Schwesterlein, und dein Kind wirkt, schmiedet an einem Schutzschild, einem unsichtbaren Schutzschild gegen das Böse, gegen das Gemeine, gegen das Niederträchtige, einen Schild, den es über und vor all jene hält, die ihm anvertraut sind, aber davon hat das Reh in der Ferne nichts ahnen können, weil es zu weit weg war. – Stani, um das gerade am Ehrentag deiner Mamu auszusprechen, dafür haben dir all jene zu danken, für die du Verantwortung übernommen hast, aus freiem Willen, kein Mensch und keine Macht der Welt haben dich dazu gezwungen, so auch wir, weil du das Kostbarste beschützt hast, das uns vom Leben geschenkt worden ist, unsere Tochter Leoni und ihren Mann Kari, das Haus und die Menschen, die dieses Haus bewohnten und bewohnen, und noch für viel, für unsagbar viel mehr. Und wenn es denn vom Schicksal erlaubt sein sollte, überhaupt auf etwas stolz zu sein, dann, bitte Crescence, dann kannst und darfst du stolz auf deinen Buben sein. Und das ist doch vielleicht das schönste Geschenk, das dir da das Leben zum Geburtstag macht: Du bist eine Mutter, die stolz auf ihren Sohn sein kann. – Liebste Schwester, ich weiß schon, dass es vielleicht unpassend ist, dich so anzusprechen, weil du meine einzige bist, also, meine geliebte Schwester: was für ein mutiges Leben du gelebt hast und lebst, was für ein mutiges Mädchen du warst! Ohne dich wär mir das Leben schlichtweg unvorstellbar gewesen, ich hätt gar nicht gewusst, wie ich hineinfinden sollt in das, was wir das Leben nennen! Du warst eben da, einfach da! Die ersten Schritte die Stufen hinunter in den Garten, an deiner Hand, die ersten Erkundungen im Park mit dir, du hast mich gelehrt, wie im Frühling die Amseln singen und die Lerchen und die Finken und die Nachtigall beim Weiher. Und wie die Kohlmeisen und die Blaumeisen tun im Winter, wenn sie an den Körndlknödln vor den Küchenfenstern hängen. – Vielleicht erinnerst du meinen letzten Tag daheim noch, bevor ich nach Feldkirch hab müssen, von wo du ja Gott sei Dank davongelaufen bist, Johann, da hast du so unvergleichlich mit dem Vogelpfeiferl die Dorfschwalben aus Österreich gezwitschert, und hast mich getröstet mit deiner Zuversicht, dass sich schon alles so weiterdrehen wird, die Walzer, die Soireen, die Bälle, die Gesellschaften. Für immer und ewig hast du gesagt. Und als es dann ganz anders gekommen ist, da hast du dich nie entmutigen lassen! Wie hast du deinen Mann geliebt, deinen Vater, Stani, und deinen Großvater, Johann, und bist zu ihm und seinem Schicksal gestanden, auch als er nicht mehr war. Kein Wort der Klage, treu bis in den Tod! Hast dein Versprechen wirklich gehalten, und weit über seinen frühen Tod hinaus, sechsundvierzig Jahr lang weit bis jetzt, und wirst es weiterhalten, so, wie ich dich kenn! – Und wie du im ersten Krieg Hohenbühl zusammengehalten hast, und Wien, und wie du Leoni geholfen hast, es im zweiten ebenso zu tun, als du wieder nach Hohenbühl gegangen bist, damit sie in Wien studieren kann, weil ihre Eltern ja nicht da waren! Mut! Mein Gott, was bist du für eine mutige Frau, Crescence! – Mit ‚ich habe Mut' beschwört die Leonore im Fidelio ihre Kräfte. Leonore, so hat unsere Mutter geheißen, die dir so viel von ihrem Mut vererbt hat, vielmehr als mir, deinem kleinen Bruder. Ganz sicher sogar, denn so ganz aus sich allein heraus kann man ja ein solches Leben, wie es das deine ist, nicht meistern, denke ich halt. – Der Rest bleibt Gnade. Gnade, wer oder was auch immer sie uns gewährt und schenkt. Gnade, für die wir an einem solchen Tag auch dankbar sein müssen, dankbar sein dürfen! – Crescence, meine aus tiefster Seele verehrte Schwester, wir wünschen dir – wünschen dir – wünschen dir – und dass dein Mut dich nie verlassen möge, und sind dankbar und glücklich, dich so gesund und so zuversichtlich feiern zu dürfen."

Leoni war verwundert, über dem Gläsergeklingel plötzlich ein Flirren wahrzunehmen, ein Flirren aus Musik. Sie kannte es, wusste aber nicht, was es war, wusste nur, dass sie es schon einmal gehört hatte. Sie schaute zu Stani, der mit großer Geste die Terrassentüren aufstieß und zu ihr herüberlächelte.

Hier, ja, hier war diese Musik erklungen, an diesem Ort, auf dieser Terrasse, vor zehn Jahren, zu Tante Grexis fünfundsechzigstem Geburtstag, es war ihr Lieblingswalzer! Es war das Vorspiel zu den Rosen aus dem Süden!

Sie lief hinaus, blieb aber plötzlich wie angewurzelt stehen.

Walter Barylli spielte die erste Geige, wie damals vor zehn Jahren, mitten im Krieg! An die einzelnen Musiker konnte sie sich nicht mehr erinnern, nur dass Wilhelm Kempff nicht am Flügel saß, bemerkte sie sofort. Aber es klang so wunderschön wie damals, und ihr war, als wäre sie plötzlich in einen Traum geraten, einen Albtraum, in dem Seyß-Inquart und Eichmann und von Schirach mit ihren grell geschminkten Frauen über die Terrasse gegen die Rax hin schwebten. Aber das alles war doch nicht nur ein böser Traum, das war doch grauenvolle Wirklichkeit, die sie erlebt und erlitten hatte, den Argwohn und die Furcht und den Schrecken und die Todesangst. All das war doch wirklich, war doch entsetzliche, teuflische Wirklichkeit! Wirklich, wie das Haus, auf dessen Terrasse sie stand, nach zehn Jahren wieder stand, auf der Terrasse jener riesigen Villa, die doch enteignet worden war, arisiert, wie sie das nannten, wofür sich doch ihr Cousin mit großem Pathos bei Seyß-Inquart bedankt hatte, bedankt, dass dieses Gesindel, wie er sich ausdrückte, endlich des Deutschen Reiches verwiesen und ihre widerrechtlich angeeigneten Besitztümer der Bevölkerung der Ostmark, wozu er sich offenbar zählte, refundiert worden seien. Der zufrieden lächelnde Stani ein Held, ein Schutzengel, zu dem ihn ihr Vater soeben stilisiert hatte? Warum? Nur weil ein Verwandter seine Verwandten nicht verraten, nicht preisgegeben hat? War das schon Grund genug, den Mantel des Schweigens überzuziehen und mit dem eisernen Vorhang des Vergessens die verwüstete Bühne des Verbrechens, den Schauplatz des Grauens für immer zu verschließen? War das die Wirklichkeit, die jetzt zur Wirklichkeit wurde?

Die Klänge schienen sich auszubreiten und über das Tal zu legen, diese Klänge, auf dem der Walzer zu tanzen begann, so, als ob nichts und nichts und nichts, gar nix geschehen wäre in diesen zehn Jahren.

Helene, ihre sechsjährige Tochter huschte vorbei, ihren vierzehnjährigen Cousincousin Johann hinter sich herziehend. Da berührte Kari ihre Hand, und ihr Mann führte, nein, er geleitete sie in die Musik, und sie tanzten Walzer, umgeben von nichts als Rosen aus dem Süden.

MAI

Ein alt zu nennendes Ehepaar kam aus der Michaelerkirche, blieb auf dem Platz stehen, die anderen Kirchgänger verloren sich gegen den ehemaligen Kohlmarkt oder die Hofburg hin. Maisonntagswetter.

„So lass uns halt hinübergehn, wenn du magst, meinen alten Schulweg gehn, du erinnerst dich, ich hab dir erzählt, den der Wenzel mit mir gegangen ist, als er mich zum Sacré Coeur gebracht hat."

Helene legte ihren linken Arm auf den ihres Mannes. Dabei sah sie ihn an.

„Da, durch das, was einmal die Augustinerstraße war hinunter, an der Oper vorbei, die bald wieder aufgsperrt werden soll, zum Schwarzenbergplatz, der auch schön langsam wieder wird, dabei werden wir das Russendenkmal grüßen, dankbar, dass sie uns jetzt doch verlassen wollen, und uns Hohenbühl wieder ganz ghört, weil jetzt auch noch die letzten Geflüchteten, du weißt, die Donauschwaben, ausziehn werden, und in den Garten gehn, damit wir vielleicht unserer Enkeltochter einmal erzählen können, dass wir dabei gewesen sind, wenn uns der Herrgott lasst."

„Dich lässt er sicher, mich schon eher nicht."

Sie machten sich auf den Weg und fanden alles genau so vor, wie Helene es angekündigt hatte, aber sie waren nicht die Einzigen, die unterwegs zu diesem Garten unterhalb des Schlosses waren, aus allen Richtungen strömten Menschen herbei, vom Kärntner Ring, vom Parkring, von der Lothringerstraße, aus allen Nebengassen. Die Menge vereinigte sich vor dem auf einer Säule die Stadt bewachenden russischen Soldaten, auf den der Diamantregen des Hochstrahlbrunnens niederglitzerte, sie flutete den Park bis in den letzten Winkel, erwartete mit dumpfem, leisem Raunen, noch immer angstvoll ob des guten Ausgangs, das Ereignis, dem eine ganze Stadt, ein ganzer Staat, ein ganzes Volk entgegenfieberte, und irgendwo dazwischen, inmitten aller, Schulter an Schulter, Körper an Körper, Hans Karl Bühl mit seiner Frau Helene. – Die Audienz beim Thronfolger, der Gang durchs österliche Buchenlabyrinth, nachdem er Helene Altenwyl im Lazarett des Sacré Coeur als Schwester Lena am Bett seines schwerverwundeten Zugführers wiedergefunden hatte, die Spaziergänge mit Leoni, die –

Oben öffnen sich Balkontüren, die Menge schreit auf, verstummt aber augenblicklich, als sich eine Phalanx schwarz gekleideter Männer der Balustrade nähert. Einer von ihnen, der Kleinste, Schmalste, öffnet ein bibeldickes Buch mit fünf Siegeln, er hält es der Menschenmenge hin, in seinen dicken Augengläsern hatte sich das Sonnenlicht verfangen, er ruft mit gebrochener Stimme:

„*Österreich – ist – frei!*“

EPILOG

O welche Lust, in freier Luft
Den Atem leicht zu heben!
Nur hier, nur hier ist Leben!
Der Kerker eine Gruft.

Helene Bühl, Hans Karl Bühl, Frau Doktor Leoni Hechingen, Herr Doktor Karl Adam Hechingen mit Tochter Helene in der Loge Nummer fünf, zweiter Rang rechts. Neueröffnung der Staatsoper, Ludwig van Beethoven: Fidelio.

In der Pause hebt Karl Adam sein Glas Schlumberger Sekt, um seiner Hoffnung Ausdruck zu verleihen, dass er nach Inkrafttreten des Staatsvertrages die Causa Herrengasse, Palais Altenwyl, nicht mehr für verloren halte, wiewohl es noch immer irritierend, zumindest aber doch bemerkenswert sei, dass die grundbücherlichen Akten, den ersten Bezirk betreffend, angeblich aufgrund eines Bombenschadens vernichtet worden wären, obwohl sie doch, wie seiner Schwiegermamá sicherlich noch erinnerlich, gemeinsam

Einblick in diesen Akt genommen hätten und zwar am dreizehnten Mai sechsundvierzig im Magistratischen Bezirksamt Wipplingerstraße. Es müsse nur der diesbezügliche Beamte, dessen Name sowohl ihm wie auch seiner verehrten Schwiegermutter, Frau Helene Bühl, leider entfallen sein muss, eruiert werden, was durch die Angabe des Anfragejahres und -monats kein Problem darstelle, weil sich die Beamten der Stadt Wien weder im Zeitraum von achtunddreißig bis fünfundvierzig noch zu irgendeiner anderen Zeit davor oder danach in Luft aufgelöst haben könnten. „Das ist doch einmal ein Amtsbescheid, auf den wir getrost anstoßen können, ja, müssen, gerade an einem so feierlichen Abend wie dem heutigen!“

Als Beethovens Freiheitsfanfaren die Errettung von Terror und Unterdrückung ankündigten, nahm Leoni ein wenig irritiert zur Kenntnis, dass jener Dirigent den Einsatz dazu erteilte, den ihr doch Baldur von Schirach beim fünfundsechzigsten Geburtstag ihrer Tante in Stanis arisiertem Anwesen in der Reichenau als künftigen Staatsoperndirektor vorgestellt hatte, das war mitten im Krieg, und heute, am fünften November neunzehnhundertfünfundfünfzig, war er immer noch, oder schon wieder, Direktor der Staatsoper? Dreizehn Jahre, in denen sich nichts ereignet hatte? Und beim Ausbruch des finalen Jubels

Heil sei dem Tag,
Heil sei der Stunde,
Die lang ersehnt, doch unvermeint,
Gerechtigkeit mit Huld im Bunde
Vor unsres Grabes Tor erscheint!

wollte sie sich am liebsten die Ohren zuhalten, was natürlich bei einem solch gewaltigen Festakt wie dem der Neueröffnung eines von Krieg zerstörten und wiederaufgebauten nationalen Denkmals, dem man ja schließlich nicht zuletzt deshalb beiwohnt, weil man hören will, was gesungen wird, einem Skandal gleichgekommen wäre.

Dennoch bereiteten ihr die Heil-Rufe des Chores eine nur schwer zu ertragende Pein, die aber gemildert wurde, als ihr die Worte *Retterin, Retterin des Gatten sein* aus dem fast schreiend gesungenen Stimmengewirr entgegenschlugen.

Retterin des Gatten! War sie das wirklich? War sie, die sie nach ihrer Großmutter Leonore hieß, so, wie die Titelheldin der Oper, in der wirklichen Wirklichkeit die Retterin ihres

Mannes, der sich in ebendiesem Moment auf ihre Hand niederbeugte und küsste, wobei sie seine Tränen über ihren Handrücken laufen spürte?

Vielleicht.

Aber wer könnte schon die Dinge und die Ereignisse des Lebens dergestalt mit der Wirklichkeit verknüpfen, dass in diesem Gewebe eine sinnvolle Absicht erkennbar würde.

ANHANG

PERSONEN

HANS KARL BÜHL
HELENE, geborene Altenwyl, dessen Frau
LEONORE, deren Tochter
LEOPOLD ALTENWYL, Vater von Helene
CRESCENCE FREUDENBERG, Schwester Hans Karls
STANI FREUDENBERG, deren Sohn
ADAM HECHINGEN
ANTOINETTE, geborene Ladinsa, dessen Frau
KARL ADAM, deren Sohn
JOHANN, Sohn von Stani Freudenberg und Antoinette Ladinsa
WILLIAM BROD-SPENCER
THEOPHIL NEUHOFF
THEOPHIL, dessen Sohn
LUKAS, erster Diener bei Bühls
WENZEL, erster Diener bei Altenwyls

Alle anderen Personen sind historische Personen, die im Roman und im Personenverzeichnis mit ihren eigenen Biografien und Lebensdaten aufscheinen.

PERSONENVERZEICHNIS

ADAMOVICH, Ludwig (1890–1955)
Richter, Rechtswissenschaftler, von Februar 1938 bis zum Anschluss an das nationalsozialistische Deutschland im März 1938 letzter Justizminister Österreichs im Kabinett Schuschnigg, 1945–1947 Rektor der Universität Wien, 1946–1955 Präsident des österreichischen Verfassungsgerichtshofs

BARYLLI, Walter (geb. 1921)
1938–1972 Mitglied der Wiener Philharmoniker, ab 1939 deren Konzertmeister, 1966–1969 Vorstand der Wiener Philharmoniker, Gründer und Leiter des Barylli-Quartetts, Konzerte unter dem Namen „Musikvereins-Quartett, 1969–1986 Lehrer am Konservatorium der Stadt Wien

BÖHM, Karl (1894–1981)
Dirigent, 1934–1943 Generalmusikdirektor der Semperoper in Dresden, 1943–1945 Direktor der Wiener Staatsoper, 1955–1957 erneut Direktor der Wiener Staatsoper, tritt schließlich wegen öffentlicher Proteste von diesem Amt zurück, galt weltweit als bedeutender Mozart- und Richard-Strauss-Dirigent, neben Karajan der wichtigste Dirigent der Nachkriegs- und Wiederaufbauära der Salzburger Festspiele. In die „Gottbegnadeten-Liste“ von Hitler und Goebbels aufgenommen (s. Wilhelm Kempff).

BRAUN, Felix (1885–1973)
Nach dem Studium der Philosophie und Kunstgeschichte u. a. auch Sekretär Hugo von Hofmannsthals, 1928–1938 Privatdozent für deutsche Literatur in Padua

und Palermo, 1935 katholische Taufe, 1939 Emigration nach England, dort bis 1951 Dozent für Literatur und Kunstgeschichte, nach seiner Rückkehr nach Österreich Dozent an der Akademie für angewandte Kunst und am Max Reinhardt Seminar in Wien, ab 1954 Mitglied der Deutschen Akademie für Sprache und Dichtung

BÜRCKEL, Josef (1895–1944)
Gauleiter, Reichsleiter der „Ostmark", 1939–1940 „Reichskommissar für die Wiedervereinigung Österreichs mit dem Reich", ab 20. August 1938 Aufbau der „Zentralstelle für jüdische Auswanderung in Wien" (Leiter Adolf Eichmann), ab 1941 Reichsstatthalter der Westmark (Frankreich), bis zu seinem (natürlichen) Tod ständiges Mitglied des Reichstags.

CASTIGLIONI, Camillo (1879–1957)
geb. als Sohn des Triester Oberrabbiners Isacco Castiglioni; Industrieller (Puch-Werke, Austro-Daimler, Österreichische Alpine-Montan), Börsenspekulant, Flugzeugfabrikant für das österreichisch-ungarische und deutsche Heer während des Ersten Weltkriegs (Österreichisch-ungarische Flugzeugwerke A.G., Hansa und Brandenburgische Flugzeugwerke, Phönix Flugzeugwerke A.G. Wien-Stadlau), Automobilproduzent, Eigentümer der BMW AG, Bankier mit eigener Bank etc. Ungeheuer vielfältige Mäzenatentätigkeit: Rettung des Salzburger Mozarteums vor dem Abriss, das er, saniert, der Stadt Salzburg schenkt, ab 1919 Ermöglicher der ersten Salzburger Festspiele (1920), zunächst durch seine ausschließliche Finanzierung, dann Finanzierung bis in die frühen Dreißigerjahre, 1923 Erwerb des baufälligen Theaters in der Josefstadt, das er nach Plänen Reinhardts

in ein zweites venezianisches Teatro La Fenice umbauen lässt, um es Max Reinhardt zu schenken und diesen nach Wien zu locken.

DELP, Alfred (1907–1945)
Priester, Jesuit, Widerstandskämpfer, 1926 nach der Matura Eintritt in die Gesellschaft Jesu (Societas Jesu, SJ) der Kongregation „Stella Matutina“ Feldkirch, Lehrer und Präfekt, 1937 Priesterweihe, ab 1942 Mitglied des „Kreisauer Kreises“ von Helmuth Graf von Moltke, 1944 Verhaftung nach dem Attentat vom 20. Juli, Hinrichtung 1945

EICHMANN, Adolf (1906–1962)
Ab 1938 Leiter der „Zentralstelle für jüdische Auswanderung“ in Wien, ab 1939 Aufbau der „Auswanderungsbehörde“ in Prag, ab 1940 Leiter der „Reichszentrale für jüdische Auswanderung“ des „Reichssicherheitshauptamtes“ in Berlin. Protokollführer der sogenannten „Wannseekonferenz“ zur „Endlösung der Judenfrage“ am 20. Jänner 1942. 1950 Flucht nach Argentinien. 1960 vom israelischen Geheimdienst Mossad verhaftet und nach Israel entführt. 1962 nach Prozess in Tel Aviv hingerichtet.

EIGRUBER, August (1907–1947)
Obergruppenführer der SA, Gauleiter des Gaues Oberdonau (Oberösterreich), veranlasst 1945 die Liquidation von Häftlingen des Konzentrationslagers Mauthausen, befiehlt noch im April 1945 die Vergasung von 42 österreichischen Widerstandskämpfern der „Welser Gruppe“ in Mauthausen, befiehlt die Vernichtung von geraubten Kunstschätzen in Altaussee und Grundlsee, die jedoch Übergeordnete wie der später hingerichtete Kriegsverbrecher Ernst Kaltenbrunner mithilfe der Bevölkerung

verhindern. Zum Tod durch den Strang verurteilt, 1947 im Kriegsverbrechergefängnis Landsberg hingerichtet.

FRIEDELL, Egon (1878–1938)
Dichter, Schriftsteller, Dramatiker, Kulturphilosoph, Journalist, Theaterkritiker, Schauspieler. Bedeutendstes Werk „Die Kulturgeschichte der Neuzeit" (1925–1931), unterrichtet an Genia Schwarzwalds Reformschulen Deutsch und Geschichte, oft als Sommergast am Grundlsee, bei der österreichischen Erstaufführung des „Schwierigen" von Hugo von Hofmannsthal am Theater in der Josefstadt 1924 in der Regie von Max Reinhardt spielt er die Rolle „Ein berühmter Mann". Als die SA ihn 1938 verhaften will, nimmt er sich das Leben, indem er sich aus dem Fenster seiner Wohnung stürzt.

HOFMANNSTHAL, Hugo von (1874–1929)
Schriftsteller, Autor, Lyriker, Dramatiker, Librettist bedeutender Richard-Strauss-Opern, Mitbegründer der Salzburger Festspiele (1920) mit „Jedermann"

INNITZER, Theodor (1875–1955)
Priester, Erzbischof, Kardinal, ab 1911 Lehrstuhl für neutestamentarische Exegese an der Universität Wien, 1929/30 Sozialminister, ab 1932 Erzbischof der Erzdiözese Wien, 1933 Kardinalstitel, heißt Adolf Hitler 1938 als den „von Gott gesandten Führer" willkommen, lässt am 15. März zu dessen Begrüßung alle Glocken Wiens läuten, erkennt jedoch im Herbst 1938 seinen Irrtum, veranstaltet ein „Rosenkranzfest" für die Jugend Wiens als Gegenveranstaltung zur Hitlerjugend (HJ), worauf diese am nächsten Tag das erzbischöfliche Palais verwüstet und er nur knapp einer geplanten Lynchjustiz entgeht. Ab 1940 ruft

er die „Erzbischöfliche Hilfsstelle für nichtarische Katholiken“ ins Leben, durch die er Hunderten getauften, nach den Nürnberger Rassengesetzen als Juden geltenden Katholiken durch Fluchthilfe das Leben rettet.

JOHAM, Josef (1889–1959)
Ab 1936 wird Joham im Ständestaat unter Schuschnigg Direktor der Creditanstalt-Bankverein (CA). Er bleibt Generaldirektor bis zu seinem Tod, weil er ab 1942 beginnt, für die Amerikaner Wirtschaftsspionage zu betreiben.

KEMPFF, Wilhelm (1895–1991)
Bedeutender Pianist des 20. Jahrhunderts, vor allem der Werke Ludwig van Beethovens, von Hitler und Goebbels in die Liste der „Gottbegnadeten“ aufgenommen, was bedeutet, dass diese niemals zu einem Kriegsdienst herangezogen werden können, weil sie von besonderer Bedeutung für „das Reich“ sind, unter dessen besonderem Schutz sie stehen.

KNOLL, Fritz (1883–1981)
Botaniker, ab 15. März 1938 kommissarischer Rektor der Universität Wien, 1939–1943 wirklicher Rektor

MAUTNER, Konrad (1880–1924)
einer der Söhne des größten Textil-Industriellen der Monarchie, Isidor Mautner, dessen Vermögen sich nach dem Ersten Weltkrieg durch Kriegsanleihen und den Verlust der Fabriken in den ehemaligen Kronländern auflöst. Zieht sich nach Gößl am Grundlsee zurück, wo er mit der Bevölkerung lebt, deren Bräuche und Musik studiert und diese festhält in einem der aufwendigsten Volksmusikwerke der

Literatur, dem von ihm selbst gezeichneten und 1910 herausgegebenen „Steyerischen Rasplwerk“, tritt 1919 gemeinsam mit seiner Frau, seiner Cousine Anna Neumann, zum Protestantismus über. 1922 erscheint der erste Band des zusammen mit dem Volkstumsforscher Viktor Geramb begonnenen „Steyrischen Trachtenbuches“. Hofmannsthal hält 1925 für den Freund die Einweihungsrede des Gedenksteines auf dem Weg von Gößl zum Toplitzsee. Anna Mautner beginnt nach dem Tod ihres Mannes mit der Herstellung der berühmten „Mautner-Handdrucke“, um sich und ihre vierköpfige Familie über Wasser zu halten, sie berät das Grazer Unternehmen und Kaufhaus „Kastner&Öhler“ in Trachtenfragen, indem sie deren Kataloge entwirft und somit auch das sogenannte „Ausseer Dirndl“ festlegt (grünes Mieder, almrauschroter Rock, enzianviolette Schürze). 1938 wird die Familie Mautner enteignet, ihre Besitzungen werden eingezogen, der Gedenkstein in Gößl gesprengt, sie und ihre Kinder müssen fliehen, um nicht in Konzentrationslager deportiert zu werden. Sie werden über Europa und Amerika zerstreut.

PERNKOPF, Eduard (1888–1955)

Anatom, ab 1934 Mitglied der SA (Obersturmbannführer), 1938–1943 Dekan, 1943–1945 Rektor der Universität Wien

PLANCK, Adolf

Mitglied der Sozialdemokratischen Partei Österreichs, vom 3. Oktober 1945 – 16. April 1946 Bezirksvorsteher des 1. Bezirks der Stadt Wien (Innere Stadt)

REINHARDT, Max (1873–1943)
Schauspieler, bedeutendster Regisseur, Impresario und Intendant von der Jahrhundertwende an bis weit ins 20. Jahrhundert. Deutsches Theater Berlin, Zirkus Schumann Berlin, Theater in der Josefstadt Wien, Mitbegründer der Salzburger Festspiele (1920) mit Hofmannsthals „Jedermann", Besitzer des Schlosses Leopoldskron in Salzburg. Erzwungene Emigration nach Amerika, wo er nach einigen Erfolgen, „The Eternal Road", Verfilmung von Shakespeares Sommernachtstraum in der musikalischen Aufbereitung von Erich Wolfgang Korngold (auch emigriert), stirbt.

ROSÉ, Alma (1906–1944)
Tochter von Arnold Rosé (Konzertmeister der Wiener Philharmoniker und Leiter des Rosé-Streichquartetts) und Justine Mahler (Schwester des Komponisten), bedeutende Geigerin, Gründerin und Leiterin des Damenorchesters „Die Wiener Walzermädln", wird 1943 nach Auschwitz deportiert, leitet dort das sogenannte „Mädchenorchester von Auschwitz", rettet so vielen Musikerinnen das Leben, stirbt Ende 1944 an einer Lebensmittelvergiftung durch eine Aufseherin, die ihre Entlassung zu Frontkonzerten nicht zulassen wollte. „An ihrer Wiege stand Gustav Mahler, an ihrer Bahre stand Josef Mengele" (der durch seine Menschenversuche berüchtigte KZ-Arzt).

SCHIRACH, Baldur von (1907–1974)
Reichsjugendführer der NSDAP, ab 1940 Gauleiter und Reichsstatthalter in Wien, ab Februar 1945 von Hitler zum „Reichsverteidigungskommissar" der Stadt Wien ernannt, taucht 1945 in Tirol unter, stellt sich aber den Amerikanern und wird im Nürnberger

Prozess wegen „Verbrechen gegen die Menschlichkeit" zu 20 Jahren Haft verurteilt, weil ihm als Gauleiter die Verantwortung für die Deportation von 185.000 österreichischen Juden in Konzentrationslager zur Last gelegt werden konnte. Auf seinem Grabstein in Kröv, 2015 eingeebnet, stand „Ich war einer von euch".

SCHUSCHNIGG, Kurt von (1897–1977)
Politiker, Zögling des Jesuitenkollegs „Stella Matutina" in Feldkirch, Mitbegründer des diktatorischen „austrofaschistischen Ständestaates" unter Ausschaltung des Parlaments, 1934–1938 letzter Bundeskanzler von Österreich vor der nationalsozialistischen Machtübernahme, Führer der Einheitspartei „Vaterländische Front", Titel „Bundeskanzler und Frontführer", nach der Machtergreifung mehrfach inhaftiert („Schutzhaft"), wird 1945 amerikanischer Staatsbürger, Rückkehr nach Österreich 1968.

SCHWARZWALD, Eugenie (1872–1940)
Reformpädagogin, Frauenrechtsaktivistin, Sozialreformerin, Journalistin, Essayistin, gründet mehrere „Schwarzwaldschulen" mit Maturaabschluss für Mädchen in Wien, ab 1920 betreibt sie das Künstlererholungsheim „Sommerheim Seeblick" am Grundlsee, wo sie dieselben Künstler um sich schart, die auch in ihren Schulen unterrichten, wie Sigmund Freud, Oskar Kokoschka, Adolf Loos, Arnold Schönberg, Egon Wellesz, Egon Friedell, Elias Canetti, Rainer Maria Rilke, Robert Musil, Carl Zuckmayer, Alexander Moissi (der erste Jedermann), Rudolf Serkin, Berta Zuckerkandl, Alma Mahler-Werfel, Anna Freud und Dorothy Tiffany Burlingham (Kinderpsychologinnen, Dorothy Tiffany ermöglicht der Familie Freud 1938 die Flucht nach London), Helmuth James

Graf von Moltke (Gründer der Widerstandsbewegung „Kreisauer Kreis" gegen Hitler, hingerichtet 1945 nach dessen Enttarnung 1944), zu dem auch Claus Schenk Graf von Stauffenberg gehörte, der im „Sommerheim Seeblick" am Grundlsee seine Frau Nina kennenlernte (hingerichtet nach dem missglückten Hitlerattentat 1944). Die Wiener Schwarzwaldschule in der Wallnerstraße wird 1938 nach der nationalsozialistischen Machtübernahme sofort geschlossen, der Grundlseer Besitz enteignet, sie kehrt deshalb im März 1938 von einer Vertragsreise nicht nach Österreich zurück, stirbt 1940 in Zürich.

SEYSS-INQUART, Arthur (1892–1946)
Minister im Kabinett Schuschnigg, aufgrund von Hitlers Forderung Bundeskanzler, „Bundeskanzler des Anschlusses", Titel „Reichsstatthalter", SS-Obergruppenführer. Als Reichsstatthalter der „Ostmark" (Österreich) zuständig für die „Wiedervereinigung Österreichs mit dem deutschen Reich", für die Liquidation aller österreichischen Zentralstellen, leitet als oberste Stelle die Beschlagnahme jüdischen Eigentums, im Nürnberger Prozess als Kriegsverbrecher verurteilt und durch „Tod durch den Strang" am 16. Oktober 1946 hingerichtet.

STARHEMBERG, Ernst Rüdiger Fürst von (1899–1956)
Mitglied der schlagenden Studentenverbindung Rhaetia in Innsbruck, Führer der Heimwehr, Mitglied des Bundesrates, Abgeordneter zum Nationalrat, Innenminister, 1934–1938 Vizekanzler der Ständediktatur, Führer der Vaterländischen Front, paktiert zunächst mit den Nationalsozialisten, um die Monarchie wiederherstellen zu können, vor dem Anschluss Österreichs 1938 an Deutschland emigriert er jedoch in die Schweiz.

Adel, Aristokratie

1. Das intime „Du"
2. Die etwas distanziertere dritte Person: „Er", „Sie": Sei Er so gut … Sag Sie mir bitte, ob …
3. Das formalere „Sie": Könnten Sie mir bitte sagen, ob …
4. Der für alle Stände verbindliche Pluralis Majestatis: Majestät können versichert sein … Kaiserliche Hoheit brauchen nur ein Wort zu sagen …
5. Gebrauch von fremdsprachigen Idiomen, besonders französischer, aus der Zeit des Absolutismus stammend.

Bürgerliche und ländliche Gesellschaft

Regionale Dialekte, die bei offiziellen Auftritten durch eine deutsche Amts- bzw. Militärsprache ersetzt werden mussten.

Diener, Dienerinnen

Ihnen war grundsätzlich verboten, ihre Herrschaft direkt anzusprechen, deshalb fehlt jede persönliche Anrede: Wünschen noch etwas Tee … oder: Wünschen Erlaucht (Baronin, Komtesse, Durchlaucht, Kaiserliche Hoheit etc.) noch etwas Tee …

Haupt- und Amtssprache war Deutsch, also gab es
ein böhmisches Österreichisch
ein ungarisches Österreichisch
ein italienisches Österreichisch
ein galizisches Österreichisch
ein ruthenisches (ukrainisches) Österreichisch
ein istrianisches Österreichisch
ein jiddisches Österreichisch etc.

Grundsätzlich galt und gilt für alle, inzwischen aufgelöste Stände und Bevölkerungsschichten, dass die österreichische Sprache durch Verkürzungen, Verschleifungen, aus dem Vielvölkerstaat der Monarchie übernommene, „eingewienerte" Fremdworte durch Jahrhunderte hindurch bis heute relativiert wird. Daran hat weder die Zeit des Nationalsozialismus von 1938 – 1945 noch die 2. Republik ab 1945 etwas geändert.